U0943851

二十一世纪出版社集团
21st Century Publishing Group
全国百佳出版社

图书在版编目（CIP）数据

灭秦 : 全 10 册 / 龙人著 . -- 南昌 : 二十一世纪出版社集团 , 2017.10

ISBN 978-7-5568-3105-0

Ⅰ . ①灭… Ⅱ . ①龙… Ⅲ . ①长篇历史小说—中国—当代 Ⅳ . ① I247.5

中国版本图书馆 CIP 数据核字 (2017) 第 243764 号

灭秦 龙 人 著

责任编辑 敖登格日乐
出版发行 二十一世纪出版社集团
（江西省南昌市子安路75号 330025）
www.21cccc.com cc21@163.net
出 版 人 张秋林
经　　销 新华书店
印　　刷 北京龙跃印务有限公司
版　　次 2018年1月第1版 2018年1月第1次印刷
开　　本 710mm × 1000mm 1/16
印　　张 150
字　　数 1572千
书　　号 ISBN 978-7-5568-3105-0
定　　价 498.00元（全10册）

赣版权登字—04—2017—747

目 录

第四十一章　激情之刀

就在刘邦与纪空手相持不下的时候，在河的那一方，随着夜色的降临，形势正悄悄地发生着变化。

虞姬人在车中，当车外传来惊呼与惨叫声时，她虽然不知道发生了什么事情，却一脸平静，仿佛车外的事情跟她丝毫没有半点干系。

她的心似乎已死了，就在她远远地看到纪空手被人押着送入军营的时候，她的心便已死了。

“在我答应你之前，我想再见他一面。”虞姬的脸上一片煞白，毫无血色。她根本就没有想到刘邦会用一个冒牌货来欺骗她，因为她心里十分清楚，以纪空手的废人之躯，要想从重重包围之中逃出霸上，除非是出现奇迹。

“你要见他，本公并不阻拦，不过有一句话，不知当讲不当讲?”刘邦显得非常镇定，微笑而道。

“但讲无妨。”虞姬没有想到刘邦这么爽快就答应了自己的要求。

“有一句话，叫作相见不如不见。本公知道，你对纪空手确是一片痴情，但是你既然答应了下嫁项大将军，便是名花有主，而你们之间的这段情感便成了有始无终的情债。明知不可为而为之，是谓不智，你又何必自生烦恼呢?”刘邦深知虞姬的个性，是以早已想好了一番托词来应付她。

谁知一试之下，果然见效，虞姬幽然叹道：“我心里只是放不下他罢了，其实我也知道，若非为了他，我宁死也不会前去鸿门。我只是想在临行之前，好好地看看他，将他的样子好好地装在心里，不敢相忘。”

“小姐的这番痴情实在让人感动，不过依本公之见，若是你真的为他着想，这一面还是不见为妙。”刘邦劝道。

“为什么?”虞姬惊奇道。

“不为什么，只因为本公也是一个男人，所以懂得男人遇到这种事情时心中的感受。”刘邦故弄玄虚，顿时引起了虞姬的好奇。

“还请沛公说来听听。”虞姬追问道。

刘邦知道鱼儿已经上钩，佯装伤感，轻轻地叹息一声：“如果说你们真是两厢情愿，这一面委实是不能见的，这绝非是本公危言耸听。试想一下，如果说一个男人明知自己心爱的女人要嫁给别人为妻，而他又毫无办法，只能接受这样残酷的事实，那么他的颜面何在？自尊何在？假若他知道心爱的女人是因为自己才委曲求全，下嫁他人，这岂不是要让他伤心自责一辈子吗？所以说……”

“不用再说了!”虞姬心中一阵酸痛，泪水再也抑制不住，悄悄地从面颊滑过。

刘邦心中暗笑，嘴上不住劝慰道：“小姐何必如此伤心呢？只要你随本公到了鸿门，本公可以向你保证，纪空手一定毫发无损，无忧无虑地过完他的下半辈子!”

“我能相信你吗?”虞姬收住泪水，冷冷地看了他一眼，满脸不屑。

但是不管如何，无论虞姬多么不相信刘邦，她还是相信刘邦的话很有道理，所以当她离开霸上之时，也便没有见纪空手一面。

不为什么，只是为了不让自己所爱的人伤心!

“纪大哥，但愿从此之后，你能忘了我吧，然后开开心心地活着。”虞姬人在车中，近乎痴了一般。

一阵杂乱的马蹄声和着吆喝声不断响起，车外已乱作一团，便在此时，一声马嘶长鸣惊起，将虞姬从一片痴想中唤醒。

“袖儿，出什么事了?”虞姬惊奇地问道。

袖儿撩开窗帘问了几句，才知道车外发生了大变，同时有人吆喝道："围住马车，谨防敌人偷袭！"可见外面的情形乱作了一团糟。

虞姬心中好生纳闷，觉得事发突然，太过蹊跷，此时的关中地区，暴秦将亡，正逢乱世，虽然马贼横行，盗匪遍及乡村城镇，但任谁的胆子再大，也绝不敢以卵击石，来惹沛公刘邦的车队。

"难道这是项羽的人?"她想了想，又觉得不像，虽说纪空手霸上约战，已经使项羽对刘邦生了疑心，但若真要动手，大可不必选择荒郊野地，只需待刘邦到了鸿门再行动手也还未迟，可是如果不是项羽，那么是谁敢对刘邦的车队实施偷袭?

她也曾想过会是五音先生与红颜，但在她的内心深处，却情愿对方不是为了自己而来，因为她不想看到对方为了自己，却耽误了营救纪空手的时机。

就在她乱想之际，忽然"嗡……"的一声从车板下面传来。

袖儿脸色一变，刚要惊叫出声，虞姬已捂住了她嘴："嘘!"要她噤声。

两人同时向那发声处望去，只听得"嘶嘶……"一阵轻响，好像是利刃划过木板的声音，接着便听得"咔……"地一响，在她们的脚下突然出现了一个一尺见方的洞口。

惊变发生时，樊哙人还在岸上，他目睹着数百战士消失于一瞬，心中的惊惧真是无以复加。

不过他很快稳定了自己的情绪，与宁戈一起，指挥着战士对虞姬的大车实施了层层保护。同时分派出一帮人手，伐运树木，重新架桥。

虽然只隔一河之宽，但随着天色渐暗，樊哙只能隐隐约约地看到一些人影，却根本听不到对岸有任何的动静。

大河发出的流水声掩盖了一切的声音。

"樊将军，此时天色已暗，是否可以燃起篝火，用以照明?"一名头领模样的人上前请示道。

樊哙摇了摇头，道：“敌人显然就在左近，迟迟未动，就是为了寻找动手的时机，如果此时点火，敌在暗，我在明，万万不可。”

此刻的他，已经感到了潜藏在黑暗之中的危机。以他征战多年的经验，对方耗费如此之大的精力来筑堤拦水，显然不是为了消灭他们几百名战士就能了事，真正的危机肯定还在后面。可对方究竟是什么人？又有多少人？会在什么时候出现？他一点都不知道，只能命令手下的战士加强警戒。

可是这种平静并没有维持多久，樊哙便从一件很小的事情上看到了问题。

“丁阿贵！”他大喝一声，丁阿贵是他派去伐运树木的头领。他忽然发现，时间过去了好大一会儿，可是河滩上堆放的树木并不像他想象中的那么多。

丁阿贵连走带跑地一路过来，道：“将军有何吩咐？”

“你带了多少人去伐运树木？怎么半天工夫还没有准备齐整？要是贻误了军机，老子可不客气！”樊哙心系对岸刘邦的安危，心中早有一团火气，正好宣泄在丁阿贵的身上。

丁阿贵吓得打了个哆嗦，搔搔头道：“这似乎有些怪了，属下带了一百多号人去，按理说费了这些时间，应该备齐了才对呀？”

樊哙一眼扫去，往不远处的树林环视一遍，道：“你真的带了那么多人吗？”他的眼力不坏，即使是在黑夜，亦能看到数十步外的动静，可是当他望向树林时，却发现人数明显少了许多。

“千真万确，属下可不敢有半点欺瞒！”丁阿贵忙不迭地道。

樊哙心中“咯噔”了一下，终于明白敌人开始动手了。

对方选择从这些伐运树木的战士下手，一来可以拖延己方架桥的时间，截断自己与对岸的联系；二来与自己相距远些，不易察觉。可见对方心机缜密，经验丰富，无疑是一班劲敌。思及此处，樊哙再不犹豫，当下带了上百名战士，与丁阿贵一道，悄悄向那片树林围靠过去。

这片树林极大，沿河谷而生，一直延绵到远处的大山之中。此时夜风吹过，枝摇叶动，暗影斑驳，平添一股肃杀之气。

樊哙愈是靠近树林，心中就愈是感到吃惊，他之所以感到吃惊，并不是因为这林木之中有惊人的杀气，而是这林中除了空气与夜风之外，根本就没有杀气存在。

对于这种现象，通常只有两种解释，一种是这树林里没有人，所以自然就不会有杀气；另一种则是敌人的武功高到了可以将杀气内敛的地步，一般的高手根本就无法察觉。

如果是前者，还只是虚惊一场，如果是后者，那么敌人就太可怕了！想到这里，就连樊哙这种天生胆大之人，也惊出了一身冷汗。

“呀……”

一声凌厉的惨叫划破这可怕的死寂，声音出自丁阿贵之口，似乎遇到了一件十分恐怖的事情，令他惊骇莫名。

樊哙大惊，拔出鬼头大刀，飞速地向声音来源处掠去，等他赶到丁阿贵身边时，只见丁阿贵早已瘫软在地，一脸惊惧，指着数丈外的草地道：“看……看……看那里，全……是……死……人……”

樊哙顺着他手指的方向望去，只见数十名伐运树木的战士竟被人不知不觉地弄到了这片草地上，横躺竖放，摆了一地。这里的林木稠密，若非刻意搜寻，倒也不易发觉。

樊哙一步一步靠近，俯身下去，以手相探，却惊奇地发现，这些战士竟然还活着！只是穴位受制，形同死人罢了。

这是怎么一回事？樊哙觉得自己的头脑有些昏乱起来，似乎看不懂敌人的意图。

以敌人放水冲桥的用意，显然手段残忍，并不留情，何以却会对这些战士留了活口？如果说他们是怕杀人时露出动静，凭他们的点穴手法，只需轻轻一点，随便按在哪个死穴上，这些战士也就呜呼哀哉，何必这般麻烦？

“啊……”丁阿贵突然色变，仿佛见到了天下最可怕的事情，喉咙咕咕直响，偏偏连半点呼声也叫不出来。

樊哙正与他正面相对，蓦然见得这种场景，禁不住背上的肌肉一阵发紧。

他在这一刹那间，感到了一股令人心悸的杀气。

他想都没想，一握大刀，整个人如箭矢飙前，一呼一吸之间已经前移了十丈距离，两旁树影急退，风声呼呼灌耳，他几乎是将自己的体能发挥到了极限。

可是身后的这股杀气依然紧迫，如影随形，仿佛就紧紧地贴在自己的身后，不多加一分，却也不减一分，不管樊哙冲前的速度有多快，这股杀气都能无时无刻地向他发出真正的威胁。

樊哙心中大骇，知道自己遇上了高人，若是继续这般前冲，终究逃不出气竭人亡的命运，在这种非常时期，唯有使用非常手段。

"嗖……嗖……"樊哙不再犹豫，双肩一耸，两道阴森森的寒芒陡然出现在夜空，如闪电般直扑身后的敌人。

飞刀！又见飞刀！

纪空手的飞刀曾经战胜过不少江湖中一流的兵器，见过他的飞刀的人，无不惊讶他出刀的那一瞬仿若惊电破空。

韩信的飞刀也曾数度扬名江湖，刀过虚空，黯然无声，煞气过处，天地一片肃寒，没有人不称赞他的飞刀可以与纪空手相媲美。

可是不管是纪空手，还是韩信，他们的飞刀都学自于樊哙。

也许樊哙出手的气势不及纪空手，也许樊哙出手的速度及不上韩信，但论及飞刀线路的变化，飞刀出手的时机，他们似乎又远远不及樊哙。因为他在飞刀之上已浸淫了十数年，自小玩起，已经给他手中的飞刀注入了生命的激情。

一把拥有生命激情的飞刀，有谁不怕？

当樊哙的飞刀出手时，他明显地感受到了自己背后的压力滞了一滞，他没有犹豫，挥刀连劈，在身后布下三重刀气，用来阻缓对手之用，然后才回腰转身，横刀于胸。

他终于看到了敌人的影子。

只有一道影子，根本看不清对方的面目，如此漆黑的夜里，樊哙感到了一股刺骨的寒意。

影子的手中有一杆长枪，寒意就来自于那凛凛的枪尖之上。此人藏身在那些不能动弹的战士中间，突然出手，若非樊哙见机得快，只怕早已受制。

“你是谁?”樊哙紧了紧手中的大刀，眼睛眯了一眯，挤出一道厉芒迫向对方。

“你就是樊哙?”对方淡淡一笑，不答反问。

樊哙怔了一怔，似乎感到有些吃惊。

“能使出这般绝世飞刀的人，普天之下，除了纪空手与韩信，当然就只有樊哙了，这似乎并不难猜。”对方好像猜到了樊哙的心理。

樊哙浑身一震，沉默半晌，方才轻叹一声：“他还好吗?”

他的问话似乎很是突兀，但对方却知道他问的是谁，语带嘲讽：“你现在问起他来，不觉晚了吗?”

樊哙心中有些内疚，摇了摇头，道：“我也是不久前才知道他的消息，在我的眼中，不管是刘邦还是他，都是我樊哙的兄弟，我又怎会坐视兄弟有难而袖手旁观呢？也许刘邦正是深知我的这点秉性，才会瞒着我，生怕我坏了他的大事。”

对方似乎也为樊哙而感动，道：“原来如此，怪不得他对我说，樊哙是一个有情有义的汉子，让我千万不要为难你。”

樊哙眼神一亮，激动地道：“他真的是这么说的吗？他难道不怪我吗?”

对方笑了一笑，道：“他的确丝毫没有怪你的意思，还说，在他与刘邦之间，你很难作出一个选择，因为你太讲义气了，无论要你背叛谁，你都绝不会答应的。”

“谢谢!”樊哙轻轻地点了点头，“难得他对我如此了解，也不枉我与他之间的这份兄弟情义。”

他话音刚落，陡觉一股森寒之气袭来，照准他的面门抖出无数寒芒。

樊哙心中大骇，他怎么也没有想到，对方竟然说打就打，而且是在这种情况下出手，令他根本就没有防备的心理。

他的大刀在手，却没有机会击出，对方选择了自己心理上的软档，然后才陡然出手，他只有一条路可以选择，那就是等死。

他缓缓地闭上了眼睛，心中似乎多了一份凄寒，更为这人性中的丑陋感到了一丝悲哀。

“哧……”就在樊哙以为自己必死的时候，他却没有死，只感到一种针扎肌肤的刺痛，被一道劲风扫在脸上，而那凛凛的枪锋擦着他的身体，刺向了他身后的虚空。

“呼……呼……”衣袂飘动，当对方的身形电闪般扑出时，樊哙的心中突然想到了一个人，只有这个人，才会是他心中牵挂的人的朋友，也只有这个人，才能使得出如此霸烈的长枪枪法。

这个人当然是南海长枪世家的传人扶沧海，他之所以出手，并不是针对樊哙，而是在他与樊哙对话之间，看到了宁戈的出现。

宁戈本来不该出现的，他站在虞姬所乘的大车之前，全神贯注，担负着守护之责。可是丁阿贵的那声惨呼实在是太恐怖了，这顿时勾起了他心中的好奇。

他自问武功不弱，所谓艺高人胆大，所以根本想都没想一下，就循声而来。但让他诧异的是，这林子里并没有出现生死相搏的打杀，却让他听到了一段莫名其妙的对话。

“难道说樊哙竟是敌人的内应，今日发生的事情与他有关?”宁戈心中涌出了一个可怕的念头，更让人可怕的是，他决定掉除这个奸细。

他之所以作出这样的决定，也是形势所逼，因为他已看出，这两人一旦联手，自己绝不会是他们的对手，与其如此，倒不如先发制人。

拿定主意，他悄悄蹑步至樊哙身后丈余之地，这才提聚真力，奋起一击。

“叮……”他自问自己的出手已经够快，可是他没有想到扶沧海的反应也丝毫不弱，当禅杖与枪尖在空中相撞出一连串的火花时，两人同时一震，各退数步，似乎都为对方表现出来的神勇感到心惊。

但真正感到震惊的人，却是樊哙，等到他反应过来扶沧海的出手竟是为了救自己时，他的头脑似乎“轰”地一昏，根本分不清哪一方是敌，哪一方是友，更不明白宁戈何以要偷袭自己。

他僵立当场！

但是扶沧海的长枪并没有停止攻击，一退之后，陡然发力，幻生出无数朵凄寒的枪花，迎面向宁戈斜刺而去。

枪锋未至，锐利的杀气已经席卷虚空，冰寒刺骨，让人心寒。

宁戈的目光紧紧锁住长枪刺过虚空的轨迹，心中虽寒，却极为冷静，他的思维在不断地变幻错位，判断着自己最佳的出手时机。他既已出手，就绝不后悔，必须要防范到樊哙的介入，应付随时可能出现的夹击。

“呼……”当宁戈全力出手时，这一击几乎提聚了全身的劲力，他的禅杖远比对方的长枪要重，充分发挥他兵刃上的优势，无疑是一个明智的选择。

“叮……”双方的兵刃再次交击，却没有宁戈预想中的爆响，仿佛无声无息，他陡然心惊，因为他发现自己的禅杖毫无着力之处，而对方的长枪一点之后，借助一股惯性之力将自己禅杖中的力道引向一边。

“轰……”禅杖扫向了一棵大树，枝叶狂舞，如木盆粗的大树竟被拦腰截断，轰然而倒。

而扶沧海却枪锋回旋，爆发出万千寒芒，趁机罩向宁戈的每一个要害之处。

他的长枪之快，犹如闪电，变化之多，更似雨前天上的乌云，逼得宁戈只有一个选择，就是拖着禅杖，退！

退不是败，而是暂避锋芒，有时又是以退为进，所以退不是怯懦，倒有些像一门艺术。

拥有这种观点的人并不止宁戈一个，但对这种观点了解得如此透彻的人似乎只有宁戈。因为对退的这门艺术的研究，一直是宁氏家族世代相传的秘密，宁戈对自己的退一向极有自信，也是常用的一种战略。

何时退，怎么退，退到一个怎样的程度，这就是退所涵括的内容，看似简单，但真要做到完美，却不能相差一丝一毫。

当扶沧海的枪锋逼入他面门三尺处时，他才开始退。他退的速度与枪锋行进的速度保持一致，退出七尺之后，他倏然出手。

这一切都是经过周密计算才付诸行动的，只有当他出手的那一刹那，扶沧海才明白宁氏家族的人何以会选择禅杖来作为他们的兵器。

宁戈之所以在枪锋挤进三尺时才开始退，是因为他手中禅杖的长度有五尺左右；他退的速度之所以要与扶沧海保持一致，是因为他不想改变这三尺的距离，而退出七步所需的时间，正好可以让他将全身的劲力提聚到手臂。当这一切都准备就绪时，他的手臂一振，禅杖突地反弹，在空中的这一端杖锋以无与伦比的速度迎向了扶沧海的枪锋。

禅杖两头为锋，都可实施攻击，这就是宁戈要使禅杖的原因。

而且这以退为进的变化实在太奇、太快，根本超出了扶沧海的想象范围，等到扶沧海想到变化时，已经迟了。

虽有一河之隔，但在纪空手与刘邦之间，已经隐约听到了河岸那端传来的兵刃交击声。

刘邦的脸色变了一变，他似乎有些明白了纪空手的用意，那就是将他隔在对岸，然后拖住他，让他根本无暇顾及那一端发生的事情。

他心系虞姬，不敢再耗下去，以他与韩信的功力，要渡河过去并不难，难就难在纪空手既然有心拖住他，自然有非常的手段。对这位纪少的实力，他实在领教太多了。

他向纪空手望去，只见他脸上依然带笑，眼睛微眯，似睡非睡，不过刘邦不敢有任何的大意，叫来韩信，耳语了几句。

韩信微微点头，斜眼看了纪空手一眼，恰巧纪空手也在这个时候睁开眼睛，微微笑道：“时间也不早了，刘兄，请借一步说话。”

刘邦微一沉吟，点了点头：“这就动手吗?”

“难得你我兄弟重逢，动手动脚也不怕煞了风景?”纪空手显得极是从容，“请!”

他先向左边的草地横移了十丈，然后站定，刘邦迟疑了片刻，心里狐疑，与他相距数尺而立。

“我今天来，绝对不是为了霸上的一点小事而来寻仇杀人，也不想再与刘兄结下梁子。经历了这么多的事情，我对这江湖上的打打杀杀也厌了倦了烦了，什么逐鹿中原，什么争霸天下，也看得很淡很淡，所以刘兄大可放心，只要刘兄交出一个人来，从此之后，你我就各不相干，恩怨两断。”纪空手刻意压低了声音，以防隔墙有耳，虽然以他二人的功力，别人要想近身实在很难，但纪空手还是带了三分小心。

“这可不像是你纪少的为人，不过就算你肯讲和，本公也未必同意。你我之间结下的血仇，又岂是仅凭几句话便可以化解得了的？”刘邦冷哼一声，思及卫三公子再也不能存活于世，他的心便痛如刀绞。

“如果真要深究，只怕刘兄首先对不住的人就是我吧？我和你无怨无仇，而且为你鞍前马后，出谋划策，你却想借刀杀人，这未免也太无情了吧？”纪空手冷笑一声，强压怒火。对他来说，被朋友出卖是他平生最恨之事，他本无心投身这乱世的旋涡，偏偏这旋涡将他卷了进来，走到今天这一步，原是他不曾预料到的。

刘邦淡淡一笑，道：“自我生于这个人世，就已经是身不由己了。如果要我选择，我又何尝不需要一个你这样的朋友？可是造化弄人，却偏偏让你中了流云道真气，几成废人。对我来说，既然涉入江湖，已经没有有情无情之分，只有朋友与敌人！而朋友有两种，就是可以利用和不能利用，你当时伤势极重，又深谙我造神底细，无论是谁，只怕都要除之而后快，你又怎能说我无情呢？”

“说得好！”纪空手不气反笑道，“这么说来，你我更有尽释前嫌的必要。因为我接下来要说的事情，不仅可以让你免去杀头之灾，而且还可以让你逢凶化吉，从此青云直上。”

“你认为我会相信吗？”刘邦觉得自己完全有一种遭戏弄的感觉。

纪空手微微一笑，道：“我是宁可失信于小人，也不肯失信于君子，信与不信，只在于你是君子还是小人。”

"你……"刘邦的眉间腾出一股怒火，便要发作。

"能忍别人不能忍之事，方为大丈夫，你若是想争霸天下，难道连这点气也忍不了吗?"纪空手悠然而道。

刘邦心中一凛，头脑顿时清醒了不少，拱手道："不管是君子还是小人，我都想听一听你的高见。"

他突然改变了主意，是因为凭他对纪空手的了解，相信纪空手并不是一个无聊之人，对方既然花费如此心机约己谈话，绝不会无的放矢。

"你能这样，我不得不对你有所佩服，因为你再一次证明了有利和无利才是你认清敌友的唯一标准。"纪空手语带嘲讽地道，"所以在这一刻，你至少应该把我当作是你的朋友。"

刘邦脸色一暗，变得铁青。

纪空手却浑似未见，只是淡然道："请问刘兄，此次鸿门一行，所为何事?"

刘邦见他终于说到正题，道："拜你所赐，当然是洗清嫌疑。"

纪空手明知故问："要让项羽相信你与问天楼毫无瓜葛，实在很难，请问刘兄用什么来释疑?"

刘邦强压怒火，耐着性子答道："一个是卫三公子的人头，一个是虞姬的香嘴!"

纪空手拍掌笑道："佩服，佩服，我虽不知刘兄与卫三公子到底是什么关系，但你能想到用他的人头来取悦项羽，手段之狠，心肠之毒，果真是做大事的人，但是……"

他顿了一顿，才悠然接着道："你打虞姬的主意，只怕错了，而且错得实在离谱，也许会让你就此将人头留在鸿门!"

刘邦突然笑了，笑得很邪："如果你认为凭你这么一说我就会放了虞姬，那就是你错了，而且真的错得离谱!"

"是吗?"纪空手拍了拍手道，"你想用虞姬替你在项羽面前说话，前提却是虞姬必然要受宠于项羽，否则一切都是枉然。可是你是否知道，虞姬早已是我的人了，她既无处子之身，又怎能得到项羽的恩宠?"

“什么?”刘邦只觉晴天一记霹雳，震得自己目瞪口呆，半晌才吼道，“不会的，不会的，你在骗我!”

盛怒之下，他“锵……”的一声，已拔剑在手。

纪空手却怡然不惧，冷笑道：“现在可不是动手的时候，你应该比我更清楚，你现在要做的，就是冷静下来继续听我说下去。”

他冷冷地看了刘邦一眼，见他缓缓地收剑回鞘，这才说道：“其实有一个办法，不仅可以弥补这种错误，而且还能让项羽言听计从，你想不想知道?”

刘邦此时已是方寸大乱，虽然表面上还是冷峻镇定，但他闪烁不定的目光暴露了他此刻的心态。

“有这样的好事，你能告诉我？你不是一直想置我于死地吗？如今有了这个大好机会，难道你还会放弃?”刘邦苦笑道，他没有理由去相信自己的仇人会帮助自己脱离这个苦海，这是一种奢侈，也是一个白日梦。

“如果我告诉你，我之所以帮助你，是想借助你的力量来对付项羽，然后坐山观虎斗，你会相信这个理由吗?”纪空手直接说出了自己的意图，因为他和刘邦都是聪明人，只有这样，才可以让刘邦相信这不是一个陷阱。

刘邦眼神一亮，似乎为纪空手的这句话而心动，同时也相信这个理由是出自纪空手真正的意图。事实上，凭纪空手的实力，如果自己灭亡了，他就只有看着项羽坐大，根本就不可能撼动项羽赖以生存的强大根基，这个世界本就充满着尔虞我诈、相互利用！合则有利，是仇人也能成为朋友；合而无利，便是再好的朋友也会分手。这也是这个乱世赋予人类的生存哲理。

他终于笑了：“我相信，不过我听说坐山观虎斗还有一个典故，你想不想听?”

纪空手知道他的心结已开，笑了笑：“你说的这个典故我也听过，是说一个猎人看着两头猛虎恶斗，便坐在旁边。他心里想着等到其中一只猛虎咬死了另一只猛虎之后，这只猛虎必定也会筋疲力尽，到时候他就可不费一点力气捡个大便宜。可是他万万没有想到，那头猛虎咬死了另一头猛虎之后，还有不少的力气，便扑上来将他也吃了进去。”

刘邦深深地看了他一眼，道：“难道你不怕自己是那个猎人?”

纪空手沉声道：“这至少还有机会，如果说这座山中只有一头猛虎，那么这个猎人就永远没有猎杀的机会。做人，其实有的时候就是一场赌博。”

这一次轮到刘邦拍手叫好了：“精辟！你能这么想，就证明了你已经懂得把握机会。不管怎么说，两人争夺天下的机率，肯定要比三个人争夺的机率要大。”

纪空手似乎有些明白五音先生真正的意图了，可是他的心里还是在想，如果刘邦最终成了那只吃人的猛虎，那么自己岂不是忙活一时，替别人作嫁衣裳吗?

以刘邦的心机城府，这未必就没有可能，不过幸好在此之前，他们巧施妙计，除掉了最大的威胁——卫三公子！这使得他们在对付刘邦的时候多了一分把握。

吉凶祸福，谁能预料？未来命运，谁又能真正把握？这是一个谜，无论是刘邦，还是纪空手，他们现在都无法知道这个谜底，只有等到了那一天，他们才会懂得今天的选择是谁对谁错。

既然如此，纪空手只有注重眼前，就算刘邦真的是一头吃人的猛虎，他也要使尽浑身解数与之一斗，他不需要追求完美的结果，他要的，就是玩个心跳!

“虞姬虽然美丽，却未必能得到项羽的恩宠，从而对她言听计从。以项羽的身份地位，以及自负的性格，他之所以会先追红颜，再求虞姬，只是为了满足自己的虚荣心，想让天下人都看看，他项羽是一位大英雄，所以才能得到天下最顶尖的美人慧眼相侍。其实在他的内心，所追求的并不是女人外表的美丽。”纪空手缓缓说道。

刘邦本是性情中人，闻言点头道：“没错，美丽固然重要，但一个真正极品的女子，不仅美丽，更要在一颦一笑中带出万种风情，假若在这种基础上还擅长床第之欢，深谙个中情趣，这样的女子，方为极品中的极品。”

“所以在项羽的心中，他所追求的女人根本就不可能出现，拥有处子之身的美女，她又怎能擅长床第之欢？而深谙床第情趣的美女，又怎能保持处子之身？就算这美女不识风情，尚可调教，可是你已有火烧眉毛之急，又如何有时间等得下去？”纪空手一一剖析着其中的原由，断然道，“由此可见，虞姬绝不是你要送出的最佳人选。”

刘邦不由得苦笑道：“照这么说来，不要说是虞姬，纵是普天之下的女子也不可能寻出这样合格的一位来！”

纪空手摇了摇头，道：“也许这世上没有，不过可以造得出来，就像现在，谁都知道你是赤帝之子，是应天而生的神灵，除了我与韩信之外，谁又会怀疑这只是一场骗局？”

刘邦脸上一红，道：“话虽是如此说，可是明日便至鸿门，就算临时抱佛脚，只怕也来不及了。”说完已是忧心忡忡。

纪空手淡淡一笑，道：“世间无难事，关键是看你是否有心。其实有一位人选，恰恰便能救你一命。”

“谁？”刘邦仿佛在溺水之际突然抓住了一根稻草。

“此人一直就伴在你左右，其中妙趣，想必你早有体会。”纪空手哈哈一笑。

“卓小圆？”刘邦脱口而出，接着又狐疑起来，似有不解，“她从九江回来，一直被我深藏军中，你是如何知晓的？再说了，你又怎么知悉她有那般妙处？”

纪空手道：“我是如何知悉的，这并不重要，但我知道卓小圆是幻狐门的传人，而五音先生又告诉我幻狐门中有一种不传之秘，可以让旧人变新人，纵是与人交合千次，只需一炷香时间，这女人的私处便一如处子，完好无缺。对于这一点，相信刘兄不仅有所耳闻，而且也深有体会，应知我所言非虚吧？”

刘邦幡然醒悟，心中虽有不舍，但是此事关系到自己的命运，狠下心来，有何不能？不过他还是疑惑地道：“你说得一点不差，卓小圆不仅擅长床第之欢，亦能扮成处子之身，只是她的相貌与虞姬差了一层，若是项羽发觉不是虞姬本人，岂不是更惹事非？”

纪空手哈哈一笑，道：“你不要忘了，站在你眼前之人不是别人，乃是盗神丁衡的朋友，再说卓小圆的脸形与虞姬七分神似，以我的身手，绝对可在刹那间就让她变得与虞姬形似十分，更巧的是，项羽从未见过虞姬，只要她跟传说中的虞姬相似，貌倾天下，那么她一入鸿门，必被项羽金屋藏娇，天下间又有谁能够分辨得出真假来？所以此计必然可行。再说，比之虞姬，卓小圆反而更容易被你控制，如此两全其美之事，何乐而不为？”

刘邦眼中露出一丝欢喜，虽不说话，但内心却大是佩服，只觉得纪空手的智计之多之奇，的确让人有仙人指路之感。可是他看看天色，不由惊道：“此计虽妙，但此地相距霸上甚远，只怕一来一回在时间上有所不及。”

纪空手神秘一笑，道：“若是现在想起，当然晚了，我不妨告诉你，此刻那大车中坐着的人已不是虞姬，而是卓小圆。你前脚一出霸上，我后脚便将她劫了出来，然后再悄悄地利用这段时间派人使了调包计，这样一来就可以掩人耳目了。”

刘邦大喜：“这么说来，此事除了你我之外，便再无第三者知道真相？”

纪空手点头道：“否则我也不会费尽这番心思，将你隔在对岸了。”

刘邦哈哈大笑，仿佛心中悬着的一块大石终于落地，整个人顿时轻松不少，再看纪空手时，他已悄然隐没于夜色之中。

望着纪空手远去的背影，刘邦心里忽然想到了一个问题，不由浑身一震。

“纪空手若真是想借助我的力量来抗衡项羽，他就不该设下霸上那个杀局。如果没有那个局，我又怎会落到今天这步田地？”他想了很久，始终琢磨不透其中的奥秘。

刘邦却不知，这其中的关键，在于一个卫三公子。如果纪空手不设局让卫三公子自送性命，他又怎会放心地来成全刘邦这鸿门之行呢？按照纪空手的本意，他本就是要置刘邦于死地的，无非是形势有变，才让他改变了主意。

以卫三公子的武功见识，心智谋略，假如他不死，就算纪空手与之联手除掉了项羽，纪空手也没有实力再与问天楼以及刘邦一争天下。对纪空手来说，他当然不愿意去做那位被猛虎吃掉的猎人。

不过纪空手千算万算，似乎还是算漏了一点，那就是纵然没有了卫三公子，他就真的能在日后的角逐中占到上风吗？

世事如棋，谁也不能预料将来的事情，也许这一次，纪空手真的算错了也说不定。

第四十二章　狐女多情

对于扶沧海来说，自己从来还没有与死亡这么贴近过，他根本就没有想到宁戈还有这么一手反败为胜的绝活。正因为没有想到，他才心惊。

“呼……”借助一弹之力杀来的禅杖犹如一条恶龙，张牙舞爪，杀气漫天，以极为精准的方式向迎面而来的枪尖疾撞而去。

扶沧海根本就来不及反应，近乎本能地松开了握枪的手。他心里十分清楚，禅杖的来势霸烈无匹，劲力十足，一旦撞上枪锋，完全有可能将自己震得气血翻涌，身受重创。在这种情况下，明智的选择就是暂时舍弃自己心爱的长枪。

不仅如此，同时他“呀……”的一声大喝，在最短的时间内将自己的身体横移七尺，以避对方不可御之的杀气。

“哧……”果不其然，长枪一触禅杖之时，发出一声尖锐的金属之音，迅即倒飞而射，如一道电芒般深深地插入到一棵大树的树身之中。

但是对扶沧海来说，危险并没有解除，就在他移动身形的同时，宁戈手臂一振，将禅杖猛地一拔，扬起沙石碎土，如无数暗器般撞向扶沧海。

“呀……”扶沧海再惊，但他再也来不及有其他的反应，只能提气，硬生生地接受了这些沙石碎土的激烈撞击，同时脚步一滑，将自己勉强隐入一棵大树之后。

他的身形已显呆滞，远不如他先前的那般敏捷利索，脚步虚浮，证明他已受了不轻的内伤。

宁戈并不怀疑这其中或许有诈，他目睹着扶沧海表现出来的这一切，心中明白自己已稳操胜券，因为他相信自己刚才的连番攻击的确完美，所以他几乎没有丝毫的犹豫便使出了这最后一击。

“啸……”他以奇快的速度将禅杖在头顶上旋转了数圈，然后借这一旋之力，突然爆发。

“呼……”禅杖漫空，如一团暗影，更像是深秋中漫卷落叶的劲风，照准那棵大树横扫过去

一时之间，整个虚空一片混沌，每一寸空间，似乎都涌动着无数的气旋，以无数股力的作用，诠释了莫可匹御的霸烈。

樊哙没有动，只是以一种无比复杂的心态看着眼前发生的一切。他的大手已经张开，在拇指与食指之间，赫然立着一把七寸飞刀，甚至于全身的劲力都已经渗透入刀中。可是，他依然没有任何动作，就像是一尊泥塑的雕像，木然地望向眼前的虚空。

他的飞刀之所以没有出手，不是不能，而是在突然之间，他似乎找不到自己的目标。

刹那间出现的惊变，打破了他头脑中固有的思维，谁是敌人？谁是朋友？这种本来是非常清晰的场面却因为宁戈的偷袭而变得复杂起来，一时之间，他睁眼难辨。

只有当宁戈使出这最后一击的时候，他的心里发出了一种让人悸动的震颤，感到了一股不可名状的悲凉。

“不要——”他终于扑了过去，与他身形同时飙出的还有他的飞刀。

可是他的决定显然太迟了，飞刀虽快，却已经不能阻止宁戈发出这致命的一击。那如秋风疾扫的禅杖，已经触到了那棵大树的树身。

“轰……轰……轰……”一连串的爆响就在此时响起。

樊哙猛惊，入目所见，竟是一幕不可思议的场景。

就在宁戈的禅杖扫到树身的刹那，在这棵大树的旁边，还有三棵树围粗大的古木，它们的树身不约而同地炸了开来，三道如狂飙般的劲力同时挤向了宁戈的禅杖。

禅杖入木已有三寸，却再也无法动弹，就像是被三只有力的大手紧紧

抓住一般，无论宁戈如何用力，都无法让它再进一寸。

这惊人的一变完全出乎宁戈的意料之外，心中的震惊，根本无法用言语来表述。

他用尽了全力，来完成这最后的一击，当他自以为这是一记势大力沉、近乎完美的一击时，却连一棵大树都折不断，这怎能不让他心惊?

更可怕的是，他根本就没有看到敌人的真面目，只是见到那三棵古树上爆出三个大洞，从洞中发出三道无形的气流，透过虚空，紧紧地锁住了自己手中的禅杖。

这似乎有些不可思议，但宁戈明白，这古树纵算是千年树精，也不会自己向外吐气，这劲气的来源，还在于树后的高手。

他没有时间考虑，必须运力抽回自己的禅杖，因为在他出手之际，已经听到了樊哙飞刀的破空之声，他只有挡击了这记飞刀，才能静下心来度量自己此刻的处境。

“呀……”他大喝一声，借着这一声之威，猛然发力，他就不信，以他数十年的内力修为，还比不上这三道隔空传来的真力。

“呼……”但是就在他骤然回拉之际，却惊惧地发觉那强压在禅杖上的力道陡然间消失得无影无踪，自己爆发出来的巨力如洪流般逆回体内，胸口处仿佛被重锤猛击了一下。

“吾命休矣!”宁戈心中惊叫道，脚步“蹬蹬……”直退，浑身好像有一种几欲爆裂的感觉。

林间突然静了下来，除了宁戈急促的喘息声外，再也闻不到其他的声音。禅杖依然还斜劈在树身上，就像是古树长出来的一段枝丫，自然和谐，再也不存一丝杀气。

那树后的人没有现身，就连扶沧海隐入树后，也仿佛凭空消失了一般。这刚才发生的一切，来得突然，去得更快，就好像这只是樊哙与宁戈的幻觉，而不是活生生的现实。

宁戈好不容易将自己的气血调理顺畅，缓缓站起，正要拿回自己的禅杖，却见樊哙阴沉着脸，正好站在了他的身前。

“你想杀人灭口？”宁戈心中一惊，情不自禁地退了一步。

樊哙摇了摇头，道：“不是，我只是想知道，你刚才为什么要在我的背后下手？”

宁戈冷笑一声：“你还好意思来问我，你背叛沛公，勾结外人来对付我们，像你这样的奸细，人人得而诛之！”

樊哙松了一口气，道：“原来如此。既然事已发生，我也不怪你，希望下不为例。我可以明确地告诉你，我和沛公是从小玩到大的朋友，我就算背叛了天下人，也绝不会背叛沛公！”

宁戈这才知道自己一时莽撞，差点失手伤了自家人。这样算来，倒是扶沧海及时刺出一枪，替自己减了一桩罪孽，当下也不言语，只是默默地看着樊哙。

樊哙轻叹了一声：“你可知道，这些人都是什么人吗？”

宁戈摇了摇头，心中也觉得奇怪。刚才一进林子便打打杀杀，一直没有时间来考虑事情，这会儿醒过神来，才发觉这些人行踪诡秘，意图不明，根本让人分不清是友是敌。

“他们其实是纪空手的朋友。”樊哙的眼神中透出一股复杂之情，沉声道。

“纪空手？”宁戈心中一凛，突然灵光一闪，想起了什么似的，“怪不得我老是觉得这路枪法十分眼熟，原来那人就是南海长枪世家的扶沧海，他能从我的禅杖下从容而退，果然名不虚传。”

“这也是我要出手阻你的原因。”樊哙心事重重，一脸沉痛，“沛公已经对不起纪空手了，我们又怎能再对不住他的朋友？虽然我不清楚他们之间到底发生了什么事情，也无法化解他们之间的恩恩怨怨，但对不起朋友的事情，我樊哙绝不会做。”

宁戈安慰道：“不过还好，虽然打杀了一阵，也没有伤着人，算不了谁对不住谁，就算大家扯平了。可是我还是觉得有一点奇怪，你说他们闹这么大的动静，总不成就这样与我们闹着玩吧？”

樊哙脸色一变，道：“你的意思是……”

两人同时跳了起来，拿着兵器叫道："调虎离山!"发力向林外疾奔而去。

他们终于想起了林外的虞姬，看这种架势，扶沧海的本意原就是引他们过来，然后拖住他们，那么扶沧海的同伴就可以带走虞姬，否则的话，扶沧海就没有必要演这么一出戏。

这当然是他们心中的猜测，却也是最有可能变成现实的猜测。他们深知虞姬对刘邦此次鸿门之行的重要性，所以想到这里，无不色变，几乎惊出了一身冷汗。

两人几乎是同一时间掠出林外，放眼望去，只见百步之外阵队依然列队整齐，战士刀戟并举，身板挺立，根本就不像他们想象中的混乱场面。樊哙与宁戈松了一口气，却又狐疑地对望了一眼，心里嘀咕着走了过去。

樊哙外相粗鲁，心中却细，到了虞姬所乘的大车边，抬手敲了敲车厢，关切地道："虞家大小姐，你没事吧?"

"我没事，有劳樊将军惦记。"里面传出一个柔美的声音，轻悠悠的，十分悦耳。

樊哙不由怔了一怔："她怎会知道我的姓氏?"心中虽然诧异她的声音似乎多了一股骚可入骨的嗲味，但想想自己只是偶尔听她说过一两回话，记错也就在所难免。

他摇了摇头，记挂着对岸的刘邦，放眼望去，却见对岸已燃起一堆篝火，火光映红了半个江面，当头骑马之人，正是刘邦。

经过了一番周折之后，马队终于渡过河去，眼见天色已晚，当下沿河扎下营帐，升起数堆篝火，休整歇息。

刘邦记挂着纪空手所说的调包之计，走出自己的营帐，但见微寒的秋风吹过大地，数点灯火照着整个营地，好生宁静。

经过了这么一番折腾，除了在营地外围看风放哨的将士之外，所有的人都带着一身疲累入睡，可是刘邦行不几步，却发现虞姬的营帐中依然燃着灯火。

“她在等我，纪空手既然教给她易容之术，又怎会不将事情的来龙去脉告诉她呢？所以她一直在等我去见最后一面。”他心中的“她”，当然指的不是虞姬。虽然他相信纪空手的确是真心帮他，以避鸿门之险，但先失父亲，又失宠姬，这一连串的打击，让他感到有些身心俱疲。

卫三公子的死，已经让他感到了一人独撑大局的压力，此时内忧外患之际，又将失去自己最宠爱的女人，他的心里几乎有一种窒息的感觉。

但是更让他感到可怕的不是项羽，而是如影随形、阴魂不散的纪空手，虽然他相信纪空手已经和自己达成了一个共同抗项的联盟，但这只是一种相互利用的关系，也是一时权宜之计，以纪空手的能力，他或者才是自己今后要对付的最大劲敌。

经过了一番深思之后，刘邦终于明白了纪空手的真正用心。表面上看，此次纪空手似乎是帮了自己，让自己得到了好处，而事实上，造成自己今日远赴鸿门之行的始作俑者正是纪空手。他不仅设计清除了自己最有力的靠山——卫三公子，而且以卓小圆换回了他的虞姬。对纪空手来说，整件事情，他无疑是最大的受益者。而自己呢？虽然有了卫三公子的头颅和卓小圆的胴体，可以让自己有把握重新获得项羽的信任，可是自始至终，自己不但没有得到一点好处，而且失去了最敬重的父亲，甚至还要眼睁睁看着自己的女人投入别人的怀抱！诸般事情串在一起，这怎能不让刘邦痛心疾首呢？

“纪空手呀纪空手，你的心好狠，我刘邦但有一口气在，这杀父之仇，夺妻之恨，一定要你加倍奉还！”刘邦近乎是咬牙切齿地对天发誓，虽然这些天来他看似处处占了下风，好像根本就不是纪空手的对手，但这是因为纪空手利用了项羽来使自己处处受制，才会令自己一筹莫展，唯有任他摆布。可是明天一过，只要他重新取得了项羽的信任，摆脱项羽对自己的威胁，他就可以腾出手来对付每一个对手，包括项羽，包括纪空手！

他之所以有这样的自信，不仅是因为他拥有十万将士与问天楼弟子的忠心，最主要的是，他的手上握着项羽与纪空手没有的东西，那就是登龙图，只要有了财富与兵器，不出三年，他完全可以成为一头猛虎，不仅要吃掉项羽这头猛虎，还要吃掉纪空手这乱世中的猎人。

他充满自信，想到这里，他的脑海中蓦然闪出一句话来："忍得一时之气，方为人上之人！"他觉得这句话正是对自己说的，要的就是这话中的狠劲。

不知不觉中，他已来到了营帐的门口，正自踌躇间，忽听得营帐中发出一声轻叹，满含幽怨："你终于来了。"

刘邦心中一动，听出正是卓小圆的声音。

"来了，我又怎能不来呢？"刘邦苦笑着答了一句，话中所带出的深情，谁又会相信刘邦会是一个无情之人呢？

掀帘而进，便见卓小圆独坐帐内，傍着烛火，头结凌云高髻，横了一支绿玉制成的风求凰钗，身穿一袭华美彩服，脸上轻涂脂粉，艳光照人，只有刘邦看出她的眼中带了几分哀怨。

若非对方才的声音极为熟悉，刘邦几乎认不得眼前之人就是卓小圆，无论他怎么细看，都觉得这本就是活脱脱的虞姬，真正应了纪空手所说的"七分神，十分形"。

"你请坐。"卓小圆看着刘邦惊奇的眼神，不觉莞尔一笑。

刘邦好不容易回过神来，刚要坐下，却见卓小圆拍了拍身边的锦垫道："你我虽无夫妻之名，却早有夫妻之实，你总不会因为我相貌变了少许，就不敢疼我爱我了吧？"

她这看似不经意的一句话，却让刘邦的心禁不住颤了几颤，缓缓地坐将过去，一把将卓小圆紧紧地拥入怀中。

隔着衣衫，两人还是同时感到了对方身体的热度，甚至互相感受着对方的心跳，让人迷醉的，不是她那动人的容貌，而是配合着这迷人体态显露出来的那娇慵懒散的丰姿，伴着淡淡的体香，刘邦感到了生理的冲动，浑身躁热起来。

刘邦无法保持应有的冷静，一想到这衣裙里面那撩人的风景，他甚至忘了心中的一切苦痛，只想让自己毫无保留地和这个女人融合在一起……

他以一种近乎粗暴的方式抬起卓小圆的俏脸，迅速地找寻着她那鲜美红润的香唇，然后痛吻下去，极尽情挑之能事，让两人的舌尖在嘴里互抵互送，呜咂有声，同时一双大手趁势撕裂了对方的衣裙，喘息声中，一个美丽迷人的胴体顿时呈现在烛火之前。大帐之中，洋溢出浓浓的春意。

卓小圆似乎再也禁不住这情挑的诱惑，娇躯如蛇般款款摆动，浑身轻颤，呼吸愈发显得急促，香舌进出于刘邦的嘴里，或吮或吸，情之所动，渐渐入迷……

她的一双纤手也在刘邦的身体上飞速游走，急切地替他解着衣衫。当她那颤巍巍如处子般笔挺的酥胸紧紧地贴住刘邦异常健美的体肤时，她的眼神变得愈发迷离，嘴中发出无病的呻吟。

刘邦的手一点一点地寻找着这女人风景的最佳处，探幽寻胜，越过挺立的玉峰与平软的腰身，终于触到了那软热无比的……

卓小圆浑身一震，整个人软瘫如泥，双手紧紧地搂住刘邦，喉咙里发出一种好似蜂采花蜜的动人之音。

她只觉得自己的心儿飘了起来，升入云里，如雾般迷醉。情热之际，她绷直着美腿，小腹禁不住微动不停，仿佛在渴望着某种物体的进入……

浓浓芳草间，已有几许流香溢过，入手处，已是温软滑香，幽门微开，香舌吐露，千山万水，这边风景独好。

刘邦一触此处，浑身一个激灵，虽说他与卓小圆已非初次，但他忽然想到纪空手所言的“妙趣”，此事关系到自己一生的命运，他心中生出了有心印证一番的冲动。

思及此处，他的头脑似乎清醒了不少，轻轻地离开她的香躯，爱怜地看着她无力半睁的秀眸，欲言又止，只是深情地凝视着她。

卓小圆似乎感应到了他身上某个部位的疲软，脸上顿时露出茫然之色，轻轻叹道：“你果然是真的厌倦了我。”说完两行清泪夺眶而出，缓缓地自她俏丽的脸颊滑过。

刘邦不知她何以会说出这么一句话来，不由低头轻咬她的耳垂，柔声道：“我爱你还来不及，又怎会嫌弃你呢？你跟随了我这些时日，难道还不懂我对你的心思？”

卓小圆似乎想起了过往的趣事，不自禁地笑了笑，转而神色一黯，幽然叹道："我明知你对我好，却还要怨你，的的确确是我自己的不是。我幻狐门受了卫三公子的大恩，本就是想以身为报，随你取舍的。换作他人，我也认了，可是偏偏让我遇见了你，这才使我心有不甘。"

刘邦听着她每一句话里都带着款款情意，心中的难受真是到了极点，一时无言以对，听她继续说道："我原以为，自从入了门道之后，我的这颗心是不会再属于任何人了。我原不是没有见识的女子，风月场中也经历了太多的事情，可是当我第一眼看到你时，我就知道，自己完了，因为我还从来没有见过一个男子能够这么让我心动！"

"我又何尝不是这样？记得那日在樊阴的将军府中，你与我眉目相对，我便醉了，自此之后，那一夜的风情我至死也不会忘记！"刘邦情动地将她搂入怀中，两人赤身相对，肌肤紧贴，可不知为什么，竟然丝毫没有爱欲的感觉。

卓小圆轻轻地抚摸着刘邦的后背，似乎沉入一种梦境之中，妩媚一笑："蒙你不弃，藏入军中，度过了这些让人心动的日日夜夜，我心中便想，'能有这样的一个男人，我还有何所求？即使就让我今生一心一意地跟着他，随着他，我也是千愿万愿的！'可是偏偏造化弄人，又让我遇到了纪空手。"

刘邦一听到这个名字，一腔柔情似乎去了十之八九，沉声道："我一直奇怪，这纪空手是如何知道你的下落的，又是从何得来你我之间的事情，除了我身边的几个亲近之人，应该再没有人可以知晓内情，难道说在我的身边，还有奸细不成？"

他其实心中一直有这个疑惑，只是深埋在心中，慢慢细察而已。虽然他不敢确定此人是谁，但身边潜下这样一个隐患，终究是心头之患。

"我不知道，我也不想知道，我只知道他那一日进入我的营帐，只对我问了一句。"卓小圆轻轻地道。

"什么话？"刘邦奇怪地问道。

"他对我说，'我知道你与刘邦的事情，如果你不想看着他去送死，就跟我走！’我心里虽然迷惑，但却知道他说的一定是真话，因为这些天来你总是在我面前表现出一副心事重重、忧心忡忡的样子，让人看了着实心疼。”卓小圆的眼圈又红了起来，伸手轻掐着刘邦的大手，似有不舍之意。

刘邦心有感动，埋头在她乌黑顺滑的发梢里，闻着淡淡发香道：“所以你就跟着来了?”

“我不能不来，为了你，别说是一个身子骨儿，就是要了我的性命，我也毫不犹豫！”卓小圆拉过刘邦的大手，将它引带到自己起伏的酥胸之上……

刘邦苦笑了一下，无奈地叹息一声：“我堂堂沛公刘邦，今日方知，自己是枉为男人呀！”

卓小圆掩住他的嘴，深深地看了他一眼，道：“我只想问你一句，这些日子以来，你是否有过真心待我?”

刘邦与她四目相对，良久之后，方缓缓地点了点头。

卓小圆喃喃地道：“只要有你这句话，便不枉我对你的这片心。”她忽然身子一倒，横躺在锦垫之上，柔声道，“来吧！来疼我爱我吧！让我把心儿留在这里，留在你的心里！此心只属我的刘郎！”

刘邦没有说话，只是静静地看着横在眼前的胴体，看着那一如处子的女儿私处，面对自己心爱的女人，他已不管明天，只想好好地把握现在，让今夜的风情，成为两人心中一道永远的风景。

他的眼已红，浑身犹如爆发的火山，躁热不安，再也抑制不住自己心中的爱意与欲火，毫不犹豫地跨步上去。

他心中有柔情，但他的举止却狂猛而粗暴，以一种最直接的方式，有效地将两人联系在一起。

帐外已是初冬，略带寒意，帐内却是温暖如春，一片绮丽，若是每一夜都是如此过去，谁又能记得明天是怎样的光景?

当刘邦毫无保留地进入到她的身体的那一瞬间，她不再有女儿家的矜持，呻吟娇喘，耸腰相迎，已成了一个在情郎身下婉转承欢、尽情享乐的淫娃荡妇。有爱之欲，远比无爱之欲更加狂烈，更加粗暴，更加放肆，因为他们都是用心来诠释自己的感情，宣泄着自己无比浓烈的欲火。

每一寸的光阴都在疯狂的运动中滑过，不让任何时空的距离成为他们同为一体的阻隔。

男女之间狂欢般的喘叫与快感犹如电流般一次又一次地冲击着卓小圆的神经，神魂俱飞间，她甩头摇身，拼命地呼喊着这个粗暴有力的可爱男人的名字，双手抚摸着男人近乎完美的身体，以最默契的频率，去感受着对方爆炸性的力度和轻重有度的叩击，让自己一次又一次地攀上快乐的顶峰，直到身心俱疲。

今晚，她是属于他的，她要把心留下，过了今晚，心还在这里，但她的人却要投入到别人的怀抱。

无论是她，还是他，他们都别无选择。正因为这是一个凄美的结局，所以这过程才会是这般的疯狂，这般的热烈，这般的让人黯然销魂。

当她又一次达到灵欲的高潮时，一泄如注，整个人已是一片昏迷。

刘邦久久地凝视着她的胴体，望着数点落红，虽然他并不陌生，但只有在这个时候，他才明白这几点落红，竟然可以改变他一生的命运。

他不得不惊叹人类的聪明与伟大，幻狐门在江湖上绝对不是一流的门派，却能拥有如此玄妙的秘术，这简直让人有些不可思议。

其实这种秘术就是补阴术，它从人的生气与血脉流通的规律中寻找到一个契合点，然后通过一种固定的程序，经过人的训练之后，将身体某一部分的肌肉注入活力，使之发生刺激性的生长，从而达到你所追求的效果。

换而言之，就是一个女人，只要她掌握了补阴术，无论她曾经多么淫荡，她都可以在一夜之间人为地将自己还复成处子之身。有了这种近乎神奇的技术，卓小圆又怎能不是这女人中的极品，这销魂阵中的悍将呢？

迷糊中的她沉沉睡去，醒来时已是天色渐明，一摸身边，刘邦却已不知去向。在她的发鬓上，留下了一朵不知名的小黄花。

卓小圆凄寒地一笑，缓缓地将花儿取下，然后一瓣一瓣地将花儿揉碎，散洒一地。

花已碎，心也已碎，只有昨夜的那一阵疯狂，残留记忆中回味。

“你回来了。”当纪空手赶到一座山岗时，五音先生独自一人静立于一座石亭中，放眼茫茫夜空，似乎在思索着什么。只有当纪空手轻蹑而至的脚步接近到他的身后时，他才开口说话。

“是的，一切非常顺利，就不知扶沧海他们回来了没有。”纪空手显然记挂着虞姬，是以才有此问。

“红颜已迎接他们去了，有‘乐道三友’的襄助，又有土行的绝技，应该不会有太大的问题。”五音先生安慰道。

纪空手也知道自己这是关己则乱，不好意思地笑了，然后抬起头来，道：“我一回来，便听车宗主说，你在这里等我。我寻思着，你一定是有什么重要的话要对我说。”

五音先生淡淡一笑，道：“其实也没有急着要说的话，只是夜观天象，有感而发罢了。”

纪空手抬头望天，怔了一怔：“今夜无星无月，天上一片漆黑，这天象如此混沌，如何观得？”

“对你来说，也许如此，但在行家眼中，这夜色只是一道风景，而星月则是藏在这风景之后的东西，不仅有迹可寻，也有一定的规律，只要你用心去观察，就能从细微处洞察天理玄机。”五音先生一脸恬淡，缓缓而道。

纪空手平生最不信命理之说，是以对五音先生所言颇不以为然，对他来说，这世间本无上天可以注定的事情，只有凭着自己不懈的努力，才能最终掌握自己的命运，仅凭天象就能预料未来，只是庸人的无稽之谈。

他的神情落入五音先生的眼中，五音先生不以为意，淡然问道：“你从不信命？”

纪空手不好驳斥，尴尬一笑，道：“这命理之数，信则有，不信则无，全在心数之上，因人而异，我可不敢妄言评定。”

五音先生微微一笑，道："这天象测命，原是由星辰运行来决定一个人的时势运程，在智者的眼中，它的确是真实存在着，你之所以不信，乃是因为你自小混迹市井，看惯了江湖术士在街头玩弄的骗人伎俩，是以才有先入为主的思想，但是你不能因为有了这种思想，就否定一切，这样矫枉过正，终究对你没有太大的好处。"

"是，先生所言极是，空手一定谨记。"纪空手虽然恭声答道，心中却依然有所怀疑。

五音先生知道他的心思，也不强求，只是再望茫茫夜空，良久才道："我若是空口白话，或许说服不了你，但眼前观得一事，或许可以证明我所言非虚。"

纪空手也顺着他所视的方向望去，半天也没看到什么动静，不由在心中暗道："正该如此才对。"

五音先生缓缓而道："其实天下万物，只要存在，必然有它存在的道理。外行人看天，只觉得皓月当空，繁星闪烁，恰似一道极富诗意的风景。但在我的眼中，这天上的星辰，恰恰代表着地上的每一个人，平庸之辈，自然黯淡无光，不为人察。而世间名人，无论是善是恶，是忠是奸，只要他是一号人物，他这一生的运程都可在这星辰运行的轨迹当中有所体现。"

纪空手见他说得一本正经，倒也洗耳恭听，听到这里，插嘴道："若是按先生说法，一个人一生的运程可以预测，那么人活在世上，又还有什么意思？举个例子来说，一个明知自己将来要做帝王之人，他此时无论如何贫贱，无论如何无能，只需躺在家中安稳地等下去，这帝王之位便是他的。这世间哪有如此便宜的事情？除非他老子是一个帝王之君，子承父业，或许灵验。"

"你说得对！"五音先生以一种欣赏的目光审视着他，点点头道，"其实天象命理玄奥之处，就在这里，虽然星辰运行的轨迹可以影响到这个人的时势运程，而这个人的时势运程同样可以影响星辰运行的轨迹，这是相对的，所以这其中便充满了太多的变数，绝非是人力可以悉数把握的，纵是真正的大行家，也只能窥得全貌之一斑，而无法时时处处预测出一个人的运程走势。”顿了顿，又接着道，“可是我这些天细观天象，却看到了一点未来的东西，这也是我何以会改变主意，来全力辅佐你去争霸天下的真正意图。自我与你相识以来，虽然我非常赏识你的胆量与勇气，也欣赏你的武功与智慧，知道你绝非平庸之辈，却从来都没有认为你是争霸天下的人物，这固然是人为的因素，譬如说出道的时间太晚，不合时势；性格上缺少甘为天下独夫的狠辣气质等等，但这还不是太大的问题，假以后天努力，犹可弥补这其中的不足。关键在于你上应的星相星光朦胧，轨迹不定，纵是皓月当空之明月夜，依然难辨细微，可见你虽然出众，却只是这庸人中的顶尖一种，难为天下真主。”

纪空手不由怔了一怔，道：“先生所言何以与前言有误？记得先生曾说过，我自出道以来，每每逢凶化吉，多有奇遇，乃是运程渐旺之兆，怎的今日反其道而言之？”

五音先生微微一笑，道：“此话的确不假，我刚才所言，也只是我从前夜观天象所得。只是到了这几日，我才惊奇地发现，在你的上应星座周围，竟然又多了两颗不明之星，其星一左一右，互为犄角之势，三星相映，浑然天成，有此双星相衬，愈发显得你的星座亮度骤增，光辉照人，纵是这暗沉之夜，也无法阻挡你的丝毫光芒。”

纪空手将信将疑，忽然想到什么，惊道：“先生所指的这两颗星，莫非是暗合了红颜与虞姬？”

五音先生沉吟半晌，道：“应该如此才对。数十年前，出了一个以‘五德始终说’名扬天下的玄学大师邹衍，精通天人感应之术，博学古今，见识广博，与我有多年情谊，我这天象测命之术，便是我归隐之时从他老人家那里学得一二。可惜天妒英才，竟让他从此不再，令我好生痛惜。但他曾言，盛极必衰，衰极必盛，五德交替，无论是由盛转衰，还是由衰转盛，天下人事皆应有兆，皆可寻迹。你能从断续不接的运气转化为如今这般若流水般不可阻挡的运势，应该与红颜、虞姬不无关系，正所谓阴阳相济相辅相成，以阴济刚，方使刚带韧性，其中不无道理。”

他笑了笑，接着道："可惜的是，这些征兆已经应于人事，现在说来，不无投机取巧之嫌。但是真金不怕火炼，这一连三天，我夜观天象，却又重新有了一个大发现，而且从时间上推算，应该会在近段时间就有应验。"

纪空手闻言，心中顿时来了兴趣。他之所以走到今天这一步，固然是得到了太多常人可遇而不可求的奇遇，但归根结底，幼年流浪市井的生活阅历让他逐渐形成了属于自己的思想风格，逢事多想，遇事不乱，既不畏权威，又不轻信于人，纵然是五音先生这般亲近之人，他也从不盲目崇拜。可他也不是一概否定权威，也不是忠言逆耳，他只是用自己的思维来思考问题，透过问题的表面来洞察问题的本质。

事实胜于雄辩，对纪空手来说，他更喜欢用事实来说话，五音先生的话题当然引起了他的兴趣。

"迄今为止，我们一直以为，只有刘邦和项羽才是我们争霸天下的最大敌人，所以我们才会采取用刘邦来遏制项羽的策略，以最小的代价换取最大的利益。可是这三天我夜观天象，却发现在你的星座的同一走向，出现了一颗或隐或现的隐星，这就意味着当我们从刘邦与项羽两虎相争中获取利益的同时，这颗暗星的主人也同时得到了他所需要的利益。当这颗暗星最终积蓄能量，放射光芒时，它的光芒会对你的星座有所影响，甚至可以遮盖住你的光芒，所以我心中有所害怕，担心刘邦与项羽还不是最可怕的敌人，真正可以对你构成威胁的，还是这暗星的主人！"五音先生的脸上出现了难得的沉重，显得心事重重，忧心忡忡，似乎看到了一些不可预知的危机。

纪空手相信五音先生不是危言耸听，可是他环顾天下，真正有实力争霸天下的，除了项羽、刘邦之外，还会有谁？这简直让人匪夷所思，不敢相信。

"他会是谁？"纪空手问道。

"我也不知道。"五音先生摇了摇头，"但是从这颗暗星的走势来看，已呈由衰转强之势，就在近段时间，它将在根本上发生变化，渐渐地出现在我们的视线之内，只要我们用心观察，应该不难从中发现一些蛛丝马迹。”

纪空手的心里不由得沉重起来，有一种非常疲累的感觉。

五音先生将之看在眼中，正色道：“你必须要有接受挑战的心理准备，真正的硬仗才刚开始，我们最终要实现自己的理想，只能是靠不懈的努力，一步一步克服每一个困难！”

纪空手摇了摇头，道：“我并不害怕面对困难，也从来没有后悔自己选择的道路，我只是在想，权势这东西，难道就真的这么可怕吗？为什么一个好端端的人，只要沾上这种东西，就变得可怕、疯狂？真让人不可思议！胡亥如此，赵高如此，刘邦如此，项羽也如此，甚至连韩信也可以为此而在他最好的兄弟背后捅刀子。我始终在想，假如有一天，当我接近到权势的顶峰时，我会不会也像他们一样，为了权势而疯狂？”

五音先生透过这夜色，凝视着纪空手略显迷茫的眼睛，沉吟半晌，才沉声道：“你不会，因为你是纪空手，你并不是为一己之欲而去争霸天下，而是为了这天下的黎民百姓！”

“我真的有这么伟大吗？”纪空手淡淡一笑，“不，我从来也没有认为自己是这样伟大的人，我之所以走到今天，其实都是形势所迫，身不由己，仿佛每走出一步，背后总有人在推着我，让我欲罢不能，只能一步一步地走下去。”

五音先生拍掌道：“在背后推着你不停地向前走的人，它的名字就叫命运。命由心定，人的本性决定了他的命运，这就是你不会为了权势而泯灭心性的原因。”他每说出一个字，都把目光紧紧地盯在纪空手的脸上。他隐隐觉得，纪空手较之往日，似有反常，这正是他一直所担心的事情。

“先生高看我了，我心里知道，自古以来只要一有人类，这世间就有了美丑、对错、善恶之分，可是什么是美与丑？什么是对与错？什么是善与恶？其实并没有一个真正的标准来供人类权衡。于是我就想，当我做了一件事情之后，也许在你和红颜的眼中，在我们自己人的眼中，这是对的，也是善的；可是在对方的眼中，在敌人的眼中，他们又岂会认同我所做的事情是对的？甚至还会认为我是在大大作恶！那么这样算来，我所做的事情，究竟是对是错，是善是恶?”纪空手的眼中仿佛充满了太多的困惑，太多的彷徨，这些本是他心里深处的一些东西，他从来都没有好好想过，只是偶然碰到了一件触动他灵魂的事情，让他的思想蓦然爆发。

“这的确是一个很难解答的问题，”五音先生轻轻地拍了一下他的肩，道，“但是并非不可解答。对于这个问题，这数十年间我也常常在想、在思索，直到有一天清晨，我陡然醒来，才知道问题的答案已经早存心中。”

“你能为我解惑吗?”纪空手抬起头来，脸上充满了希翼。

五音先生笑着点点头，道：“这是我义不容辞的事情，不过在这之前，我很想知道你何以会突然有这样的想法?”

纪空手脸上露出一丝痛苦之色，轻叹一声：“我碰到了一个人，凑巧知道了一段凄美的故事。当我一个人孤单单地行走在回来的路上时，我便从这个人的身上想了很多很多的事情。”

五音先生皱了皱眉道：“你说的这个人，难道就是卓小圆?”

纪空手道：“正是，直到那时，我才明白刘邦也不是绝对无情之人，他至少还爱着卓小圆，在他们之间，自始至终都洋溢着一种男女相恋的激情。”

他沉吟半晌，悠然叹道：“我为了救出自己心爱的女人，却把别人的爱人推入了火坑。在虞姬的眼中，这固然是对的，但在卓小圆的眼中，却是大大地错了，因为我葬送了她一生的幸福。那么这件事情究竟是善是恶呢？我并不知道。”

五音先生道：“我并不这样认为，你虽然以此自责，但我要告诉你，就算在卓小圆眼中，你也未必是错。”

纪空手摇头道：“这绝不可能!”

五音先生淡淡笑道：“人总是喜欢把自己的意愿强加到别人的意愿当中，所以才会产生那么多的误会。其实每一个人的心中，因为经历的事情不同，他对世间万物的感悟也就有所不同，就拿卓小圆来说，也许在她的心中，她为此还感激你给了她一个为爱而生的机会，因为在她的眼中，爱其实就是一种付出!”

纪空手浑身一震，似乎悟到了什么，缓缓地低下头去，默然无语，只听到五音先生在自己的耳边有感而发道："这世界的奇妙之处，就在于任何事情都不是绝对的，既没有绝对的对错，也没有绝对的善恶，你只要记住一点，只要你是问心无愧，是为大多数人的利益，你所做的一切都是对与善，反之，便是错与恶，这就是善恶之间的区别！"

纪空手不再说话，也没有抬头，但五音先生透过黑暗，分明在他的脸上看到了解惑悟道之后的喜悦。

夜已深了，山风吹来，寒可刺骨，但在纪空手的心里，却丝毫感觉不到这风中的寒意。

第四十三章　鸿门之宴

过了戏水之后，距离鸿门不过三十里地。

马队在天明时分出发，行不多远，探子来报："项大将军旗下郭岳、尹纵两位将军率领人马，已在前方舞马渡口列队相迎！"

刘邦心中一惊，与张良对视一眼，道："看来我们的行程俱在项羽掌握之中，即使昨夜发生的一切，似乎都难逃他的耳目。"

张良微微一笑："应该如此才对。"

刘邦惊奇道："先生何出此言？"他深知张良智计过人，文韬武略，无一不精，是以非常器重。

张良道："沛公应该知道，五阀之中，流云斋与知音亭一向是井水不犯河水，何况因红颜之故，项羽一向对五音先生敬重有加，他既然对你起了疑心，又明知五音先生要对付你，当然不会为了你而去得罪五音先生，因为谁都清楚，虽然你此刻是十万大军的统帅，但毕竟是在他项羽控制范围之列，而五音先生名列五阀之一，门下子弟虽然只有区区千人，但若得罪了他，无异于是给自己树了一个强劲之敌。"

刘邦眼现疑惑，道："项羽曾经传来书柬，表达了自己对虞姬的必得之心，如果此心不假，他难道不怕虞姬也在昨夜一战中死于非命吗？"

"沛公此问问得好。"张良道，"项羽既然知道五音先生与纪空手在这一带活动，五音先生当然也知道虞姬对项羽的重要，何况为了红颜之事，两人生分了不少，若是让项羽得到虞姬，他们之间的隔阂自然不化而解。以他两人的智慧，应该都深知其中利害关系，所以形成默契，似乎并不太难。"

“你的意思是，项羽相信五音先生的目标是我，而不是虞姬？”刘邦突然笑了，如果说项羽知道了纪空手只是联合自己来扳倒他，脸上不知会是一副怎样的表情。

“是的。”张良觉得刘邦笑得古怪，并不在意，倒是眉头一皱，“沛公是否想过，今日鸿门之行后，将来的打算？”

刘邦微微一震，心中暗道：“你能想到将来，可见的确是可以倚重的人才，只是此事关系重大，我心中的打算又怎会轻易向人道出？”沉吟片刻，方道：“先生莫非可以教我？”

张良将刘邦的表情看在眼里，淡淡一笑：“看来沛公还是不太相信我呀！”

刘邦肃然道：“本公绝无此意，能择木而栖之良禽，既已择木，又怎会易木而栖？所以本公对先生的忠心从不怀疑，否则你我相处未久，本公又怎会对你言听计从？”

“那么我倒想问，沛公凭什么会对我如此信任？”张良问道。

“一句话，就是得胜茶楼中，你与纪空手说过的一句话。当时你点评天下英雄，以‘无情’二字区分高下，深得我心。因为本公知道，能以无情面对天下之人，方才是真正的性情中人，所以你我本是同类，本公又岂能不信于你呢？”刘邦微微一笑。

“多谢！”张良心有所动。

刘邦看看四周，压低声音道：“不瞒先生，本公心里确有计划，只是时间尚早，不宜向先生吐露一二，还望先生能够体谅。”

张良道：“能成大事者，正当如此，应该惜字如金，这样一来，张良心中也就放心了。”

刘邦道：“不过本公倒想听听先生的高见。”

张良笑了笑，道：“须知一个人心中生疑，再要让他对你重新信任，实在很难，虽然你以两件东西可以暂时让项羽对你放心，但卧榻之侧，岂容他人鼾睡？以项羽的性情为人，这终究不是长久之计，所以此次鸿门之行，我们要想有所收获，全身而退，就必须学会以退为进。”

刘邦眼睛一亮，道：“何为以退为进？”

张良侃侃而谈："其实项羽此时对你顾忌最深的，绝不是你是否与问天楼有所勾结，这只是一个幌子，他真正顾忌的，是当日你与他在楚怀王前的一个约定！"

刘邦若有所悟，喃喃而道："当日我们众将领约定，谁先攻入关中，谁就在关中封王，可是本公并没有这样做呀！"

张良道："此时楚军之中，以项羽势力最大，沛公你紧随其后，对他来说，你已是他此刻最大的威胁。倘若你在关中称王，而他依然是大将军衔，你说他又怎会甘心呢？可是假若他不让你称王，必会失信于天下，这更非他愿意看到的事实，所以他干脆借这个势头，师出有名，将你铲除，那么一切问题也就迎刃而解了，你说他又何乐而不为呢？"

刘邦惊出一身冷汗，惊道："那可如何是好？本公岂不是进退两难吗？"

张良道："进也许很难，但退却十分容易。我们既然知道了项羽的心结，对症下药便可确保全身而退。"

刘邦见他胸有成竹的样子，忙道："还请先生指教。"

"关中乃天下最富之地，却不是养兵蓄锐的上佳之所，而且你若不主动提出退出关中，只怕项羽的心结未解，后患依然无穷。所以此次鸿门之行，你只需向项羽提出放弃关中，自辞王位，再加上虞姬从中说和与卫三公子的人头，可保你全身而退。"张良不慌不忙地说出了他的计划。

刘邦心中一动："这也正是我心中所想的，看来果真是英雄所见略同。"

他心怀远志，对眼前这暂时的利益看得很淡，根本就不会计较其中得失。他此刻从长远着想，必须早日远离项羽的控制，才能按照自己的计划来发展势力，所以他的思路与张良一拍即合，唯一的不同，是他想得更多，甚至考虑到了退的地点。

他必须选择这个地点，因为这个地点正好也是登龙图所示的藏宝地，这是他的秘密，所以他没有说出来。

就在他沉吟之际，一声号角蓦然响起，抬头一看，不知不觉中，马队已到了舞马渡口。

舞马渡口乃是鸿门至霸上的必经之路，山势虽无险可凭，但两岸平川上林木繁茂，野草遍地，亦可为善谋者利用。此处距鸿门只不过十数里远，郭岳、尹纵率领万人铁骑在对岸相迎。

“项大将军麾下郭岳、尹纵受命相迎沛公！”郭岳、尹纵一见刘邦现身，同时拱手，虽然有一河之隔，但声音中隐挟内力，传至很远，方有隐隐回音。

刘邦放眼望去，只见对岸两员大将昂首马上，英气勃发。在他们的身后，上万马队更是排列整齐，布阵严明，由不得他暗赞一句：“项羽之所以从来不败，全在于他的治军森严呀！”心中顿时沉重了不少。

“有劳二位将军！”刘邦赶忙还礼道。

当下一舟摆出，郭岳与尹纵同时上舟，过得河来。

郭岳与刘邦有些交情，当日刘邦投身项梁之初，曾经一同打过几场大仗，是以礼毕之后，微微一笑，道：“数月不见，沛公是愈发精神了！”

刘邦笑道：“郭兄又说笑了。”

尹纵道：“真该向沛公贺喜才对，你以十万大军先入关中，竟然盖过了我们四十万大军的风头，消息传来，可把我们震住了。”

刘邦谦逊地道：“此功不在于我，而在于大将军，若非你们牵制了章邯的主力，这关中只怕至今还是大秦之地。”

三人同时大笑，笑毕之后，郭岳神色一正，道：“你我交情归交情，正事要紧，大将军有令，请虞家小姐先行一步，他已在帐内恭迎，至于沛公及随从，还请暂时在此等候，听候命令！”

刘邦心知项羽的用意，也不作声，当下将虞姬的大车送入舟中，由郭岳、尹纵护着，送过河去。

张良微一皱眉，道：“沛公，只怕麻烦来了。”

刘邦看了他一眼，道：“塞翁失马，焉知非福?”

张良道：“项羽点名要虞姬先行，只怕并非色心萌动之举，他真正的用意，是想从她的嘴中套出你入关中之后的一切行动，以利他作出决断，倘若虞姬所言对你不利，只怕此处就是我们的葬身之地！”

“本公早已料到项羽有此一招，还请先生放心。”刘邦知他所言非虚，可是魔高一尺，道高一丈，谁又能知道虞姬其实已非此虞姬，而是他安排的彼虞姬？他需要的，正是这位虞姬的这张嘴。

果不其然，未及一个时辰，郭岳、尹纵飞奔而至，放出十艘大船，分批将刘邦一干人等接过河去。

队伍重新起动。

行在路上，刘邦故意落后一步，与郭岳并骑。

“郭兄，此次大将军进入关中，何以到了鸿门便停步不前？害得本公在霸上好生相望。”刘邦悄然问道。

郭岳看看两边，道：“大将军的心意你还不明白吗？他之所以不前，不是不能，而是不敢，他可不想让天下人耻笑他是一个失信于人的小人！”

刘邦心知肚明，知道张良的推断丝毫不差，却故作恍然大悟：“哎呀，本公可忘了这一茬了，若非郭兄提醒，本公只怕还一脸糊涂。”

“你心里知道就好。”郭岳悄然道，“沛公，我有一句话问你，你可要如实回答，此事关系到你的性命，否则可别怪兄弟我没有提前提醒你。”

刘邦忙道：“那是自然，还请郭兄赐问！”

郭岳正色道：“前些日子，我听人说，问天楼的卫三公子曾经在霸上出现，还有人传言，说是你与问天楼来往密切，不知此事是否属实？”

刘邦佯装色变，道：“这全是谣传，本公在霸上之时，也曾听到了一些风声，是以此次前来，不仅是迎接大将军前往霸上，而且还要洗清冤情，摆脱嫌疑。”

郭岳眼现疑惑，道：“我虽然相信你，只怕大将军未必肯信，这倒不是大将军疑心太重，实在是因为说出此话的人太有名气了，由不得大将军不信。”

刘邦心中一惊：“他是……”

“此人正是江湖上传言‘一字千金’的五音先生，据说他重诺重义，数十年来从不说谎，又是五阀之一，你说大将军又怎能将他的话置若罔闻，当作谣传呢？”郭岳神情肃然，“何况流云斋与问天楼乃是世仇，若是此事属实，只怕你的处境危矣。”

刘邦心中早有盘算，不慌不忙地道：“多谢郭兄关心，本公既然敢来鸿门，本身就说明了自己的清白，五音先生虽然德高望重，一言九鼎，但在事实面前，流言自会消散无形。”

“如此最好。”郭岳见他显得极有把握，神色稍缓。

转过一片树林，放眼望去，只见一望无边的旗海，在微风中飘扬，旗帜之下，便是连绵不绝的营帐，一直从平川延伸至远方的山岭，四十万大军驻扎于此，蔚为壮观。

辕门之前，竖立一杆大旗，高达十丈，旗大如云，当中写一“项”字，正是楚国大将军项羽的帅旗。

饶是刘邦见多识广，看了这等军威，也不得不感到一种强烈的震撼。

鸿门终于到了。

带着重逢的喜悦，纪空手与虞姬再也压制不住心中的激情，度过了一夜绮丽，直到清晨时分，红颜红着俏脸领着袖儿走进帐篷，两人才恋恋不舍地分了开来。

“一夜狂欢，不知是否了却了我们纪大哥这数日来的相思情债？”红颜嗔了他一眼，亲热地挨着虞姬坐下。

虞姬脸儿一红，道：“红颜姐姐，你不着恼我吗？”

红颜微微一笑：“我可不是小肚鸡肠的女人，又怎会着恼于你？像你这般千娇百媚的人儿，纵是我见了也要动心，又怎能禁得住某些人不偷嘴吃呢？纪大哥，你说对吗？”

纪空手哈哈一笑：“窈窕淑女，君子好逑，两情相悦，又怎能说一个‘偷’字？总有一日，只有让你着了我的手，方才遂了我的一生心愿！”

红颜“呸”了一声，道：“真是狗嘴里吐不出象牙来！”说着已是羞红了脸，低下了头。

这一副女儿羞态着实撩人，惹得纪空手心中一动，忍不住在她的脸上亲了一口。

红颜轻轻地打了他一下，似嗔似笑：“你可越发胆大了，吃着碗里，看着锅里，好不知羞！”

纪空手将她二人拥入怀中，一本正经地道：“情之一物，发乎自然，何必约束？有些人终生相聚一处，虽只咫尺，却仿若天涯；而有些人虽只见得一面，却若十年相识。这就是缘，我纪空手今日能与二美相伴，就是有缘，既然有缘，便须尽情尽兴，否则就是辜负了上天的这番好意。”

红颜“扑哧”一笑，道：“果然是一副好口才，照你这般说法，若是我不遂了你的心愿，便是误了这一段情缘？”

“正是这个意思。”纪空手也忍不住笑了起来。

红颜伸出指头刮刮脸，羞了羞，凑到虞姬耳边道：“这便是你的好郎君，看似人模人样，实则是色中饿狼。”

虞姬俏脸一红，道：“谁叫人家命薄呢？就算是色中饿狼，我也只好认了。”说着已是“咯咯……”娇笑起来。

纪空手见她二人并无芥蒂，相亲相敬，好生和谐，虽是合在一起取笑自己，倒也不以为意，心中一块石头终于放了下来。自此之后，三人同伴，恩爱非常，虽不敢自比神仙眷属，却也算得人间少有。

五音先生看在眼中，心中欢喜，知道这关中绝非久留之地，准备启程回蜀，静观其变，再图他谋。

这一日又到大王庄，观景伤情，纪空手的心里好生沉重，若非有红颜、虞姬相伴左右，他只怕真的体会到了乱世的残酷，人情的淡薄。

“到了此地，忽然让我想起一个人来。”五音先生的目光向咸阳方向望去，眼中似有一种未了的情结。

纪空手微微一笑，道：“你若不提起，我倒忘了，当日权倾朝野、位极人臣的赵相爷，不知是否依旧风光无限？”

五音先生摇了摇头，道：“一个人如果对‘功利’二字看得太重，这就是他必然的下场。不过我所牵挂的人，并不是他，而是另外一个人。”

纪空手终于明白，五音先生放不下的人，就是此时大秦的皇帝子婴。他乃是始皇长子扶苏之子，胡亥一死，赵高只能顺应形势，立他为帝。

这是五音先生心中的一个结。

对于五音先生这种重诺之人，祖宗的遗训迫使他不可能面对将倾的大秦而袖手旁观，此刻天下大势，虽然他无法力挽狂澜，但他还是希望凭自己的力量，留住大秦的一点血脉。

这是他唯一可以做到的，他当然不想就此放弃。

“既然割舍不下，何不再入咸阳?”纪空手理解他的这份情感，微微笑道。

“我可不可以不去?”五音先生看了他一眼。

“不可以，只有把心结解开，才可一了百了，你又何必再留遗憾呢?”纪空手道。

五音先生沉吟半晌，终于笑了：“你愿意陪我一起去吗?”

“我若不去，又怎能放心?”纪空手语出真心，情不自禁地流露出关切之情。

“那就去吧。”五音先生拍了拍他的肩道，眼睛却望向纪空手身后的红颜与虞姬。

当刘邦带了张良、樊哙、韩信三人步入主帅营帐的时候，他的心里第一次出现了失落感。面对眼前的一排刀林戟雨，他似乎已经无法把握住自己的命运，一切都只能听天由命。

只有当他看到张良一脸微笑、胸有成竹的样子，他才稍稍地放了点心，同时深深地吸了口气，镇定住自己的情绪。

然后他便看到了项羽笑迎出来，一路喊道：“可想死我了，巨鹿一别，屈指算来，你我应该有小半年不曾见面了吧?”

刘邦恭身行礼道：“本公心中也时常惦念大将军，此次前来，便是请大将军入关中。”

项羽赶忙将他扶住，把臂而行，道：“这如何使得？我之所以驻军鸿门，乃是遵守约定，不入关中一步，沛公既比我早一步占领关中，这关中自然就是沛公的，谁若相争，我项羽第一个就不答应!”

刘邦与他相对入座，摇了摇头，道：“大将军此话差矣，本公既蒙怀王错爱，封为沛公，已知足矣，怎敢在关中称王？虽说这关中是由本公先进，但追本溯源，本公自沛县起事，到投靠楚国，一直就是大将军手下的一员战将，所以这关中只是本公为大将军打下来的，真正应该在关中称王的，唯有大将军!”

项羽见他说得这般诚恳，连称“不敢”，心中微有几分诧异。

他征服章邯秦军之后，心系与刘邦之约，由西而来，一路上逢城掠城，逢市过市，以秋风扫落叶之势，迅速赶至关中东边的门户函谷关，准备由此进入关中，谁知这函谷关正是宁秦城守格瓦的辖地。格瓦带兵打仗颇有一套，又善用函谷关险峻地形，竟然以区区数万人马，挡住了项羽四十万大军前进的步伐。等到项羽费尽心机，好不容易攻克函谷关时，这时消息传来，说是沛公刘邦只凭十万人马，已经抢先进入关中。

项羽闻言，勃然大怒。

他虽奉怀王为主，其实心中一直想要自立为王，是以费尽心机，才想了一个办法，与各位君侯将相当着怀王约定：谁若先入关中，谁就在关中封王。

他之所以如此做，是因为他深知关中地区有山河阻塞四方，地势险峻，土地富饶，又是大秦根本之地，不是一般人可以攻占下来的。当时在楚国将领中，真正具备这种实力的，除了他自己之外，再找不到第二人。

可是他万万没有料到，大秦连年征战之后，国力已弱，根本无法再像过去那样可以持久作战，竟然被沛公刘邦以十万之数的兵力，抢入关中，捡了一个大便宜，这怎不叫项羽生气？

便在这时，谋臣范增献计道：“沛公在山东一带的时候，贪于财货，喜好女色，可是一入关中，却对‘财色’二字不再有兴趣，这就说明此人志气很大。属下曾经派人观望他那方的士气，发现总是五彩斑斓，颇具龙虎之气，看来要与大将军争天下者，正是此子呀！”

项羽心中一惊，俯身问计。

范增微微一笑，道：“好在他此时尚在大将军的控制范围内，找个借口，将之杀掉，便可永绝此患！”

可是刘邦心思缜密，深谋远虑，行事滴水不漏，难有话柄授人以实，项羽与范增商议良久，竟然寻不到一个可以动手的借口。

也是机缘巧合，适逢五音先生有书函送至，项羽一看，又惊又喜。

他惊的是流云斋与问天楼一向势不两立，如果刘邦的背后确有问天楼的支持，那无异于如虎添翼；喜的是一旦这是事实，那么他就可以师出有名，堂而皇之地将这个威胁尽化无形。

但是项羽绝对不是一个行事鲁莽之人，绝不会仅凭五音先生的一面之词就杀掉刘邦。他深知此时正是乱世未定之际，以刘邦的能力，正可大大借重，如果没有十足的把握和证据，他是不会动手的。

于是他一方面暗中调兵遣将，对霸上形成合围之势，以防刘邦率军逃逸；一方面借仰慕虞姬为名，派出人手，着手调查传言的真实性。直到他确认卫三公子的问天楼的确与刘邦有同盟迹象时，这才下了决心，摆下鸿门宴，必要将刘邦置于死地。

可是水无常势，事无常理，世间万事万物绝非一成不变，等到项羽见到“虞姬”之时，他固然惊于“虞姬”的美艳，但更让人心惊的是，他却从“虞姬”的嘴中得到了与他掌握的证据截然相反的东西。也就是说，在“虞姬”的嘴里，刘邦不是一个胸怀野心的逆臣，倒成了一心维护自己的大大忠臣。

这让他好不容易才下定的杀心又动摇起来，为了保险起见，他决定与刘邦当面对质，给他一个洗脱嫌疑的机会。

大家入席坐定，酒过三杯，项羽突然似是无心地问道：“我听说沛公未起事前，也是江湖中的一号人物，手下一帮追随者，也大多是沛县七帮的旧部，不知此话可真?”

刘邦心道：“你总算话入正题了。”当下不慌不忙地道：“正是。”

“那么沛公一定知道江湖上的五阀一说?”项羽深深地看了他一眼，呷了一口酒。

刘邦笑道：“五阀之名，天下皆知，本公虽是孤陋寡闻，却还不至于连这个也没有听说过。”顿了一顿，又道，“流云斋、入世阁、知音亭、问天楼、听香榭，五大豪阀，并存江湖，堪称当今天下最大的五股势力，而大将军您不正是流云斋的阀主吗?”

项羽的眼睛几乎眯成了一条细缝，寒芒暗藏，直射刘邦的脸上，似乎想从他的脸上寻找到可疑的迹象，但最终他却失望了。

“此人若非忠直之士，便是大奸之人，喜怒不形于色，难道说他真的内心无鬼?”项羽心中暗道。

这时坐在项羽身边的范增站了起来，微微一笑，道：“这么说来，沛公也应该知晓我流云斋在江湖中的宿敌了？”

项羽闻言，重新将目光投射过去。

刘邦哈哈笑道：“范先生莫非是想考验本公的江湖见识？”

“不敢，只是随口问问罢了。”范增尴尬一笑。

“本公既然投身在大将军帐前，当然对大将军过去的事情有所耳闻，假若传言不差，本公记得流云斋最大的宿敌当是卫三公子的问天楼。可是范先生常年伴随大将军左右，你可知道大将军生平最恨的人是谁？”刘邦转眼望向项羽，微微一笑，神色一如往常，反而问起范增来。

项羽听得刘邦问起这个话题，不由怔了一怔：“我平生最恨的人会是谁？”一时之间，竟连他自己也想不起来。

“我想，应该还是卫三公子吧？”范增犹豫了一下道。

刘邦摇了摇头，道：“卫三公子也许是大将军的所恨之人，但说到最恨，只怕是淮阴的纪空手吧？”

他此言一出，不仅人人色变，便是项羽也浑身一震，眼芒陡然一寒。

世人皆知，项羽仰慕红颜之名，不仅穷追数年，更是在樊阴城外亲率十万大军相迎红颜，只为博得美人一笑，这份痴情，引起天下无数女子唏嘘，竞相争情，引为佳话。

可是他最终却没有俘获红颜的芳心，被他引为这一生中最大的憾事。不为别的，只因为在红颜的身边，多出了一个纪空手。这位出身市井的无赖，竟然战胜了不可一世的项羽，从而抱得美人归。

这是项羽一生中遭受的莫大耻辱，更是他心中永远的痛。他将之深藏心中，一直不想去触动它，但刘邦却在大庭广众之下又将它再次展示在世人的面前，这怎能让他心中不怒？

全场人的目光都集中在他一人身上，营帐内的气氛陡然紧张起来，每一个人都心里明白，刘邦的生死只不过就在这未来的一瞬间。

只有刘邦仿佛浑然未觉一般，脸上依然泛出一丝淡淡的笑意。

“哈哈哈……”项羽蓦然爆发出一阵狂笑，眼芒始终盯在刘邦的脸上，半晌才止住笑道，“不错，我生平最恨之人，的确是纪空手，这一切的缘由，只是为了红颜呀！”

他的声音似是萧索，又似落寞，仿佛还在追忆着这份没有结果的情感。他缓缓昂起头来，傲然道：“不过从今日起，无论是纪空手，还是红颜，他们在我的心里都算不了什么，因为我已有了虞姬！”

他在说这句话的时候，整个人精神一振，仿佛变了个人一般，一丝发自内心的欢喜悄悄爬上了他的脸颊。

他虽然与虞姬相识不过才数个时辰，但当他第一眼看到虞姬的时候，就被她的一颦一笑所迷醉，而更让他心动的，还有她那举手投足间散发出来的无限风情。

其实在这个世上，无论是爱是恨，并不需要时间来保证，感情这个东西，讲究的只是缘分，只要有了缘分，任何事情都可以在瞬间发生。

所以项羽笑了，不仅轻松，而且开心，在高兴的同时，他忽然想道：“刘邦提出纪空手这个名字，难道只是随口一说？只有心中无鬼之人，才会这般毫无芥蒂，难道是我错怪了他？”

思及此处，他心中的敌意似乎缓和了不少，不过，他的手中还有一张牌，只有等到这张底牌亮出来的时候，他才可以决定刘邦的命运。

“你怎么会想起他来？我曾经的确将他恨之入骨，甚至在我的流云斋内发出了霸王帖，可是他杀了我几名高手之后，听说又到了咸阳，闹得赵高也头痛不已。不过近段时间，我就再也没有听到他的消息了。”项羽望着刘邦，凭他对刘邦的了解，刘邦不会是无的放矢，他既然提到纪空手，自然会有其用意。

“本公之所以想到他，是因为就在昨夜，本公的马队还遭到了他的偷袭，以至于折损了数百将士。”刘邦故意装出一副咬牙切齿的神情。

“他竟然敢招惹沛公，真是活得不耐烦了，只是这也怪了，他无缘无故地招惹你，莫非是暗含隐情？”项羽奇怪地问道。

“的确如此，就在半月之前，他出现在霸上，本公初时未察，可到了有一天，有一个人突然闯入我的营中来，不仅煽动本公造反，而且还要本公答应援手，与他一起对付纪空手。”刘邦的话一出，众人皆惊，便是项羽也与范增对望一眼，似乎不明白刘邦的用意。

“此人是谁？竟这般胆大，居然孤身一人独闯军营，还说出如此惊人之语！”项羽已经猜到了刘邦所说之人是谁，心中疑惑道：“他何以自己先把这事说了出来？难道他真的另有隐情不成？且慢，待我看他如何解释再说。”

“这人并非别人，正是问天楼的卫三公子。”刘邦笑了笑道。

其实他的话没有说出之前，在座的许多人都已经猜到了。他们之所以讶异，是搞不懂刘邦说这些话的用意所在，项羽既然有心要对付他，又怎会只听他一面之词而改变主意呢？

刘邦环视众人，站起身来道：“本公素知大将军与这二人的恩怨，当时心中一动，便想出了一招坐山观虎斗的好戏，假意答应了卫三公子的要求，当时我与他约定，由卫三公子设伏于内，本公亲率三千神射手为他助阵。经过数个时辰的激战，果然重创了纪空手，可惜的是，这纪空手果真是天纵奇才，身陷如此绝境，最终却还是让他逃出了霸上。”他的语气中颇多惋惜，自进营帐以来，他一直伪装自己的神色表情，但这一次显然是出自真心。

范增摇了摇头，道：“这只是沛公的一面之词，不足为信，据我所知，你与卫三公子近段时间的关系非常密切，绝对不是如你所言，只是利用他而已。”

刘邦冷眼向范增看去：“先生如此诋毁于我，是何用意？”眉目之间横生怒意。

“我可不敢诋毁沛公，只是实话实说而已，我所说的每一个字，都有证人可以证明。”范增冷笑一声，拍了拍手，便见从营帐之外走入一个人来，伏地跪拜。

此人并非别人，正是那日在得胜茶楼的霸上剑手饶空。谁也没有料到，他竟然会是流云斋安插在霸上的一条眼线。

“小人饶空见过大将军，小人可以证明，这位沛公刘邦的确与卫三公子关系密切，交往频繁。”饶空一字一顿，十分清晰地说道。

他此话一出，营帐内众多将士已经大手紧握剑柄，虎视眈眈地望向刘邦，只等一声令下，便要将之当场击杀。

项羽的眼芒射向刘邦，冷然道：“饶空，你可知道，你眼前的这位可是十万大军的统帅，我楚国鼎鼎有名的沛公刘邦，你若要本将军信你，何足为凭?”

饶空昂首道：“小人可以用性命来担保小人所言句句都是真话!”

张良和樊哙俱已色变，再看刘邦的神色依旧如常，微微一笑：“大将军，本公也可以保证他的每一句话都是实言。”

项羽等人更为诧异，似乎根本没有料到刘邦竟然这么爽快就承认了事实，一时间反不适应，神情无不一滞。

“但是，这虽是实言，其中却另有隐情，本公既然知道卫三公子乃是大将军的宿敌，当然不想就此放过他，是以才刻意笼络，去其戒心，寻找机会。终于，皇天不负有心人，竟真的让本公侥幸得手了。”刘邦神情自若，气宇轩昂，娓娓道来。

“什么?你竟杀了卫三公子?”项羽简直不敢相信自己的耳朵。

“是的，此刻本公手上，便有卫三公子的人头为证。”刘邦看了一眼范增，将身旁的木匣缓缓提起……

帐内顿时一片哗然，人人交头接耳，窃窃私语，无数道目光同时投在了刘邦手中的木匣上。

当纪空手再次来到咸阳的时候，他仿佛从每一个人阴沉的脸上看到了亡国之象，昔日繁华热闹的都城，已是十室九空，路人罕见，完全是一副破落衰败的景象。

“当年始皇之所以称为始皇，是想将自己这份基业传至千秋万世，他又何尝想到，别说千秋万世，纵是二世三世也是一种奢求，这岂不是一个大大的讽刺?”五音先生站在皇宫之前，有感而发。

“是呀！从这件事情上倒让我悟出了一个道理，那就是但求今生问心无愧，莫管他人后世评说，一个人如果要好好把握住现在已是非常不易，又何必去担心将来没有发生的事情呢?”纪空手微微一笑，似乎已听出了五音先生的弦外之音。

五音先生神色一凝，道：“但愿子婴也能有你这样的悟性，这样的话，或许还能留得大秦王室的一点血脉延续下去，否则，唉……”他没有说下去，只是轻轻地叹息了一声。

“成事在人，谋事在天，只要尽了心，尽了力，即使留不住大秦血脉，也只是天意罢了，何须自责呢？”纪空手安慰道，然后抬头望天，只见天上一弯明月高挂，整个皇宫沐浴在一片金光中，煞是好看。可不知为什么，他却感到这美景之后竟然是一片凄寒。

当下两人越墙而过，穿房过舍，一路上虽然有一些明哨暗卡，但他们皆是这世间少有的武学高手，行踪岂有被人发现之理？不过片刻功夫，在五音先生轻车熟路的带领下，两人来到了一座富丽堂皇、美轮美奂的高楼之前。

这高楼在皇宫之中也属偌大的建筑，却不闻人声。两人正要进入，五音先生忽然止步，抬头望向了这楼的最高层。

这高楼之上，原来站有一人，双手背负，抬头望月，似乎看得入神。若非五音先生看到了月下的影子，也难以发现此人的存在。

“如果我所料不差，此人便是子婴！”五音先生敛气束音道。

“何以见得？”纪空手知道五音先生虽然也是大秦皇亲国戚，却与皇室交往极少，应该从未与子婴见过面才对。

五音先生透过月色，凝视半晌，道：“因为他的脸上依稀还有当年始皇的影子。”

当下掠起身形，悄然上楼。两人静静地看着那瘦长的身影，忽然从这背影之上感受到一种从未有过的无奈与落寞。

“二位既然来了，何不一同赏月？只是二位的心境与寡人不同，是以不能体会到这月色的凄美，这月下的寂寞。”子婴突然轻叹一声，悠然而道，却令五音先生与纪空手相视一眼，神色微变。

他们之所以吃惊，是因为他们此刻至少与子婴相距五丈，以他们此刻的功力，若是对方一如项羽、赵高这等大高手，自然逃不过其耳目，但对方若只是稍次一点的高手，就绝对难以发觉他们。如此说来，难道说子婴不仅会武，而且还是个中的大行家？

“在下五音，此次乃是专程拜会。”五音先生拱手道。

子婴身体微微一震，缓缓回过头来，却见月色之下，他的脸一片煞白，五官固然清秀，却掩饰不了他眉间带出的忧伤与惆怅。

“寡人听说过你的大名，也深知你与我大秦的渊源，你此次前来，莫非是想劝寡人与你一同归隐？”子婴苦笑道。

“正有此意。”五音先生道，“此时大秦气数已尽，项羽、刘邦已经屯兵鸿门、霸上，距咸阳至多不过数日行程，而纵观咸阳城中，民心涣散，守军不多，根本不是刘、项之敌。与其坐以待毙，倒不如远走高飞，再图他谋。”

子婴静静听着，惨然一笑，道：“寡人又何尝不知这是等死？只是寡人一人可走，这咸阳城中的百姓又怎么办？以项羽的性格，若是寻不到寡人，只怕会大开杀戒，屠城三日，寡人又怎能忍心百姓因我而入苦海呢？”

纪空手没有料到子婴竟有如此悲天悯人的情怀，比之二世胡亥，简直天上地下，不由蓦生好感，道：“就算你留着不走，只怕项羽也未必就肯放得过这些百姓。”

子婴凝视着他，问道：“你就是纪空手吧？”

“不错。”纪空手诧异地道，“你何以知道我？”

“能将胡亥、赵高这等不世枭雄玩弄于股掌之间的人，这个世上绝对不多。何况你人往那里一站，已有一股霸气迫来。”子婴淡然一笑。

“莫非你也学过龙御斩？”纪空手忽然明白了子婴何以能察觉他们的存在。

子婴道：“龙御斩乃始皇最为自傲的绝世心法，当日始皇在世，将之传授给了两个人，一个就是胡亥，还有一个就是公子扶苏。胡亥与赵高能够篡位，却不能将扶苏的龙御斩废去，所以这龙御斩最终也传给了寡人。可惜的是，寡人虽然身负这等盖世绝技，却只能挡得住一人，而挡不住项羽的数十万军队！”他轻轻叹息了一声，“你们明白寡人的意思吗？”

纪空手点了点头：“你无非想绝了我们的念头！”

子婴说这些话的意思，只是说明他不走的决心。以他的武功，要逃走并不是一件难事，根本不需要任何人的帮助。

五音先生与纪空手相视一眼，知他拿定主意，再劝亦是徒然，只得默然无语。

“不过，寡人依然要谢谢你们。”子婴笑了笑，“其实，寡人知道，就算寡人不走，这咸阳依然逃不过这场大劫。但王者之道，就是要与子民共存亡，寡人又岂能为了个人的生死而舍弃寡人的子民呢？”

纪空手欲言又止，已被子婴看在眼中，道：“你也许要说，寡人登上这大秦王位亦不过数十天的时间，今日之罪，不过是代人受过，大可不必如此计较，但寡人却懂得，只要在位一天，寡人便要做好这一日之君，虽然也许是亡国之君，但千秋功罪任人评说，寡人只求问心无愧。”

他的这一番话说得荡气回肠，纪空手听得热血上涌，忽然想道：“莫非这大秦灭亡真是天意？倘若赵高不立胡亥，不废扶苏，那么子婴早已是这大秦皇帝了，凭他的才能，他的心性，只怕开创盛世绝非难事。这样一来，陈胜、吴广又何必要起事造反？刘邦、项羽又怎有机会争夺天下？”

他的思绪飞速跳跃，陡然想道：“假如日后我真能夺得天下，我会不会一如子婴一般，尽心尽力去做一个好皇帝呢？”

五音先生眼见子婴神情坚定，叹道：“既然如此，我也无话可说，当日先祖遗训，要我尽心尽力匡扶大秦，无奈谋事在人，成事在天，生不逢时，未遇明君，只能徒呼奈何，空留遗憾了。”

他神色一黯，扭头便走。他实在不想看到子婴脸上的那一份惆怅与无奈。

子婴深深地看了纪空手一眼，依然轻叹一声，转过头去。

第四十四章　心灵感应

刘邦话音一落，最感震惊的莫过于项羽，他根本不相信刘邦竟然能杀了卫三公子，所以他的目光紧紧地盯在刘邦手中的木匣之上，眼中透出了一丝紧张。

问天楼既是流云斋的宿敌，对项羽来说，卫三公子其人其名，他并不感到陌生，甚至达到了一种非常了解的地步，因为他从小就懂得知己知彼，百战不殆的道理，所以在他的脑海中，有太多关于卫三公子的资料。

卫三公子能忍。据说他曾经为了追杀一个仇敌，跑到一个赌坊中当了三个月跑堂的伙计，递茶送水，毫无怨言。当这个仇敌出现时，他只用了一瞬的时间，就结束了此人的性命。

卫三公子够狠。有一次，他为了扩张问天楼在吴越一带的势力，孤身一人，闯入连云七寨，一夜之间杀了七百九十四人，无论老幼，无一活口，若非有人从死者的伤处看出痕迹，只怕至今还是一桩无头血案。

能忍、够狠，还不是卫三公子最可怕的地方，关键在于他机谋善变，狡诈阴险。自他入主问天楼以来，流云斋针对他精密布下了七十九次大规模的刺杀，竟然无一成功，这不得不让项羽感到这是一个神话。

可是现在，刘邦居然打破了这个神话，项羽相信这个木匣中的确有个人头，而且与卫三公子非常相似，但他绝不相信那会是卫三公子的人头。

“啪……”木匣陡然跳开，一个血淋淋的人头滚到了地上，众人“哗……”的一声，争先恐后地涌了上来，竞相观看。

项羽轻哼一声，从人群中让出的一条甬道走过，站在刘邦身前，深深地望了刘邦一眼，道：“你敢肯定这一定是卫三公子的人头吗?”

刘邦强压下自己心中的悲伤，淡然道："如假包换，货真价实。"

项羽的眼中透出一股寒芒，在刘邦的脸上停留片刻，道："好，这人头的确与卫三公子非常相似，但要辨明真假，对本帅来说却非常简单。来人呀，给我查验人头的牙齿！"

他一摆手，众人全都归位入座，两名军士进入帐中，对着大头摆弄半天，方才禀道："回大将军，此人牙床上方第三颗牙齿缺了一半，余者尽皆完好！"

"此话当真？"项羽几乎跳了起来，问道。

"已经查验多次，的确如此。"两军士答道。

项羽毫无表情地摆了摆手，让两军士退下，一双眼睛几乎眯成了一条缝，紧紧地盯在刘邦的脸上，半天没有说话。

帐内一时寂然无声，就连刘邦也蓦然紧张起来。虽然他心里十分清楚人头的真假，可是手心仍然捏了一把冷汗。

"我自从认识卫三公子以来，就一直在想，在这个世上，还有谁能杀得了他。我甚至认为，要卫三公子的命，也许比登天还难，除非是发生奇迹，但是让我不敢相信的是，沛公居然做到了，这不得不让我刮目相看。"项羽的话里有一种激动与亢奋，话一出口，刘邦这才松了一口大气，因为连他也不知道何以才能辨明真假。

直到这时，项羽才完全相信了刘邦的忠诚。因为卫三公子的人头已经可以说明一切，无论谁再狠，他也不可能将自己的人头献出来，除非别人动手取他的脑袋。项羽坚信这一点！

但他绝对没有料到，卫三公子绝对比他想象中更狠，正因为他想不到，所以他才会落入卫三公子与刘邦的算计之中。

"不过沛公，我还是有些奇怪，以我们对卫三公子的了解，甚至精细到了他的牙齿，却始终没有办法置他于死地，而你又是怎么做到的？"项羽提出了他心中的疑惑。

刘邦今日鸿门之行，取信于项羽只是他计划中的一部分，他还有一个计划，正是算准了项羽必有此问。只要项羽提出这个问题，那么他的这个计划就已经成功了一半。

他做事情，从来都是以最小的代价来换取最大的利益，而这一次代价付出的竟是卫三公子的人头，他要换得的又是怎样的利益呢？

刘邦笑了笑，道：“本公非常同意大将军的看法，在这个世上，的确没有人可以杀得了卫三公子，本公也不能。如果说还有一个人可以做到，那就只能是他自己，因为这只能取决于他的心态。”

项羽摇了摇头，道：“我还是不太明白。”

刘邦环顾四周，只见帐内众人无不将目光投射在自己身上，似乎都想知道下文，不由得微微一笑：“我之所以这么说，是因为卫三公子临死的那一刻，他还一直把本公当作他的朋友！”

项羽沉吟半晌，似有所悟：“原来如此。”

他终于明白，何以流云斋屡次刺杀卫三公子都无功而返，而刘邦却能一击致命，这道理其实并不复杂，这就犹如一个杀狗的屠夫，当屠夫提着刀子，满脸杀气去面对一条狗时，这条狗就会保持高度的警觉性，根本不会给屠夫下手的机会，但是有经验的屠夫却不会这样，他们通常的做法就是把刀子藏在身后，手里却拿着一块肉，当这条狗认为没有危险的时候，其实便是它死到临头的时候。

所以说，只有来自自己身后的一刀，往往才是最致命的一击，有的时候，一个朋友远比十个敌人更可怕！

但是项羽的心中，还有一个疑问，那就是面对卫三公子这样的绝世高手，就算是在他毫无防备的情况下，要想偷袭得手依旧不是一件易事，那么真正施以这最后一击的人，不仅要有收发由心的内力，闪电一般的速度，还要有十分精密的准确性与非常冷静的头脑，这个人会是刘邦吗？如果不是，会是谁？

项羽很想知道这个人会不会就是刘邦自己，其实早在刘邦投靠楚国之时，项羽就一直在观察着刘邦的一言一行。在他的眼中，刘邦无论是智慧还是武功，都是一流的人才，只是过于贪恋女色与钱财，显然不是一个胸有大志之人。正因为如此，他才会力保刘邦以沛公的身份统率十万大军，与他共同完成此次西进关中的重任。但让他万万没有想到的是，刘邦竟然能以如此弱于他的兵力抢先进入关中，这不由得不让项羽怀疑起自己的眼光来。而一旦杀掉卫三公子的人真是刘邦，那么刘邦的武功也绝不是自己想象中的一般。这样一来，这个刘邦就实在是太可怕了，已经对他构成不可小视的威胁。

所以项羽必须知道这个问题的答案，以便他对目前的形势重新作出正确的判断，幸好这并不难，因为刘邦就在眼前。

“沛公的意思，是在卫三公子毫无防范的情况之下，发出了致命的一击，这才得到了这颗人头?”项羽似是无意地问了一句。

“大将军显然是高看刘邦了。”刘邦摇头一笑，“本公虽然对武道一向喜好，但要在卫三公子这等绝世高手面前动手，就是不知死活了，所以真正完成这致命一击的，另有其人。”

项羽“哦……”了一声，仿佛来了兴趣：“原来沛公手下还藏有高人，这可得让我开开眼界了。我此刻虽在军营之中，但人始终还在江湖，此人能斩卫三公子于马下，这倒让我生了仰慕之心了。”

刘邦微微一笑，道：“此人对在座的诸位来说，以前也许没有见过面，但你们一定听说过他的大名，他姓韩名信，与纪空手同出江湖，名声虽然不及纪空手响亮，但手底下的真功夫可半点不逊色于他!”

众人闻言，又都窃窃私语起来，显然对韩信之名还是第一次听说。原来韩信一出江湖以来，先是被凤五掠入凤舞山庄，后又以时信之名经历了登高厅一役，自此之后，又随卫三公子藏于暗处，一直低调行事，是以在江湖上名声不响。

就在众人猜测之际，坐在刘邦身边的一个汉子站了起来，他的身形并不高大，但显得力度十足，相貌尤显俊雅，却丝毫不缺阳刚，整个人浑然一体，健美剽悍，站于帐内众人身边，隐有鹤立鸡群之感。

他踏前一步，跪拜行礼道：“小人淮阴韩信，见过项大将军。”

项羽微微吃了一惊，有一种乍见锋芒的感觉。

以项羽的武学修为，已经到了古井不波的地步，无论外界的环境有如何惊人的变化，已很难触动他的内心世界。可奇怪的是，当他看到韩信的时候，心里竟然生出了一丝惊惧。

他之所以有这样的反应，在于韩信一收一放的惊人气质。就在韩信未踏出这一步之前，项羽也曾留意过这位静坐在刘邦身边的青年，当时给他的感觉，只觉得这个年轻人虽然气宇不凡，似有几分深藏不露，但绝对不属于那种一鸣惊人的类型，等到韩信站将出来，项羽忽然感到有一股惊人的压力缓缓从此人的身上溢泄出来，一点一点地迫近自己。

这的确是一种不同寻常的感觉。

当韩信站立于帐中的那一刹那，场上所有人的声音都戛然而止，凝滞下来，仿佛为这种拥有山雨欲来之势的压力所感染。在他们的心中，同时升起一种不可名状的幻觉，好像感受到的不是近在咫尺的韩信，而是一座横亘于天地之间的远山。

项羽就是项羽，他绝不会被任何人的气质吓倒，虽然他的心中也为韩信的陡然出现而惊，但这仅仅是一瞬间的事情，很快就一闪而没，反而心如止水，眼芒一闪，紧紧地将韩信锁定。

他的目光如一把利刃穿透虚空，直射韩信的眼眸。他始终觉得，一个人的眼睛是最诚实的，绝对不会撒谎，只要你能捕捉到眼睛里的一些东西，就可以把握住这个人心中的态势。

可是项羽还是失望了，因为他发现自己所见的，并不是一个人的眼睛，倒更像是一个深邃而幽远的黑洞，产生出巨大的吸力，反而将自己的眼芒吸纳接收。

“是你杀了卫三公子？”项羽突然笑了。他此刻的一笑，似乎想掩饰自己内心的那一丝躁动。

“当一个人背对我三尺距离的时候，无论此人是何等样人，我都有把握让他一剑致命。”韩信的话十分嚣张，但没有人会觉得这是嚣张，反而认为这是一种自信的表现。

但是张良却吃了一惊，将目光投向刘邦的脸上，因为他明白，韩信是在说谎。不仅他知道，刘邦更加明白，可是何以刘邦竟然没有任何的反应？

这难道是刘邦与韩信串通一起表演的一场戏？如果答案是肯定的，那么其目的何在？

张良似乎有些看不懂内中的玄机，但他却不动声色，静观下去，因为他知道只要有耐心，结果很快就会出来。

“你很自信，我十分欣赏。我从来都是这么认为，只有拥有非常实力的人，才是最有自信的人。”项羽微微一笑，眼芒陡然一寒，“不过我并不相信别人的说话，而相信行动，你敢一试身手吗？”

他之所以要试试韩信，正是要他证明实力，更想看看韩信的武功路数。

韩信的剑法乃是出自冥雪宗的流星剑式，冥雪宗又与问天楼极有渊源，一试自然露出底细，可假若不试，又何以证明他能杀得了卫三公子？

无论是刘邦，还是韩信，他们似乎都陷入了一个两难之境，可奇怪的是，他们神色如常，好像一点都不担心。

这是不是说，他们心中早就预料到了有此一招，已有准备？

不知道，谁也不知道，至少在韩信出手之前，没有人知道这个问题的答案。

五音先生与纪空手缓步行进在皇宫之外最为著名的奔马大道之上。

在月色下，咸阳的夜，显得格外凄寒。

五音先生显然为子婴刚才的一席话而触动了心弦，心情显得分外沉重。他心里知道，当他扭头而走的那一刹那，大秦的血脉从此必将难以延续下去了。

他的脑海中依稀掠过先祖的影子，在他的心里，此刻处于一种极度矛盾的状态，令他有回天无力的感觉。

可是这种迷茫的状态并没有继续下去，当他行至大街中段的时候，纪空手似是有意地碰了他一下，顿时将他的灵觉拉回到异常灵敏的状态之中。

他看了纪空手一眼，似乎从纪空手跳跃不定的眼芒中读出了什么，几乎同时，他突然从这静寂凄寒的夜色中感觉到了一股淡淡的危机。

这危机乍然而现，仿佛将一块细小的石子投入到静止不动的深潭中，起的不是一圈圈的涟漪，而是冲天而起、无坚不摧的龙卷风暴，在五音先生与纪空手的眼中，更看到了这风暴来临之前带出的那种惊人强力。

与此同时，静寂的长街蓦起变化，长空黑云疾走，天昏地暗，大街上空无一人，有一种说不出来的诡异之气。

阴风骤起，仿佛凭空而生，刮起漫天的尘土，由长街的远端席卷而来，可是五音先生与纪空手伫立身形，衣衫纹丝不动，仿若两座接天挺拔的山岳，给人以无比凝重的感觉。

时间在一点一点地流逝，风尘也在时间的流逝之下化为无形，长街似又回复到了先前的宁静，但只要有人稍稍留意一下，便会感到这大街之上似乎多了一股一触即发的巨大压力。

五音先生如孤峰绝崖，负手而立。

纪空手犹如渊亭岳峙一般，手已在刀柄之畔。

一刹那间，两人眼中同时锋芒毕露，如同埋没千年的神兵宝刃乍现世间，蓦然在虚空中相对相交。

“呜……”一声长啸中，两人身形齐动，冲天而起，一左一右，站到了大街两边的屋瓦之上。

环视一眼，方知这杀机何以会有这般的浓重，只因这屋瓦之上密密麻麻地站了不少人，放眼望去，约有上百的精英，更有无数精芒寒矢隐于黑暗之后，竟然对五音先生与纪空手形成了非常严密的合围之势。

五音先生与纪空手对视一眼，脸上似有一丝讶异，他们感到了事态的严重性。

无论对方是谁，有多少人，这并不重要，关键在于他们的行踪何以会被人发现？要知道他们此次咸阳之行亦是随心而想，更是临时的决定，谁知一出皇宫，就遇上了敌人精心布置的伏击。

一阵冷笑声从一座高楼的屋瓦上传来，随声步出一道人影，脸上泛出阴森严厉之气，令他的笑声有一股让人心悸的寒意。

“赵岳山？”纪空手微微一笑，似乎早已明白对方的身份，虽然咸阳城处于风雨飘摇之际，但以赵高与入世阁残存的势力，依然还有控制全城局势的能力。

“我是赵岳山，在此恭候二位已经多时了。”赵岳山似乎对这两名敌人有一种发自内心的忌惮，一挥手间，每一名手下无不亮出兵刃，严阵以待。

五音先生心中一惊，面对对方如此严密的布置，他的心里似有一种被人算计的感觉。当下也不犹豫，与纪空手迅速交换了一个眼色。

“难得赵总管如此盛情，在下实在感激不尽，自登高厅一别之后，纪某心下时常叨念着赵相与总管，不知故人是否安好?”纪空手心神领会，微微一笑。

赵岳山的脸上闪过一丝怒意，牙根咬紧，尽力克制着自己的情绪，无论对赵高还是入世阁来说，登高厅一役无疑是他们走向没落与衰亡的分水岭，不仅连失三大高手，而且在大秦王朝的权势也已风光不再。而这一切苦局的制造者，正是此刻站在他眼前的纪空手。

作为赵高最忠实的追随者，赵岳山对纪空手当然恨之入骨，所以当纪空手提起旧事，陡然之间，他好像不似先前那般冷静了。

“我与赵相又何尝不是时时刻刻惦念着你呢?当日之仇，永不敢忘，所幸天可怜见，又让你回到了咸阳。”赵岳山深深地吸了一口气，眼芒生寒，杀气已现。

“莫非我不该回咸阳吗?”纪空手故意带出一副诧异之色，“此乃大秦国都，大秦未灭之前，我还是大秦子民，重游国都难道还犯了刑律不成?”

他语带调侃，实则在为五音先生争取时间，凭他二人的身手，虽然跻身第一流的行列，但要从百名训练有素的高手环伺中突围，并非易事。而最让人担心的是，就算他们能冲出重围，还有一个赵高在等着他们。

他们都有这样的一种感觉，就是虽然没有见到赵高的人影，但他们相信赵高就在附近统揽全局。

五音先生现在最迫切要做的，是一个精确无误的判断。这个判断一旦作出，必须要让他们迅速摆脱这些人的纠缠，单刀直入，擒贼擒王，在最短的时间内直面赵高，然后合二人之力将之拿下，否则就是一场无休无止的决战。

是以他与纪空手交换眼色之后，一种至静至极的灵觉从他的脑海最深处潜升出来，无妄咒由心而生，发出一种似有若无的声波，向四方扩散而去。

他人虽在瓦面之上，但随着声波一圈一圈地向外延伸，他不仅听到了自己的呼吸声，血脉流动之音，纵是虫蚁鼠行之声也丝毫逃不出他耳目捕捉的范围。

空气在流动，无妄咒的声波随着空气的流动而流动，一点一点地向虚空深处渗透，五丈、十丈、二十丈……就在五音先生感到失望的刹那，突然从西北方向传来一股庞大无匹的精神力量，如山崩水泻，其势甚烈。

“赵高，只有赵高才拥有这种无匹的气势！”五音先生心中暗道，也就在这一刻间，他的灵觉已然归位，眼芒如利刃般沿西北方向射去，知道在一群高楼之后，是一个小湖，湖中的景色很美，在如此美丽的月色之下泛舟畅游，的确是一件令人心动的雅事。

虽然两地相距不过百丈，但五音先生知道要想跨越过去绝非易事，所以他望向纪空手。

纪空手捕捉到了五音先生目光中显示出来的意图，所以微微一笑。他忽然发觉，在他与五音先生之间，已经产生了一种默契，这种默契与武道修为丝毫没有联系，而是发乎自然的心灵感应，所以他已经知道了自己下一步应该做些什么。

但是在行动之前，纪空手还是将自己行动的每一个步骤都全盘考虑了一遍，然后眼芒射在赵岳山的脸上，淡淡一笑：“你是一个无趣的人，所以我并不想与你多费口舌，如果你没有太重要的事，我想我得告辞了。放着这大好的月色不知欣赏，岂非让我变得和你一样无趣？”

“我承认自己是一个无趣的人，但你却不得不承认，我手中的剑绝对有趣，而且有趣得要命，如果你认为你可以走得了，那就请自便。”赵岳山冷笑一声，手已握紧了剑。

“是吗？那我倒要看看，有谁能拦得住我的离别刀！”纪空手悠然一笑，手臂微抬，刀已在手，在月色斜照下，刀锋处已隐生一道吞吐不定、微微发光的青芒。

有风吹过，刀生龙吟之音，虽然微不可闻，却渗入虚空，渗入了每一个人的心中，让心随之悸动。

赵岳山霍然变色。

拔刀是一个过程，也是出手的前奏，在普通人的手里，它就仅仅只是一个非常简单的动作，可是当赵岳山看到纪空手拔刀的那一刹那，他才真正明白，高手拔刀，绝不是为拔刀而拔刀，拔刀只是高手束敛气势的一种手段，已有先声夺人之势。

而纪空手拔刀，还不仅只是一种手段，更像是一门艺术，他拔刀的每一个过程都非常清晰，让人看得清清楚楚，就像是将每一个过程都定格在空中，但是整个动作绝对不慢，仿若行云流水，一气呵成，完全是在瞬息之间完成。

赵岳山只觉呼吸陡然不畅，已经感受到了对方一步一步迫来的巨大压力，要想改变这种被动的局面，最好的办法就是拔剑。

“锵……”剑从鞘中掠出，逼出尺长光芒，在赵岳山的内力催逼下，剑横虚空，隐带“嗡嗡”之响。

屋瓦之上顿时响起一片喝彩声，其中有几个眼力不错的高手似乎看出了这二者之间的差距，声音叫得并不响亮。

的确如此，虽然纪空手与赵岳山完成了一个几乎相同的动作，但纪空手的动作快而清晰，看似随意却有严谨的尺度。而赵岳山的动作虽然比纪空手更快，但只是为快而快，缺乏一种美感与力度，两相对较，已显高下。

纪空手没有犹豫，刀既出鞘，握刀的手随之一振，整个人像是变了个人似的，如山岳般凝重地双手抱住了刀柄，“蹬……”地向前跨出了一步。

只有一步，也只有三尺的距离，但这一步跨出，空中已充斥着一股不可抑制的杀气，泛生无数气旋，在虚空翻舞蹿动。

场中的每一个人脸色都变了一变，似乎在同一时间感受到了这剧增的压力，几有透不过气来的感觉。

赵岳山眼神一颤，深深地吸了一口长气，将自己全身的功力在瞬息间提聚于掌心，凝神以对。

他收摄了心神，知道自己已无后路可言，面对纪空手这等高手，他唯一的选择，就是迎头面对。

他心里清楚，只要自己能够挡得住纪空手爆发出来的第一击，那么自己身边的同伴就可以在最短的时间内作出反应，从而完成整个合围。

可是就在这个时候，纪空手不进反退，“蹬蹬蹬……”连退数步，脚从瓦面上一滑而过，震得瓦砾抖颤，泥尘簌簌而落。

“他想逃!”这是赵岳山的第一个反应，同时也是他基于目前形势作出的合乎情理的判断，所以他没有犹豫，大喝一声，立时剑掠虚空，寒芒四射。

同时他的身形若箭矢般疯狂向前!

“呼……”他的剑发出一阵惊人的“嘶嘶……”之音，与飞旋的气流做剧烈的磨擦，但这并不是最可怕的，可怕的是他这一剑的速度、力度以及切入虚空的角度都十分完美，充分显示了赵岳山作为剑手的实力。

只有在此时，很多熟悉他的人才明白赵岳山何以会得到赵高如此器重，这固然与赵岳山的忠心有关，但若不是他对剑道有超乎常人的领悟，又怎能入得身为入世阁阀主的赵高的法眼呢?

许多人都知道，入世阁能列五阀之中，乃是因为赵高之下，还有三名一流的高手鼎力相助，但是自登高厅一役后，张盈死于扶沧海的枪下，格里又莫名其妙地死于花园中，身为亲卫营统领的乐白，竟然是问天楼的卧底，使得入世阁一夜之间元气大伤，几乎倒下。

但是只要有人看到赵岳山这惊人的一剑，就会明白一个道理，瘦死的骆驼比马大，一个曾经屹立于江湖百年不倒的豪门，纵然它步入衰亡之路，也绝对不容任何人小觑于它。

所以五音先生隔街看到这一剑，心里蓦然一沉，他不知道还有谁能与这一剑一争锋锐，即使他相信纪空手，但也着实担心。

“呼……”他蓦然起动，身形以电掣般的速度掠过这五丈长街，虽然他自忖时间上会有所不及，未必能在剑到之时救援到位，可是他别无选择。

他的人尚在空中，一双眼睛却紧盯在纪空手与赵岳山的这一战上，随即耳中听到了来自四周弦动的声音，知道这是敌人的狙击手段，但他犹如大鸟般毫无忌惮地直进。

眼见赵岳山的剑锋挤入纪空手的三丈范围之内，陡然之间，赵岳山脸色一变。

谁也不知道赵岳山的脸色为何会变得这般怪异，但很快，在场的每一个人都看到了原因。

这个原因就在于纪空手，他一直在退，明明在退，但忽然间他的整个人却挥刀而进，就好像他从来没有退过一般，在退与进的转化间快得不露痕迹。

赵岳山的心里“咯噔”了一下：“这是一个事先设计的阴谋，可惜的是我直到现在才明白过来。”

他的心仿佛掉进了一个深渊之中，无休止地下坠着，整个人充满了无穷的恐惧。

当项羽话一出口，韩信就知道，无论对手是谁，自己的出手已势在必行。

他似是无意地瞧了刘邦一眼，眼中闪过一丝钦服之意。他忽然发觉，目前的这一切进程好像都是在刘邦的算计之中，难道说这就是天意？

随着时间一点一点地推移，在韩信的心里，愈发对昔日所见的蚁战迷信起来，他惊奇地发现，他所经历的每一件事情已经神奇般地与蚁战产生了惊人的巧合，虽然在某一事件上有一些无关紧要的偏差，但整个大局的趋势几乎完全一致。如果说这不是天意，还能是什么？

这不得不让韩信感到血脉畅热起来，甚至在心中暗暗思忖着：“既然这是天意，那么刘邦战胜项羽就是一种必然。可是那场蚁战最终因为凤儿浇来的一盆水而终止，并未预示着这天下之主就一定会是刘邦，难道说……”

他没有再想下去，也不敢再想下去。他深知，路是一步一步走出来的，只有脚踏实地，抓住每一个属于自己的机会，最终才能到达成功的彼岸，如果一味地以天意为借口，企图坐享其成，那只能是一个空想，更是一个幻想。

“既然大将军有令，韩信敢不从命？”韩信不敢犹豫下去，恭声答道。

项羽满意地看了他一眼，道：“一个有把握杀掉卫三公子的人，身手一定不错，不管是从前面还是背后，都需要一种超乎常人的勇气与自信，所以要试你的身手，武功太低的人未必能行，不过幸好郭岳的剑法也不错，不妨就你们俩切磋切磋！”

他眼色一递，郭岳已应声而出，众人闻言，无不兴奋起来，因为他们知道，郭岳能被项羽点中，绝不是一个偶然。

郭岳虽然位列项府十三家将之首，名为家臣，实际上他的剑法已经相当有名。据说项羽为人一向苛严，尤其面对自己的家臣与流云斋斋内高手更是从不言笑，但唯有对郭岳的剑法，曾经有过数次的嘉许，可见郭岳的实力的确已经跻身于一流剑手的行列。

当郭岳大步而出，一脚站立帐中时，场上的每一个人无不为他惊人的气势所慑，都在心中喝彩一声。

韩信侧头看去，正好与郭岳的眼芒在虚空中悍然相交，两人都在心中微惊一下，肃然以对，未战已有慑人的杀气飙出。

但是韩信却退后了一步，低首垂眉道：“此战不比也罢，我认输了。”

他此言一出，郭岳脸上固然一喜，但项羽的脸却沉了下来：“未战先怯，绝非勇士所为，莫非你撒谎，这卫三公子不是你亲手所杀?!”

帐内气氛顿时紧张起来。

韩信摇了摇头，道：“不是韩信不战，而是不能。”

项羽奇怪地道：“有何不能?”

韩信眼芒一寒，陡生一股傲意：“只因韩信的剑并非供人观赏之剑，乃是杀人之剑，剑若出鞘，必当饮血，否则绝不罢休。”

项羽的目光为之一跳，感到了韩信话里的无限杀机，不知为什么，他一点都不为韩信的狂傲而恼怒，反而生出一种欣赏之意。

“你希望这是一场生死决战?”项羽先看了看郭岳，这才将目光紧盯在韩信的脸上。

“是的，唯有如此，方可显出我真正的手段！”韩信迎着项羽的目光而上，眼中毫无恐惧。

项羽与他对望良久，方才把目光移至郭岳身上：“郭岳，你自行决定。”

郭岳一紧剑柄，肃然道：“郭岳请大将军恩准，就让郭岳与他来个生死之战!”他恼怒韩信如此狂妄，心中已生杀机，虽然他对韩信这般自信有所忌惮，但他更相信自己的剑法有与任何人一战的实力。

“好!”项羽眼睛陡然一亮，拍掌道，“就让我们睁大眼睛，来看这生死由天的一战!”

众人无不激动起来，紧紧盯向傲立于场中的两大一流剑手，对他们这些久经战事的将军们来说，血腥与暴力永远是他们最感兴趣的主题，谁生谁死已不重要，重要的是这必将是一场残酷而充满激情的大战。

“请!”郭岳的手虽在剑柄之上，却没有拔剑，只是非常优雅地做了一个手势，尽显大家风范。

“你说什么?”韩信似乎耳朵有些失灵，侧过头来问了一句。

郭岳笑了笑，跨前一步，道:“请动手!”

他只说了三个字，可是当他说到第二个字的时候，心中蓦然一惊。

他之所以吃惊，是因为他的眼睛突然一花。

据说郭岳昔年练剑之时，最先是学了三年箭术，习练射箭之人，首先练的就是眼力，所以郭岳的目力着实惊人，可以在百步之外识得虫蝇的公母。

可是在这一瞬间，他忽然什么也没有看到，只感到有一股惊人的杀气，陡然向自己的左肋迫来。

他的心里“咯噔”了一下，这才明白为何韩信要选择生死之战，而不是切磋性质的比武。因为韩信的这一剑不仅快，而且狠，更不要脸，是以它的确是可以致人死地的要命一剑。

郭岳明知对方是偷袭，却无法指责对方的阴险，只能自怨自己一时的大意。这明明是一场以命相搏的决斗，而不是游戏，你若强求别人遵守游戏的规则，那你不是傻子，就是笨蛋，二者必居其一。

所以郭岳就只能退，在退的同时，剑已出手，在身后布下重重气锋，利比锋刃，企图封锁住对方迫来的剑势。

但韩信绝不会浪费这轻易得来的先机，大喝一声，剑在空中微颤，突然爆裂出无数如花般的气旋，强行挤入。

“叮……”双剑在刻不容缓之际一触即分，激起一溜让人心悸的火星。

郭岳虽然阻缓了韩信若行云流水般的攻势，但他的心里已惊骇不已，因为就在剑锋相交的一刻，他的手臂陡然一震，似有一道奇寒无比的阴气侵入，令他的气血为之一滞。

这只能说明，韩信的内力之强已在郭岳之上，两人全力一击间，韩信的内力竟然能随剑身侵入到郭岳体内，已说明了问题。

但真正感到吃惊的人，不是郭岳，而是项羽。他在韩信一出手的瞬间，就对韩信的剑法有种似曾相识之感，以他广博的见识，当然知道这是来自于冥雪宗的流星剑式。

这让他联想到了问天楼的凤五，可是细观之下，他又生出几分诧异。

韩信的剑法的确与流星剑式有几分形似，但在剑路的变化上更趋简单实用，即使是武功心法上也与冥雪宗似有迥然不同之别，这顿时让项羽打消了心中的疑虑。

因为他本身就是一个武学宗师，对武道的领悟具有非凡的造旨。他深知，一个人的剑式套路也许与人有共通相似之处，但使用剑式的心法与内力却绝不可能如同一辙。这只能说明一个问题，那就是韩信的剑法也许与流星剑式有几分形似，但韩信却不会是冥雪宗的弟子，他坚信！

刘邦的脸色平静如常，嘴角处挂出一丝不易察觉的笑意。他如此镇定，是不是早就预料到项羽会作出这样的判断，所以才让韩信放手一搏？

如果事实真是如此，那么刘邦的胆色也实在大到了让人瞠目结舌的地步，因为这完全取决于项羽的一念之差，若是他认定韩信是冥雪宗的弟子，那么今日随刘邦前来的数百人马，必将死于非命。

就在项羽消除了疑心之际，剑从韩信的手中再次杀出，简简单单的一剑，却如一道可以封住洪流的大堤，横亘于气流涌动的虚空。

郭岳已然心惊，却惊而不乱，剑势再起，犹如惊涛骇浪，以狂猛之势向韩信狂泻而去。

“叮……”剑影交织下，发出一声清脆的金属撞击的声音，韩信的剑锋陡然一跳，在空中化作一片天际下的流云，竟然透出了一股闲散的意境。

看似闲散，却有杀气，郭岳只觉手心的劲力冲泻而出，就在双剑一触间消失得无影无踪，显然是为韩信牵引而吸。

这一逼一吸，完全不能让郭岳控制，此刻他内心的惊惧，的确到了无以复加的地步，郭岳无奈之下，只有再退。

但这一次退却是有预谋的退，面对韩信如此凌厉的剑势以及古怪的内力，郭岳已经认识到如果自己一味防御，只能是坐以待毙，与其如此，倒不如放手一搏。

所以他退得很快，纵出七尺之后，蓦然回剑一旋，整个身体几乎平贴在地面，躲过了韩信的一剑之后，调转剑锋，直迎韩信的胸口。

他的整个动作不仅突然，而且难度极大，借回旋之力，手中的长剑幻生万千剑影，如一张大网扑天盖地向韩信袭去。

韩信的眼中闪过一丝讶异与惊奇，但他的心神却静若止水。经过了这数月以来的风风雨雨，又兼之身体机能与玄阴真气逐渐融合，浑成一体，他对武道的理解也愈发深刻，逐渐形成了属于自己的悟性与风格。

若非如此，他绝对躲不过郭岳这竭尽全力的一击，因为任谁的眼睛再快，也快不过郭岳的这一剑，而韩信已不用眼睛来观察对手，所以当郭岳的剑一出，他已用自己的感官灵觉捕捉到了这一剑的杀气。

这听上去似乎玄之又玄，但在真正的高手眼中，这并非是不可企及的。当韩信将自己置身于一个临战的状态下时，他也同时开放了他身体内的每一个感官，让它们在同一时间内去捕捉体外不同环境的变化，以利自己在最短的时间内作出最正确的判断。

所以当郭岳自认为这一剑已是必杀之招，没有人可以化解时，他却不知道，他的每一个动作早在韩信的掌握之下。韩信之所以没有立刻作出反应，只是故意为之，他其实是在等郭岳的内力将尽未尽、无法续接的那一刻的到来。

韩信在等，全神贯注地等，郭岳这一剑行在空中的每一段过程，都定格般地清晰再现，在他的思维中毫无遗漏地尽数展示。

当那一刻在瞬间出现的时候，韩信的剑有如电芒速降，在对方的剑锋几乎刺入自己肌肤的刹那，划出一道美丽自然的弧线，巧妙地点击在郭岳的剑身之上。

“哧……”郭岳只感到有一道寒气沿剑身而来，以最快的速度侵入自己手臂上的经脉，他便如置身于一个千年的冰窖之中，那彻骨的冰寒几乎麻木了他的每一根神经。

在这刻不容缓之际，任何犹豫都是遭受致命一击的理由，所以郭岳完全是出于本能地张开了口。

他在这个时候张口，是想求饶，还是想惨叫？场上的每一个人都有这样的想法，就连韩信也觉得有些诧异，这举动完全不合郭岳的性格与身份，所以韩信没有大意。

“噗……噗……”果不其然，从郭岳的口中突然爆出了两点寒芒，以精准的角度迫至韩信的咽喉。

两点寒芒，两枚金牙，在绝境之中，郭岳竟然运气迫出了自己门牙之上的两颗大金牙，当作暗器激射出来。

这两枚金牙虽不是暗器，但在这么短的距离内射出，远比暗器更有威胁性，纵算韩信已有心理上的准备，也忙了个手乱脚急，方才化去了这两枚金牙的凌厉一击。

郭岳以两枚金牙的代价，终于挽回了失去的先机。当两人再次凝神相对时，无不为对方展示的精妙剑法与应变手段而叹服不已。

但这并不意味着战事的结束，反而更像是真正决战的开始，虚空之中涌动的杀气，远比先前更浓、更烈。

项羽本想开口罢战，但却最终没有开口，他忽然觉得这是一场值得人们期待的决战，只要是武者，肯定不想错过，他当然也不例外。

刘邦一直是以平静的心态来看待这两人的生死相搏，谁生谁死并不重要，重要的是他已洗清了自己的嫌疑，这样一来，就算项羽有心来对付他，亦是师出无名。

不过如果韩信最终能赢下这生死之局，那么刘邦的心中还有一个更大的计划便会开始启动。只是以刘邦的性格，他总是到了该出手时才出手，绝对不爱凭空幻想，所以在韩信未赢之前，他丝毫不想下一步的行动。

虽然刘邦与项羽的想法迥然不同，但他们都已是江湖上有数的顶尖高手，竟然不约而同地生出一种预感，那就是在韩信与郭岳之间，无论谁胜谁负，决战只会在一瞬间结束。

这并非无妄揣测，而是他们都从虚空之中感到了一种山雨欲来的巨大压力。

帐内无风自动，帐篷鼓胀得几欲崩裂，帐内的每一个人都深感呼吸困难，几有窒息之感。

一缕类似虫吟蝉唱的异声蓦然响起，初时听来细不可闻，仿在遥不可及的天际，刹那间已响彻了整个空间，震人耳鼓，嗡嗡作响，盖过了这方圆百丈之内的任何声音。

一时间天地中只存这种尖锐如利刃割帛般的声音，引得项羽与刘邦同时一怔，凝神以对。

他们知道，这是决战双方就要出手的先兆。

帐内鼓胀的气流骤然而动，急剧旋转，一道道如龙蛇腾飞的气锋在有限的空间之内急速激撞。

面对韩信不动如山的身形，领略着狂若惊涛的气浪，郭岳的脸色变得如严霜般凝重，心里禁不住震颤了一下。

只有一下，却已足够让韩信出手，他以自己灵敏异常的灵觉感触到了郭岳的心神这一微妙的变化。

"噗……"剑斜指，帐篷的顶端裂出一条细缝，一缕明灿灿的阳光强行挤入了这充满气旋的空间，耀眼夺目。

韩信的剑终于出手，当郭岳意识到这一点的时候，韩信凛冽的剑锋已经如一道幻痕般划向了他的眼眸。

剑，快得只有结果，没有过程，就像这剑本身就在郭岳的眼眸之下，从未动过一般。郭岳根本就没有看清韩信的剑来自何处，将去何方，只感到这剑中带出的让人心悸的杀气。

阳光斜照在剑身之上，与剑的青芒在刹那间交融，幻成一缕无比灿烂的霞光，谁也说不清是阳光催发了青芒的跃动，还是青芒撩动了阳光的生机，光彩如梦，梦如霞光。

虚空中陡然生静，静得不沾一尘。

没有丝毫的剑风，没有一点剑划虚空的痕迹，便连最初的那一道锐响，也似被这一剑吸纳，凝成了一股如山岳将崩的气势与压力。

直到这时，郭岳才惊惧地发现，无论韩信是偷袭，还是正面出手，他都没有太多的机会，先机对韩信来说，仿佛是信手拈来，正如韩信的剑式原本就是郭岳剑法的克星，让他有处处受制之感。

郭岳还是得退，疾退，他必须拉开一个距离，让自己的剑锋在最短的时间内切入虚空。

他动得很快，剑出厉啸，隐带风雷之声，几乎掩盖了韩信剑锋带出的任何光芒。

场上的每一个人都似被这凌厉的剑气所逼，纷纷后退，心中同时生出一个悬念："不知这风格截然不同的两柄剑最终会演绎出怎样的一种结局?"

没有人知道，至少现在没有人知道。

因为无论是动是静，这两柄剑似乎都得到了剑道的精髓，动与静之间，只是一种相对的形式。

第四十五章　临危不乱

赵岳山终于明白，谁若要选择纪空手作为自己的对手，就一刻也不能大意，否则，必会被他所乘。

纪空手显然意识到自己所处的环境十分凶险，一味硬拼，虽然未必就输，但绝不是他们的最佳选择，所以他选择了擒贼先擒王的战术。

他所用的擒贼无擒王，却与五音先生所想略有不同，他所选择的这个“王”，不是赵高，而是赵岳山。

赵岳山无疑是这上百名敌人的首领，只有将之制服，才可以用来要挟敌人。到了那个时候，无论是进而直面赵高，退而远出咸阳，主动权就在他与五音先生的手中。

但是要制服赵岳山，并不是一件容易的事情，而且必须在瞬息间完成整个行动，这就愈发难上加难，不过纪空手却用自己的智慧赢得了一个绝好的出手时机。

他拔刀，直进，只是一个提聚功力的过程，同时给对方施加最大限度的压力，让赵岳山的气势也相对提至极限，然后他退，以退为引，使得赵岳山的气势冲泻而来，在它将尽未尽之时，这才实施最后的一进，而这一进，双方的气势已变得强弱分明，赵岳山又岂能不落下风?

赵岳山没有任何时间来后悔，面对纪空手宛若惊涛骇浪般的刀势，他唯有硬抗。

这绝不是明智之举，以他现在的功力，很难在这么短的时间内提至极限，根本无法与纪空手盈满之势抗衡。但如果赵岳山不想束手待毙，就只有这一条路可走。

赵岳山长啸一声，身形如一阵清风般化入一片剑影之中，淡成虚无，在他身形掠过的空间里，断瓦碎木迸裂而起，如同被一道飓风卷起，变得粗暴而狂野，又像是一张巨兽的大嘴，以迅猛之势扑前，似要吞噬这天地中的一切生命。

距离在此刻已不成为距离，甚至也没有了时间的界限，整个虚空中都被无尽的压力所充斥，欲爆欲裂。

刀，宛如半弦之月，从一个玄奥莫测的角度生起，切入这动荡的虚空，简单而有效，使得这虚空裂出了一道深邃而幽远的洞痕。

“当……”刀锋与剑尖在虚空的中心发生了悍然撞击，两股巨大的气流在撞击中交融爆炸，横生出无数股更强猛的气旋，疯狂蹿动。

赵岳山只觉得胸口遭受了重重一击，气血翻涌间，仿若有无数利刃割肤入体，“蹬蹬蹬……”连退数步之后，突然身形一沉，意欲破瓦入室。

这是最明智的决定，可惜迟了，就在他后退的同时，纪空手的刀锋一指，一股沛然不可御之的剑气从剑身中蹿出，如恶龙般贴伏在瓦面之上，向赵岳山的脚下蹿去。

赵岳山心中的惊骇无与伦比，他的目光所见，是一道惊人的白光闪过瓦面，以白光为界限，黑黝黝的青瓦纷纷向两边而分，激射空中，直追赵岳山的身形而来。

赵岳山只有再次腾空。

但是他的身形再快，也快不过这霸气十足的一刀，纪空手大喝一声，手腕一抖，刀劈八方，在刹那之间封锁了赵岳山的任何去路。

赵岳山还想作最后的反抗，但剑一举起，却听得“哧……”地一响，一缕劲风从纪空手的手指间弹出，正好点在了剑锋之上。

“呼……”赵岳山只觉手臂一麻，只有脱手，剑如无主的风筝，突然坠入了屋瓦下的房中。

“你果然聪明，明知不敌，便弃剑投降，既然如此，我便放你一马!”纪空手轻笑一声，手指微张，突然封住了赵岳山周身的几处大穴，令他手不能动，嘴不能语。

与此同时，五音先生已越过长街，一听纪空手的说话，心领神会，大喝道:“赵岳山既已投降，你们难道还想顽抗到底不成?”

他与纪空手一唱一合，反应之快，根本就不容敌人有任何思考的时间。

四周合围的上百名敌众眼见赵岳山与纪空手厮斗一处，还没看得分明，想不到战事便已结束。这时又听得五音先生这般喊叫，倒也难辨真假，一时间竟然没有人作声，僵立当场。

五音先生与纪空手相视一眼，微微一笑，正要趁此良机起动身形，突出重围，忽听得一阵古筝之音隐隐从西北方向传来，抑扬顿挫间，说不尽的悲凉萧索，仿若一位落寞的英雄孤身行在夕阳之下，大漠之中，令人心生惆怅，好不伤感，便每一个音律转换之间，已生杀伐之意，令五音先生心中猛吃一惊。

五音先生之所以有此一惊，是因为他本就是一个能将音律融入武道之中的大行家，平生自负绝技无妄咒，便是将杀机暗藏于箫音中，可以杀人于无形。但他此刻听到这筝音，却发现这筝的主人的修为似乎并不在自己之下，虽相距百丈，却犹在耳边一般，让人感受到一股莫名心悸的寒意。

五音先生微一沉吟，哈哈一笑:“赵相既有留客之意，五音岂敢不从命?只是请客用不了这般大的阵仗，还请撤了吧。”

他眼色一递，纪空手已解开赵岳山的穴道，叫声“得罪”，赵岳山走得几步，这才回头狠狠地瞪了纪空手一眼。

随着筝音而来的，是一个人声，虽绵软无力，却可及远，听入耳中，倍感清晰:“有先生这一句话，赵高就放心了，无礼之处，还望莫怪。”

他的话一传来，上百名高手各自向后退去，赵岳山微一拱手，道:“请!”

五音先生与纪空手似乎丝毫不惧，在赵岳山的带领下，走过屋瓦，跳入一条隐于竹林的小道，来到了一个小湖之畔。

湖畔无船，却有亭，亭中一人，面对湖面双手抚筝，背影孤削，有一股说不尽的落拓之气。

此人不是别人，正是一代权相赵高，谁曾想到昔日江湖五阀之一，又是大秦权相的赵高，数月不见，竟然变得这副模样?

五音先生与纪空手走入十丈之内，方才止步，突然心有所感，只觉世事难料，眨眼便是物是人非。

筝音依然不断，似有一种似近实远、虚无缥缈的意境，偶有高亢处，可见赵高的心中并不平静。

当两人再近五丈时，“铮……”的一声，古筝传出一声充满杀伐之意的最强音，便戛然而止。

“啪啪……”五音先生拍掌两声，悠然而道，“赵相不愧是赵相，身为阀主，又居权相之位，想不到还有闲情弹得这一手好筝，真正让五音有些汗颜了。”

赵高并没有起身相迎，而是身形不动，眼睛望向月光之下的湖面，轻轻一叹：“其实本相自小学筝，迄今算来，也有数十年了，只是一生周旋于江湖与天下之间，难有闲暇顾及此好，是以并不为世人所知。音兄，平心而论，你说本相的古筝可列音律几品？”

他费尽心机，出动大批高手，请来五音先生与纪空手，自然不会是来讨论音律的，但五音先生丝毫不以为意，低头想了一想，方道：“赵相是个极聪明的人，似弹筝这般雕虫小技，自是一学就会，一会即精。但乐音一道，不仅讲究音质，最重要的还是意境，以赵相此刻的心情，只怕难有这份雅趣与闲心吧？”

赵高心中一震，微微一叹：“音兄果真是个高人，能听音律而知心意。既然如此，音兄当然也听出了本相筝音中的杀伐之心了？”

五音先生深深地看了他一眼，道：“筝音虽有杀气，可是心中似有太多的无奈，只怕事情难如所愿。”

“的确如此。”赵高缓缓回头，眼芒一寒，直射到纪空手的脸上，道，“我之所以心有杀意，是因这位纪公子。对本相来说，登高厅一役，是本相这一生中最大的败绩，不仅是我个人之败，亦是我入世阁百年之大败，要想再复当年风光，只怕是本相心头的一个奢望了。”

纪空手面对赵高咄咄逼人的目光，怡然不惧，反而微笑道：“原来你是问罪而来。”

赵高摇了摇头，道：“本相无心问罪，也许在此之前，本相确曾动过杀心，可是等到本相静坐于这古亭之中，轻抚古筝，抬头望月，忆起无数往事，不由得蓦然醒悟，其实这一切罪不在人，而在于己，若非本相不能克制贪念，又怎会落到今日下场？”

纪空手脸上闪过一丝诧异之色，与五音先生相视一眼，两人都没有说话。

“本相三岁习武，九岁有成，十八岁入主入世阁，在当时形势并不明朗的情况下，力排众议，全力襄助始皇登基，灭吕不韦之乱，从而手握权柄，成为江湖上最有权势之人。每每忆起这段往事，想起昔日叱咤风云、纵横天下的英姿，总是让我情不自禁地热血沸腾，暗恨做人何以会老，又何以不能永葆年轻！”赵高并不理会二人的表情，似沉湎于往事的追忆之中，有感而发，“直到今日，本相自省，才发现本相今生最大的错，不在登高厅，而在于废扶苏，立胡亥。若非有胡亥登位，又哪来的登高厅之祸？”

纪空手蓦然想起了月色下的子婴，心中顿生一丝恨意，道：“你能这般想，也算是对了一回，始皇驾崩之后，如果你能拥立扶苏为帝，以扶苏的仁义，又怎会出现今日这般不可收拾的残局？天下百姓也不会因你这一念之差而饱经战火煎熬，遭尽了罪。”

赵高长叹一声，道：“你错了，以当时的情景，本相又何尝不想立扶苏为帝，但本相那时一心忠于始皇，岂能不遵遗训？”

纪空手与五音先生大吃一惊，无不色变，根本不信这废扶苏、立胡亥之举竟是始皇的遗嘱。

赵高道：“二位试想，扶苏仁义，胡亥暴烈，二人的性情相差何其之远，但这二人之中，是谁的性情更合始皇的心意？”

纪空手犹豫片刻，道：“始皇自小登位，忍九年之苦，终掌权位。随后征战天下，平定六国，一生残暴冷酷，若以性情而论，当然是胡亥更合他的心意。”

“但这并不是始皇要废扶苏、立胡亥的真正原因。”赵高的眼神变得深邃而悠远，脸色十分凝重，“始皇之所以自称始皇，是因为他想要将大秦这份基业传至万世，所以他临终之前，当然要选择一位他认为可以继承大统的人来做皇帝。以当时的天下大势，六国初定，民心未稳，假若立扶苏为帝，他担心‘仁义’二字不足以治理天下，因此才会密诏本相和李斯，要我二人来担负这废太子的骂名。”

赵高的话简直有些惊世骇俗，但五音先生与纪空手都是心智聪慧之人，一听之下，却觉得很有道理。因为以始皇的性情，在当时那种情况下，这无疑是他最有可能作出的抉择。

“你们也许会问，何以本相会将这个天大的秘密告之你们？”赵高的话正是五音先生心中想问的，所以他点了点头，赵高继续道，“如果大秦不亡，这个秘密确实不能为外人道也，因为这有可能影响到始皇的英明，可是如今大秦变成这个样子，说与不说已无太大的关系。”

纪空手道：“既然这是始皇密诏，那你既立胡亥，就该尽心辅佐才是，何以会将天下搞得乌烟瘴气、民不聊生？到了最后，还要阴谋造反，取而代之呢？”

他并不同情暴秦的灭亡，也不同情赵高的两难之境，他只知道，假如那一天不是赵高与胡亥君臣相斗，他根本就没有机会取走登龙图。

赵高神情一凝，良久才道：“当本相拥立胡亥之后，方知始皇当日的决定有错。胡亥为人狠辣阴险，却又志大才疏，本相屡献治国良策，都因不合他的心意而废置案头，并且还对本相起了疑心，企图杀之而后快。本相心想，‘这大秦既然要亡，又何必非要亡在项羽、刘邦之手？以本相的能力，难道就治不好这个天下吗？’所以本相便费尽心思，安排了登高厅的宴会，谁知人算不如天算，最终却让你这个无名小子搅了好事，否则的话，只怕今日的天下已是我的了。”

他狠狠地瞪了纪空手一眼，见其嗤之以鼻，一脸不屑之状，神色顿时一黯，道：“可是到了今日，本相又不得不感谢你当时的搅局。因为从今天的大势来看，大秦覆灭只是迟早的问题，本相又何必为做这数十天的亡国之君而担负千古骂名呢？”

纪空手冷笑一声：“纵算你没有做上这亡国之君，这千古骂名依然会落到你的头上。男子汉大丈夫，敢作敢为，你既然敢以一己之私冒天下之大不韪，又怎会在乎这身后的骂名？”

赵高的脸色已是铁青一片，缓缓地背过头去，双手抚筝，似要弹奏，却听“铮……”的一声，古筝上的一根弦突然崩断，弹上空中，然后便像一条长了眼睛的毒蛇般弹起，如闪电般射向纪空手。

他这一手用力之巧，恰到好处，拿捏的角度又十分到位，更是突然，是以弦丝弹出，五音先生脸色大惊，想施以援手，已是不及。

但纪空手却没有动，似乎根本就没有看到这惊人的一幕，嘴角上反而生出一丝惬意的微笑。

“噗……”弦丝到了纪空手面门处，突然向下折射而去，弦丝虽细，但弦上所带的劲力却强大无匹，竟然在距纪空手脚下三尺处的地面上轰开一个大洞。

尘土散尽，纪空手的脸色竟然丝毫未变。

五音先生与赵高虽然不动声色，但在心里都有几分诧异，似乎根本没有料到纪空手竟会有这般超人的定力，但五音先生心中还有一个疑问，那就是赵高既对纪空手恨之入骨，何以还会手下留情？而纪空手能够临危不乱，莫非他已知晓赵高并无杀他之心？

“啪……啪……”赵高终于站起身来，拍掌道，“年轻人中有这等胆识的，实在不多，纪空手，你果然有种！”

他的脸上没有一丝的敌意，反而多了一丝欣赏之意。

动与静之间，的确只是一个相对的概念。

静到极处，寓动于中，动到极处，亦是由静而生。所以在这个世界上，既没有绝对的动，也没有绝对的静。

但郭岳知道，如果自己的剑打破不了韩信这一剑演绎出来的静态，那么他必将死在这一剑之下。

所以他的这一剑已经将他的潜能提升至极限，无论是速度、角度，还是力道，都达到了他所能企及的程度。

可就在他剑出的同时，他惊奇地看到韩信摇了摇头，脸上露出一丝惋惜之色。

“他何以要摇头？他又在为谁惋惜？”任何人看到韩信的这种表情，都必然会在心里问着自己，郭岳也不例外。

就在郭岳的心神一分之时，韩信大喝一声，他的玄阴真气早已可驾驭自如，融入声音中，将声波与音线凝聚成一股无形的气流，犹如带着摆幅的重锤漫入虚空，无孔不入地攻入郭岳的每一个感官。

郭岳的身形滞了一滞，剑在空中出现了一个微不可察的停顿。

这不是他自己希望看到的现象，但却是韩信希望看到的现象，出现这种现象，就说明郭岳的心神与剑势同时出现了破绽，在高手相争间，这种破绽往往是致命的。

韩信当然不会放过这样的绝佳机会，刹那之间，他的人与剑同时从静态转化成至动的状态，身体如一道乍现夜空的闪电疾冲向前，剑幻万道弧迹，以无匹之势重击向郭岳的剑身。

“当……”双剑相交，声如惊雷般扩散出去，充斥着整个营帐，气流狂窜间，将牛皮织成的帐篷拉扯得几不成形。

郭岳只觉气血如沸水翻腾，闷哼一声，整个身形若惊鸟般飞退开去。

剑以轻灵为主，以飘忽的轨迹为辅，才可最大限度地发挥出剑在搏击中的优势与长处，但韩信的剑显然不守这个陈规，反而另辟蹊径，如刀般大砍大伐，竟然以狂猛之势制敌，收到意想不到的奇效。

韩信几乎算到了郭岳的每一个行动步骤，他先以表情扰其眼，再以声音扰其耳，耳目一乱，心神自乱，然后由静而动，将出手的速度与角度都拿捏得恰到好处，无懈可击。一开始便挥剑如刀，大砍大伐，以己气息之悠长，攻敌内力不续之短，展开了如水银泻地般惊人的攻势。

郭岳并不想退，却不得不退，他的气血被韩信传来的剑气几乎震得四散而灭，一时失力间，连手中的长剑也几乎把持不住，企图与韩信抗衡的梦想，就此破灭。

郭岳现在要考虑的已不是胜负的问题，而是生死！人最大的好处就是不会一味沉湎于幻想，终究要面对现实，他此刻就是一个需要面对现实的人。

但韩信就是韩信，在他没有打倒敌人之前，永远不会给敌人任何机会。眼见郭岳就要窜出他剑气纵横的范围，再次发出了惊天大喝，震得营帐内外远近皆闻。

但奇怪的是，他的吼声一出，人却未退，只是看着郭岳一步步地与自己拉开距离。

七尺、一丈五、三丈……

帐内的许多人都是搏击高手，也是搏杀多年、经验丰富的战将，他们心中疑惑顿生，似乎不明白韩信为何不趁胜追击。如此有悖搏击的原理，难道是因为韩信根本就是野战出身，缺乏这样犀锐的目力？

但在项羽与刘邦这两位当世大高手的脸上，却露出了一丝难以置信的表情，似乎已经识破了韩信如此做的玄机。

三丈八寸，不多一分，不少一分。

韩信的剑宛如一道匹练般从虚空的深处蓦然杀出！

疯狂之剑，已如高山滚石般，形成了势不可当的攻势，其势之烈，便是百年不遇的洪流亦不敢与之争锋。

此剑一出，郭岳便知道自己完了。

这一战完了，他的人也完了。

因为这三丈八寸正是韩信攻出这一剑的最佳距离，唯有在这个距离，他这一剑才可以完全发挥出巨大的威力。

虚空中只有剑，已不见人，韩信的人似乎化入这烈如狂飙的剑势之中，以己之心，以己之血，助长了这一剑如烈焰般的杀气。

郭岳的脸如罩上了一层秋霜般凝重，就在韩信出剑的刹那，他也大喝了一声，浑身的劲力蓦然从掌心中爆发，迎向了那虚空中暴烈的剑锋！

他已无路可退，唯有硬拼一途，因为韩信若惊涛般的剑气笼罩了方圆数丈之地，他已欲逃不能。

韩信的身形升到最高点时，长啸一声，剑锋幻化成万千寒芒，借势俯冲而下。剑本轻灵，但在这一刹那间，这剑如山岳凝重，更带山崩之烈，以沛然不可御之之势霸杀八方。

“轰……”巨响爆出，气浪狂卷，牛皮帐篷再也承受不了这巨力的撕扯，爆裂开来。

人影在气旋飞窜中乍合又分。

韩信昂然不动，长剑在手，遥指丈许开外的郭岳，淡淡一笑：“你输了。”

郭岳的剑已落地，人已半跪地上，脸上露出一片茫然之色，道："我输了？"

他似乎还不明白韩信为什么要这样说，因为他不相信自己会输，而且竟是输得如此之惨。但陡然之间，他发现自己的意识正一点一点地离体而去，瞳孔在不断的抽搐中逐渐放大……

场上众人无不骇然，就在郭岳倒下的那一刹那，他的眼、耳、口、鼻同时涌出股股鲜血，仿若泉涌一般。

这的确是一场生死之战，败的人唯有死，所以郭岳也不会例外。

大帐之内一片寂然，每一个人都将目光投向了立在场中的韩信，然后才缓缓地转向默然不语的项羽。

项羽的脸上毫无表情，谁也看不出他是喜是悲，但他的心里却涌出了太多复杂的情感。

郭岳的死的确让他感到了悲伤，但那只是一刹那的事情，他很快将兴趣放在了韩信的身上，因为他突然发觉，一个韩信，也许比三个郭岳更管用，如果能将韩信收为己用，那么郭岳的死也算物有所值了。

他之所以有这个想法，得归于韩信表现出来的惊人实力，虽然他对刘邦已经不再怀疑，但防人之心不可无，刘邦本就是一头下山的猛虎，若是再让他得到韩信这样的翅膀，那么刘邦就始终会是他项羽的心头大患。与其如此，倒不如对韩信施以恩惠，让他为自己效命。

他为自己的这个想法而得意，轻咳一声，却见韩信俯身行礼道："韩信该死，竟然杀了大将军座下的将领，请大将军赐罪！"

项羽见韩信给足自己的面子，处事有度有节，心里着实满意，挥手道："你何罪之有？这既是双方约定的生死局，死的也就死了，胜的人我还要大大地奖赏，怎会怪罪于你？"

"多谢大将军不罪之恩。"韩信站将起来，不经意间看了项羽一眼。

项羽微笑道："你能杀得了郭岳，可见剑法非常高明，这也印证了你的确有能力刺杀卫三公子。不过，我有一事不明，还想请教，不知你愿意答否？"

他一向对属下十分严厉，此刻却能对韩信这般和颜悦色，顿时让帐内众将领心生诧异，刘邦将这一切看在眼中，心中窃喜，颇为自己安排的这一出戏感到得意。

昨夜他从卓小圆的营帐出来，天色微明，经过了一夜的旖旎，他的心情并不为此而感到有一点轻松，反而愈发显得沉重起来，暗暗地问着自己："为了争霸天下，我不仅失去了自己最敬重的父亲，而且还要失去自己心爱的女人，我这样做，真的值得吗？"

他不知道这个问题的真正答案，也从来没有想过自己以前的付出是否值得，他只知道，自从他懂事以来，就没有享受过正常人的生活，而是按照一种残酷而严谨的特殊方式来锻炼自己的意志与性格。自他从卫三公子的嘴中知道自己真实身份的那一天起，他就明白，他不是一个寻常之人，自他降临到这个人世，他的身上就注定了要担负起一种责任：带领问天楼属众去完成父辈多年未遂的复国大业！

这是一种至高无上的荣耀，还是一种人性最大的悲哀？他不知道，也不想知道。

他只知道无论付出怎样的代价，都必须要完成它，否则他无法向卫国的列祖列宗交代。

既然失去的已经失去，他心中所想的，当然是要以失去的代价换取他应该得到的东西。当务之急，是必须取得项羽的信任，同时他的心里还有一个更大的计划。

这个计划就是除了他自己之外，在这争霸天下的行列中，必须还要存在一支他可以信任的力量。因为以项羽现在的实力，他根本无法与之抗衡，就算得到了登龙图里的一切，以及再给他三四年的时间，也殊无胜算。

这个计划的每一个步骤都经过他的再三考虑，甚至连项羽的性格也在他考虑的范围之列，但是最大的难点，是要找到一个可以实现这个计划的人。

这个人既要有超人的智慧，过人的武功，超强的忍耐力，还必须是要刘邦完全信得过的人。不仅如此，此人还不能是他现在军营中的人士，或是问天楼的精英，有了这几项限制的条件，刘邦连自己也不敢相信能找到这样的人选。

不知不觉中，他已来到了宿营地之外的一座小山丘上，当他放目四顾时，却看到在数十丈远的一棵大树下伫立着一个孤独的人影，久久未动，似乎已站立了很久很久。

“韩信?”刘邦的心神忽然一跳，整个人顿时来了精神，千寻万寻之下，这个人选不是就站在自己的眼前吗?

但是刘邦惊喜之下，还是有两点顾忌，第一是韩信的忠诚问题。他既不是自己的人，也不是问天楼旧有的家臣，虽与自己有结义之情，但他同样也背叛了他自己最好的兄弟与朋友。不过刘邦听说过韩信对凤影的痴情，假如以凤影的感情来控制韩信，韩信自然不会轻易背叛自己。这难就难在第二点上，韩信的剑法乃是学自冥雪宗的流星剑式，以项羽这种大行家的目力，自然没有识不破的道理。这样一来，项羽就不会去相信一个来自问天楼的人，因为谁都知道问天楼与冥雪宗之间的关系。

刘邦边走边想，终于站到韩信身后的十丈之内，就在这时，他突然感到这十丈范围的空间里一片肃寒，阴冷刺骨，仿佛进入了隆冬时节的冰川之中。

他的心里蓦生警兆，再往前看，韩信竟然消失不见了。

这让刘邦感到了一丝诧异，以他此刻的功力，也许还与卫三公子有一定差距，但放眼天下，能超过他的人已经不多，韩信竟然能在他的眼皮底下消失，这好像是一个不可思议的奇迹。

就在刘邦还在惊奇之时，一股形如实物的强大杀气从身后一丛乱草中扑来，其势之烈，不容刘邦有任何的犹豫，只能疾速向前。

他的身形很快，刹那间向前推移了超过五十丈的距离，与此同时，他的剑已然在手。

他不明白韩信何以要袭杀自己，但是不管出于什么原因，他现在唯一可以自保的方式就是出剑!

“呼……呼……”他的剑如一道道诡异莫测的幻痕杀出，迅速封锁了自己身后数丈的空间，虽然韩信的剑势很猛，但他绝不敢对自己的剑气置之不理。

但让刘邦感到惊异的是，就在他出手的一瞬间，他忽然发现自己身后的压力骤减，剑锋所向，刺入的是一片虚无的空间。

“沛公的剑法果真高明，若非亲见，实难让韩信相信。”韩信人站在十丈开外，剑已入鞘，悠然而道。

刘邦似乎并不为这突发的事件感到着恼，而是平静地道：“彼此彼此，你我兄弟间又何必相互吹捧呢？”

“你难道不想知道我何以要动手？”这一次轮到韩信感到诧异了。

刘邦似乎想到了什么，肃然道：“莫非你昨夜在这里站了一夜？”他之所以有此一问，是因为他看到了韩信身上染满霜雾的衣衫。

韩信点了点头，道：“我身上的玄阴真气经过一段时间的积蓄之后，每到无月无星之夜，便有盈满之感，只能躲在这荒原之上静心调息，加以疏导。谁想到了昨夜，这盈满之感更甚，几有将我全身经脉挤爆之虞。”

“是吗？”刘邦的眼睛一亮，“这乃是真气提聚之兆，只要过了此关，从此之后，若是单论内力，你至少可以排名天下前十名之列！”

韩信大喜道：“原来如此。怪不得我昏死之后醒来，只觉得体内气息似有若无，恍如无物，可是意念一动，这真气便可随心而生，源源不断而来。适才听得背后有人走动，我一时好奇，才想一试，谁知却遇上的是你，真是不好意思。”

刘邦浑身一震，心中惊叫：“莫非这就是天意？否则何以时间上这般凑巧？”他脸上喜气洋洋，心中偌大的一个难题竟然迎刃而解，真是出乎他的意料之外。

他不再犹豫，将自己的计划和盘托出，听得韩信目瞪口呆，如坠梦中。因为刘邦这个计划完全是针对项羽的心理来订的，一环紧扣一环，不容有一点的闪失，就连韩信这等心智奇高之人，也为之惊叹，同时亦为其中所冒的巨大风险而担忧。

“本公相信你一定能行，只要此计可成，这天下早晚便是你我的。”刘邦深深地凝视着他的眼眸，目光中充满了期待与自信。

“可要是万一失手了呢？”韩信似有底气不足。

“没有万一，这就是一场豪赌，我们的筹码就是我们自己今后的命运，包括我们的生命!”刘邦说这句话的时候，就像一个孤注一掷的赌徒。

其实就在赵高出手的刹那，纪空手的心里也“咯噔”了一下，但是他最终还是相信了自己的判断。

当纪空手随着赵岳山来到小湖边时，他就对周边的环境作了细致的观察，直到他确认百丈之内再无人迹时，他已知赵高相约他们而来，绝无敌意。

所以他相信赵高的出手只是出于一种好奇，更是想看看自己的狼狈相，毕竟自己曾经将他戏弄于股掌之间，他岂能没有报复心理?

听得赵高发自内心的夸赞，纪空手微微一笑，道：“这并非是我有过人的胆识，而是我深知，堂堂入世阁阁主亲自出手，岂是我这等江湖小子能够抵挡得了的?与其如此，倒不如潇洒一些，任你宰割罢了。”

赵高摇了摇头，道：“你太谦虚了，你既知本相乃入世阁阁主，眼力自然不差。本相这一生之中，能够入得法眼之人，只有你和韩信。”这两人无疑都是造成他登高厅失手的罪魁祸首，能得他如此评点，不由得不让纪空手大出意料之外。

五音先生心中一直有桩心事，此刻听到赵高如此推崇韩信，陡然一惊，心知以赵高的眼力亦是如此看法，这就更加证实了他心中的一些想法。

“赵相何以提及韩信?此子虽然亦有玄铁龟之奇遇，只怕武功未必就能跻身超一流的行列。”五音先生故意说道。

赵高深深地看了五音先生一眼，道：“本相与音兄的看法似乎有点相悖。如果从短期来看，这韩信从天资与悟性上的确与纪空手有些差距，但从长远看，此子对权势富贵有一种近乎痴狂般的执迷，这也就造成了他可以为了目的而不择手段的性格，从不对自己需要的东西轻言放弃。有此韧性，已经足可弥补他在其他方面的欠缺，假以时日，其成就应该不在纪空手之下。”

五音先生道：“赵相所言，是否有所针对?”

赵高道：“这虽然是指他在武道方面的成就，但若是他得到机会，纵是争霸天下亦不足为奇，本相与他有过一段时间的相处，相信自己绝不会看错。”

“机会？”五音先生怔了一怔，心道，“韩信此时人在刘邦军中，既非刘邦嫡系，又因深知刘邦造神的底细而遭忌，能够不死已是奇迹，他又从何而来的机会？”

可惜五音先生虽然神机妙算，却终究不是神仙，假若让他得知了鸿门宴上发生的一切，他只怕会长叹一声：“天意如此，绝非人力可以左右得了的。”

他在这一边沉思不已，纪空手显然已经耐不住心中的好奇，拱手问道：“赵相闹出这么大的动静找上我们，只怕不是闲谈几句这么简单吧？”

“聪明。”赵高夸赞一声，“凭本相对音兄的了解，算到了你们就会在这几日内前来咸阳，所以就事先有所布置，这才请得二位。实不相瞒，本相此次的确有要事相托。”

他此言一出，让纪空手大吃一惊，因为无论从哪一方面来看，他们与赵高都是敌对的关系，绝非朋友，赵高怎会将事托付给他们？再说凭赵高的身份与地位，纵然失势，亦不至于落魄到这个地步，他说的要事又是指什么呢？

赵高将纪空手的表情尽收眼底，沉吟半晌方才叹道：“本相若非情不得已，也不想麻烦二位，只是思虑再三，觉得你我虽无交情，但是你们的性情为人却是本相最为信赖的，是以此事唯有相求二位，方可了却本相心中的最后一块病痛。”

他说起这句话时，整个人仿佛苍老了许多，在他的眼眸之中，不仅有悲凉，有倦意，更有一种无奈。当纪空手将这一切看在眼中时，禁不住在心里问着自己：“这个可怜的老人，难道就是自己数月之前看到的那个权倾一时、位极人臣的大秦权相吗？”

赵高的眼中似有一股深深的悲凉，缓缓而道：“我已老了，人老之后，就承受不起失败的打击。自登高厅一役后，我大秦将亡，入世阁亦是元气大伤，要想从头再来，实是没有可能的事情。而张盈之死，总算让我看破了名利权势，对江湖上的恩恩怨怨，也再不放在眼中，所以这次二位若能答应我的托付，我便孤身一人，归隐山林，从此再不踏足江湖半步。”

“你放得下吗？无论权势、名利，这些都是你毕生追求的东西，轻言放弃，谈何容易？”纪空手将信将疑。

“放不放得下我都得放下，走不走得了我都得走，这就是宿命，不容我有任何选择的余地。”赵高坐下，就着这已缺一弦的古筝，弹了一首《无恨歌》。

筝音逝去，留下的是一份沧桑的情怀，不知为什么，纪空手的心里突然涌出了一股同情与怜悯的情怀。

他似乎忘记了这位弹筝的人就是昔日叱咤风云、不可一世的赵高，在他的眼中，这人已不是赵高，就只是一个走入垂暮之年的老人，不管他曾经做过什么，也不管他曾经是多么的可恶，人到老时孤单一人，这的确是一个非常悲凉的结局。

“我很想帮助你，但我不知道凭我的能力是否可以完成你的重托？”纪空手的声音很轻，就像是对自己的长辈一般尊敬，虽然他不知道自己的父母究竟是谁，是否健在，但他想念他们，从来没有放弃过要找到他们的念头。

第四十六章　封侯拜相

纪空手知道，身处战火纷飞的乱世，这也许只是一种奢求。

“在这个世界上，如果还有音兄与你都办不了的事，那就没有人可以办得了了，我赵高在此先行谢过了。”赵高突然转过身来，直挺挺地跪了下去。

他这一跪完全出乎五音先生与纪空手的意料，两人相视一眼，同时惊呼道：“不要！”身形掠起，一前一后掠入亭中。

五音先生较之纪空手先一步入亭，脚尖刚刚点在亭中石板上，心中忽然生出一丝警兆，只觉得自己的身形一沉，仿佛身处一个巨大的旋涡之中，有一股强大的吸力正拉扯着自己下坠。

与此同时，那亭下发出隆隆之响，石板之下竟是一道用尺厚钢板做成的铁闸，正迅速向两边一分。

五音先生人在空中，毫无借力之处，骤见赵高发难，心中的惊怒简直到了无以复加的地步。

“啪……啪……”他虽怒却不慌，纵然全力抗衡赵高的旋涡之力，犹能在瞬息之间拍出两掌，击向脚下那如巨兽大嘴般的黑洞。

赵高狰狞一笑，反手一拍，古筝上的数根弦丝陡然弹起，以奇快无比的速度分射五音先生的五大要穴，同时双手一推，一股若火焰般的杀气紧紧地迫向五音先生的胸口。

换作平日，五音先生并非全无办法，只是他在仓促之间受袭，人在空中，无处借力，敌人又是与自己齐名的赵高，他的确显得有些无奈。更让他感到无法可想的是，他击向洞中的两掌都是欲借反弹之力再求应变，但是这黑洞的深度显然比他想象中更深，竟然借不到力。

无奈之下，他为了躲避赵高这一连串的必杀攻势，只得倒提一口气，反而加速了自己下坠的速度……

“轧……”当五音先生一消失在洞口，钢闸以最快的速度合拢，亭中竟似什么也没有发生一般。

这一切的惊变只在瞬息间完成，算计精准，显然是经过非常周密的计划，等到纪空手冲入亭中时，他所看到的，已不是那个满脸悲凉、老态龙钟的赵高，而是叱咤风云、飞扬跋扈的大秦权相赵高！

“中计了！”纪空手不得不佩服赵高的表演天赋，也不得不佩服这个计划之周密，赵高显然抓住了五音先生与纪空手的心理，对症下药，果然成功。

“先生怎么样了？”这是纪空手的第二个反应，他听到钢闸“轧……”的一声合上时，心中也为之一跳，感到一股莫大的恐惧漫卷全身。

不过纪空手就是纪空手，他虽然也会上当受骗，也曾有过恐惧的心理，但是他永远知道，什么该做，什么不该做，更懂得什么应该先做，什么可以暂时放下。

所以他的离别刀已经出鞘，刀锋所向，正是赵高那亢奋得几乎变形的脸。

“你是一个小人，真正的小人！如果我不说，谁又能想到堂堂大秦的权相，江湖五阀之一的赵高，竟然会做出这等恶心的小人行径?!”纪空手的声音仿佛因愤怒而颤抖，却没有立马动手，他需要冷静，因为他面前的对手是赵高。

“本相没有想到江湖上传言足智多谋的纪空手竟然也这么容易上当，所以此刻的心情着实不错，你既然喜欢骂就多骂几句，本相从来不与即将要死的人计较。”赵高嘿嘿一笑，似乎为自己的杰作感到得意，毕竟自己的对手是五音先生与纪空手，在此之前，他并无把握。

“我之所以会上当，其实不是我笨，实在是你太过无耻了。不过你也未必就赢了，站在你面前的人，是活生生的纪空手。”纪空手深深地吸了一口气，终于让自己的心情归于平静。

“本相现在想来，刚才的举止实属不智，的确不该是本相这等身份之人所为。可是本相也是无奈之下才作出这种选择的，这似乎怪不得本相吧？”赵高近乎是厚颜无耻地说着他自以为得意的话，不以为耻，反以为荣，脸上带着几分神经质般的笑意，好生恐怖。

但让纪空手感到恐怖的，不是赵高的笑脸，而是赵高的武功，身为五阀之一的赵高，绝对是当世之中可以排名前十位的高手，就算是五音先生与之一战，只怕也毫无把握，更别说是出道江湖才数年之久的纪空手了。

饶是如此，纪空手依然没有绝望，反而是信心十足。他是一个连神灵都不信的人，又怎会去迷信那个排名呢？他更相信一个人的智慧、实力，以及临场应变的能力，还有必不可少的自信与勇气，有了这些，他已无畏。

无畏并不表示莽撞！一味地逞强，绝对不是纪空手的行事风格，何况这一战已不仅关系到他自己一个人的生命，他还必须承担起五音先生的生死大计，心中顿有如履薄冰之感。

“照赵相的逻辑，你的所作所为倒像是我们所逼的啰？”纪空手语带调侃，看似悠然，其实他的目光一直紧紧锁定在赵高身上。他已作好了准备，随时可以在机会到来之时发出最凌厉的一击。

“正是如此。你与五音先生都非寻常之人，若要对付你们，只有用非常手段。本相曾经仔细地琢磨过你们，发现你们最大的弱点就是以拯救天下苍生为己任，也就是说，你们都同情弱者，唯有以此为饵，方可让你们掉入这个圈套之中。”赵高显然识破了纪空手的企图，气血一凝，杀气溢出，古亭数丈之内气压剧增，空气在刹那间变得沉闷至极。

纪空手的手心渗出了丝丝冷汗，只感到赵高虽然随意一站，却如一孤傲挺立的高崖，气势之强，让人根本无法寻到他的破绽。

纪空手的手心微紧，牢牢地握住手中的刀柄，道：“既然我已在你的控制范围之内，那么你还等什么呢？就请动手吧！”

“我不急。”赵高的眼芒陡然一寒，道，“因为有人比我更急。”

他的确是说了一句大实话，纪空手无论再怎么冷静，他都必须牵挂到五音先生的生死，因为他不如赵高这般无情。

他只有抢先出手！

纪空手对武道的理解，从来就没有一定之规，总是信手拈来，兴之所致，随意发挥。他这种打法注定了只有后发制人，讲究的是后发先至，如果让他先行出手，只怕未必尽如人意。

赵高似乎对纪空手有过研究，所以他看到了纪空手的破绽。只要纪空手一出手，他几乎有九成的把握可以胜券在握。

"你的剑法中似有流星剑式的痕迹，虽然你的内功心法以及对攻防的理解力远胜于冥雪宗的任何高手，但不可否认的是，你的剑法的确是从流星剑式中演化而来的。"项羽在说这句话的时候，脸上虽然带着笑意，但目光中的阴冷之气已令场中的每一个人都不寒而栗。

韩信微微一笑，道："不错，这剑法的确是来自于冥雪宗。"

他此言一出，众人无不哗然，只有项羽反而松了口气："学自何人？"

"凤五。"韩信不慌不忙地道，"我初出江湖时，曾被凤五挟持至凤舞山庄，偶尔见他使过几次这种剑法，所以才偷师学艺，学得似是而非。"这本是他与刘邦商量好的答话，只有这样说，才可以尽去项羽的疑心。

果不其然，项羽点点头道："你无师自通，还能学得这剑式的一些精髓，可见你的习武天赋异于常人，难得的是你并不拘泥于形式，敢于加入自己的东西，使得这一路剑法使来，已远在流星剑式之上。"

项羽不愧是五阀之一，点评得中规中矩，丝毫不差，顿令韩信佩服之下，更添了几分小心。

"你能为我去一大敌，功劳不小，我寻思着给你一些奖赏，你看如何？"项羽似是无心地说起，其实眼睛直盯着韩信有何反应。

韩信忙道："我只是一个无根的浪子，借着一个偶然的机会才杀了卫三公子，有何功劳可言？"

项羽看了刘邦一眼，道："沛公意下如何呢？"

刘邦道："此事全凭大将军做主，本公并无异于议。"

"他既是你军营中人，我自然还需听听你的意见。"项羽笑了笑。

"韩信与本公只是旧识而已，本公起事之前，曾经得他相助，此次能在关中遇上，也是有缘，所以才接入军营奉为上宾。”刘邦缓缓说道，“在本公的眼中，他乃是人中龙凤，刘邦有何德何能，敢将他收入门下？真正惭愧。”

他的话里似有无限遗憾之意，极是痛惜，项羽听在耳里，不由暗喜道：“原来他不在你的帐下效命。”随即转向韩信道：“这么说来，你杀卫三公子只是仗义出手，拔刀相助，这就更加难能可贵了。”

韩信恭声道：“大将军过奖了，这只是我应尽的本分。”

项羽有心提携于他，沉思良久，方道：“以你的才能，正可在这乱世之中大显身手，若是埋没了实在可惜。如果你不嫌弃，何不投身军营，为我所用，你我一同追求荣华富贵？”

他既有意使韩信脱离刘邦，以绝后患，当然想好了一番说辞，这样既不让刘邦疑心，又能打动韩信的心思，可是他万万没有想到，自己的一言一行其实早在刘、韩二人的算计之中。

“若能投靠大将军，实乃韩信的荣幸，只是我久走江湖，思乡心切，想先回淮阴看看，然后再来为大将军效命。”韩信装出一副十分感激的样子道。

项羽哈哈一笑，道：“你既思乡心切，何不衣锦还乡？我便报请楚王，封你做个淮阴侯，让你风光风光。”

韩信大喜，当即磕头谢恩：“若能如此，那实是再好不过了。”他说这句话时，倒是出于真心，似乎根本没有想到只凭项羽一句话，自己竟然封侯拜相，这委实是天上掉下馅饼来，就连刘邦也感到意外。

项羽有心要笼络韩信，微微一笑，道：“这原是你应得的赏赐，无须客气，在别人的眼中，你既无军功，又无作战的阅历，当然不在此位之列。但在我的眼中，你杀得卫三公子，胜似杀敌十万，单单凭此已足可让你封侯。”

当下重新设宴摆酒，饮至天将渐晚，刘邦便要告辞，项羽道：“此次沛公先入关中，这关中之地，从此便随刘姓了，我在此先行向沛公道贺。”

刘邦知他是在试探自己，当下忙道：“大将军又在说笑了，刘邦何德何能，敢居关中这富庶之地？假如真要封王，本公但求能得巴、蜀、汉中三地，此心已足。”

项羽道：“巴、蜀道路险恶，民风强悍，乃穷山恶水之地，何以沛公不居关中，却要去那蛮荒之地？”

其实早在今日鸿门设宴之前，项羽与范增疑心刘邦将要占有天下，根本就没有打算让刘邦称王关中，照原有的意思，项羽是想除掉刘邦，以图一了百了，孰知刘邦不仅洗清与问天楼之间的嫌疑，而且反显忠心，根本让项羽难起杀心。

既然杀不了刘邦，自然也难违原来的约定，可是若让刘邦在关中称王，项羽又实在不甘心，所以范增献计道：“巴蜀亦属关中地区，道路又十分险峻，纵然到时刘邦造反，只要派人死守几处要道，便可拒敌于关中之外。”

项羽觉得此计甚妙，只是难于向刘邦启口，这时见刘邦主动提出，心喜之下，倒去了一个难题。

刘邦微微一笑，道：“本公先入关中，已经被人所忌，是以才会传出本公与问天楼勾结的谣传。而事实上本公一入关中，不敢有丝毫私心，每到一地，都造册登记吏民，封存府库，恭迎大将军的到来。便是这般，尚且有人生事，本公唯有自动进入巴蜀，方才尽去嫌疑。”

项羽尴尬一笑，道：“沛公的忠义，我是深信不疑的，区区谣言，还请勿要放在心上，你我还是依照原先的约定，才可让我不失信于天下。”

刘邦道：“正是因为不让大将军失信于天下，本公才会想到入居巴蜀，倘若大将军不允，本公愿意放下刀枪，归隐山林。”

他一再坚持，项羽佯劝几句，终于允准。经过了此事之后，项羽疑心尽去，对刘邦的忠心深信不疑。他却不知，刘邦之所以自请进入巴蜀，看似避嫌，实则大有用心。

刘邦深知，在目前这种形势下，最重要的是保存实力。而在项羽已生猜忌的情况下，远走巴蜀乃是最佳的选择，这样一来，项羽自忖有天险可依，自然就不会注意到他的动态，有利于他休养兵马，发展壮大；二来可以趁机摆脱项羽的控制，保存实力，让项羽的军队与各路诸侯相争，最终能达到敌消我长的目的，而关键的一点，还在于登龙图所示的地形，正在这巴蜀境内。

这也是刘邦唯一可以在今后几年内与项羽一争长短的本钱，所以刘邦远走巴蜀，正是深谋远虑之举，他又何乐而不为之呢？

当他率队离开鸿门之时，天色已完全暗了下来，一路行至戏水之畔，方听得张良微微一笑，道："恭喜沛公，今日鸿门之行，逢凶化吉，从此问鼎天下，指日可待。"

刘邦知道瞒他不过，带着几分得意道："本公也没有想到一切事情进展得如此顺利，也许这是天意吧。"

"天意固然重要，但人为是成功的保证，否则一切也就无从谈起了。"张良的眼睛里闪出一丝异样的色彩，"不过我思之再三，觉得沛公此计尚有一个不小的破绽，虽然暂时无忧，可是时间一长，终成大患。"

"你说的是韩信？"刘邦望望四周，压低了嗓门道。

"此人过于热衷权势，追求功名，只怕不是可以信赖之人，这一点还请沛公三思。"张良若有所思地道。

"本公又何尝不知呢？不过就算他心有反意，也不敢明目张胆地表现出来。况且本公只是希望他封侯之后，势力大增，这样便可吸引项羽的注意，以利我们更好地积蓄力量，又不寄望他能在争霸天下时助我一臂之力。"刘邦似乎很有把握。

"我想信沛公既用韩信，自然有用韩信的道理，所以我对这一点并不十分担心。我真正担心的是，虽然我们进驻巴蜀有百利，但也有不利于我们的因素，因为那里本是知音亭的根本地所在。"张良提出了自己心中的问题。

"说下去！"刘邦知道张良既然说起知音亭来，一定有他的道理，在这种关键的时刻，身负重任的刘邦，必须采纳众之所长，以决定未来数年时间的走向。

"知音亭一向淡出江湖，但随着纪空手的介入，它与问天楼已到了水火不容之境，假如我们贸然进入巴蜀，只怕会引起他们的戒心，从而生事滋乱，我们不可不事先作好准备。"张良淡淡一笑。

"按常理推之，的确如此。但本公知道纪空手已生争霸天下之心，以他的智慧，不难看出当今天下大势之所趋，所以他已经向本公提出了联合抗项的意向。如果我所料不差，只要项羽一天不倒，知音亭与我们的关系就可以一直维系下去。”刘邦仿佛又想到了与纪空手交谈的内容，心中有些沉重，又有几分无奈，他与纪空手之间的恩怨，已经永远不可能化解，但为了争霸天下，他们又都毅然决定抛开个人荣辱，这从某种意义上来说，他们实在有太多的相同之处。

当刘邦回到霸上之后，他没有犹豫，立刻号令三军，以最快的速度赶往巴、蜀、汉中三地，一路上所向披靡，偶遇秦军顽抗，一摧即溃。就在快要抵达汉中郡的南郑时，从关中传来消息，项羽已在彭城称王，自立为西楚霸王，辖梁、楚九郡，同时改立沛公刘邦为汉王，在巴、蜀、汉中称王。从此之后，天下大势由此而形成一个大的转折，已隐隐可见刘、项争霸的大致格局。

唯一不在刘邦意料之中的，是被封为淮阴侯的韩信，他一到淮阴，不过短短数月的时间，势力发展极猛，几有锐不可当之势，王者霸气已初见端倪，令刘邦惊喜之余，未免又多出了一份担心。

就在刘邦离开鸿门的同时，纪空手几乎是遇上了他出道以来的最大凶险。

即使是霸上约战，他孤身一人面对问天楼众多精英，其心情也不曾有过这般的沉重与紊乱。他之所以会出现这种情况，不仅仅是因为对手是赵高的缘故，而且体会到了处处受制于人的难受。

他别无选择，只有抛开杂念，深深地吸了一口长气，然后轻提离别刀，将刀锋遥指向三丈外的赵高。

此际已是夜深之际，湖面上生出一缕缕轻若絮丝的雾，一点一点地渗入空气之中，使得天地在月色之下，愈发显得扑朔迷离。

当纪空手的刀锋如山岳横移虚空时，这段空间里流动的空气陡然一滞，陷入一片肃杀之中，虽然此时还是初冬时分，却仿似呵气成冰的严冬忽至。

远在百丈开外的赵岳山及一干入世阁高手无不面面相觑，听不到丝毫的声音，他们谨遵赵高之命，不敢踏前一步。

虽然他们绝对相信赵高的实力，但无论是五音先生，还是纪空手，这两人都是当世一流的高手，要想将他们一网打尽，绝非易事。

静寂之中，压力急剧增升，有风徐来，根本渗透不进这段肃杀无限的空间。

“呀……”纪空手大喝一声，终于出手。只是他的动作并不如赵高想象中的快，而是长刀斜立，缓缓地向赵高立身之处劈去。刀身经过的虚空，随着这刀的方向逐渐加强旋转式的对流，在碰撞之中引发更大的活力，一步一步将空气中的压力提至极限。

赵高双脚微分，手已轻抬，顺着对方刀势的轨迹，他的手掌微张成一个弧形的鹤嘴，在自己的身前不规则地画圈。

他每画出一个圈来，都蕴生万般变化，圆变曲，曲变方，方变尖，最终又回到圆，似有一个轮回，又能相辅相成，形成一个相对深邃的真空，化去纪空手长刀带起的气流。

赵高不由得对纪空手重新作出估计，在这种形势下，纪空手还能保持这般冷静，这本身已说明了纪空手的内力修为已达到宠辱不惊的无波心境。

赵高每画出一道圆圈，其速也一次比一次递减，到了最后，他的手掌只是作着不易察觉的移动。他本不想如此，但纪空手刀中的杀气愈来愈凝重，横于虚空，出现了一段时空的悬凝。

纪空手的这一刀，几乎是他一生的所悟，充分展示了他对武道深刻的理解力。刀入虚空，已化无形，月色如刀，刀如弦月，天地与刀合而为一，丝毫不着人为的痕迹。

赵高眉锋一跳，似乎已看到了这一刀背后的玄机，而更让他吃惊的是，就在纪空手这一刀劈来之际，一阵悠远而曼妙的箫音从他的脚下传出，声波震得古亭有微微晃动的感觉。

纪空手一闻箫音，心神大定，这至少证明了五音先生虽身陷绝地，毕竟无恙。

赵高的脸色不由变了一变，蓦然意识到了战局在这一刻发生了细微的变化。

看似这是一场赵高与纪空手之间的决战，但随着这箫音的介入，赵高顿生一种被两大高手夹击的感觉，虽然厚厚的铁闸能阻隔五音先生的人，却不能阻隔五音先生的音，而那一曲无妄咒，本就是妙绝天下的绝技。

直到这时，赵高才发现自己还是犯了一个错误，一个足可令他懊悔一生的错误。

他不该选择将五音先生隔入铁闸之后，而是应该把纪空手骗入陷阱，这样一来，虽然对付五音先生的难度增大，但还不至于形成现在这样被动的局面。

现在唯一可以补救的办法，就是他不能再等待下去，而是必须抢在纪空手刀势未至全盛时出手，否则随着时间的推移，自己难逃当场败亡的命运。

高手相争，只争一线，有时候一个毫不起眼的变化，往往可以决定双方胜负的命运。

他再不犹豫，双掌如抱圆一般缓缓划动，以他的身体为中心，生出一股股利如刀刃的气流，深陷下去，构成一个具有强大吸力的真空旋涡。

纪空手神色一凝，惊呼道：“百无一忌!”

他这一声浑似大喝，声音蓦然与箫音相融一处，迸发出强大的振幅，古亭之上传来青瓦爆碎的声音，这一声之威可见一斑。

就在纪空手声起的同时，赵高的双掌陡然向前一推，仿若推动的是万丈山岳，杀气如洪流蹿出。

这一推推出了一道形如狂飙的杀气，若大江冲泻而下的巨浪般起伏，忽而下沉，忽而冒涌，掌势之慢，形如蜗牛爬行。没有人觉得那是血肉组合成的物体，倒像是两道迸发着生命激情的恶龙，从巨大的旋涡之中迸发而出，仿佛欲吞噬一切存在的生命。

纪空手反而致虚极守静笃，整个人像是融入了月色之中。

他的眼睛已闭上，但双耳颤动，带动全身的每一个毛孔去感受着对方肉掌融进虚空中的万千变化。

当赵高的双手迫近他面门七尺之距时，纪空手的心神微微一动，掌势虽缓，但随之而来的气旋锋端，却迫得他的长发与衣衫呼呼而动，向后直飘，那种惊人的压力，简直让人喘不过气来。

“呀……”纪空手大喝一声，手腕一振，锐利无匹的离别刀陡然由静到动，以不可思议的超然速度斜劈过去。

刀锋直破对方的旋涡劲气，如斩瓜切菜一般，层层递进，玄阳之气若烈焰般从纪空手的掌心爆发出来，杀气笼罩四野。

赵高没有退让，也不可能再有退让，这蓄势待发的一击，根本就没有让人退让的余地，注定是一种大勇之下的碰撞。

“轰……”掌与刀在相距数寸之间交击，却发出了形同交锋般的闷响，气流相挤压成一段毫无间隙的真空，然后向四方炸裂开来。

赵高双腕一震，微退数步，借势将离别刀的杀势化去，却见纪空手的身形不退反进，刀锋横锁，封住了自己每一个攻击的角度。

赵高不惊反喜，知道纪空手不退反进，实因身不由己，完全是在自己强大的吸力牵引下，不得不做出的无奈之举。

他双手一旋，将气流旋涡的中心拿捏到手中，就在纪空手迫近的刹那，双手再送，拍出了一连串行如流水、气吞山河的攻击。

两人以刀对掌，刀掌翻飞，瞬息之间已相互攻守了百招以上。

在他们所处的古亭十丈范围内，如凭空旋起激烈无匹的强大气流，仿若一场龙卷风暴，亭顶上的碎瓦不时激飞空中，亭柱也似倒未倒，面临将倾之虞。

朦胧月色下，杀气漫天。

纪空手连喘息的机会也没有，十分艰难地勉力维持，他实在没有想到，一个人的功力高深到了某种至高的层次时，一双肉掌已锋利到可以与宝刃争锋之境！

而更让他感到惊骇的还是赵高每一掌逼出的百无一忌神功。他的每一掌看似飘忽无力，其实都寓刚于柔之中，掌力一出，并未因时空的距离而消逝，反而渗入虚空，逐步地对自己的玄阳之气产生一种向心力，形成控制之局。

纪空手明白了，自己一生经历了无数凶险，能活到现在，在很大程度上归功于自己超人一等的智计，可是面对眼前这位心性疯狂、杀机重重的入世阁阁主，智慧上的优势已然荡然无存。而凭自己此时的功力，要想与五阀争锋，显然还有一定的差距。

虽然自己还有五音先生的箫音相助，但箫音隔了一道厚厚的钢闸，相应的在杀伤力上有所减弱，倘若赵高拼着心脉受创，置之不顾，那么根本就难以起到直接的作用。

想到这里，纪空手霍然心惊，突然省悟，赵高在动手之前的言谈举止并非全是作伪，有些正是他此刻的心境写照。当一个人眼看着过去的辉煌如斜下的夕阳一去不复返时，他未必还有再活下去的勇气。

即使这个人是赵高，只怕也不能例外。

“原来他想与我、五音先生同归于尽。”纪空手顿觉毛骨悚然，但见赵高飘忽进退的身形，就犹如穿行于地府之间的鬼影。

纪空手硬接赵高凶狠霸烈的一掌，“蹬蹬蹬……”连退数步，连叹息一声的时间也没有，赵高的双掌在两丈开外的虚空幻变无常，化作万千掌影，狰狞一笑，准备发出惊天动地的一击。

掌如将倾于瞬息间的山岳，凝重有力地向纪空手扑面而来。

他又感到了掌影移动在虚空之中带出的惊人压力。

赵高将自己全部的心神都凝聚在这一掌上，一切的恩怨也全聚在这一掌之中，灵台清明，心如夜雨枯灯。

掌出，人动，人与掌同时出现于虚空，仿佛他就是掌，掌就是他，再也不分彼此。

纪空手的武功与智慧远比他想象中的要高明强大，如果不是使诈，他绝不会这般轻易地把握住战局的主动。

饶是如此，他也不敢有任何的大意，而是将百无一忌神功在瞬息之间发挥到了一个人力可为的极限。他心中只有一个念头：是谁害得他一朝失势，沦落至此，他就一定要以凶残十倍的手段加以奉还！

这是他做人的原则，他认为是理所当然，纵然需要自己的生命作为代价，他也在所不惜，眉头都不皱一下。

纪空手霍然变色，知道这是决定胜负与生死的关键时刻，他不知道自己是否能抵挡得了赵高这致命的一击，但他觉得，只要自己尽了心、尽了力，结果已不重要。

他的刀锋斜指，倒映着天上明月的影子突然闪入了他的眼帘，这情景也不知曾经出现过多少次，纪空手从未用心去留意过，可是这一次，他看到了，而且是用心看到了，他只觉得浑身一震，刹那之间，感觉到自己的心中也生起了一轮明月。

他似乎又进入了那一夜在船头之上仰望天空时那玄之又玄的心境……

他的目光紧紧地锁定赵高挥来的掌影，发出一声龙吟，初时细不可闻，仿似龙沉深渊，倏忽间声动天地，如龙腾飞于九天之上。

赵高的眼中蓦然闪出一丝诧异之色，脸色在瞬息间一连数变，由红转白，再由白转青，最后如青铜一般凝重。他的人穿越虚空，仿若在狂风呼号的雨夜逆流而上，陡觉艰难异常。

他知道纪空手已将自身的玄阳真气融入了啸声中、刀锋里，刀锋与啸声合二为一，向自己展开了最狂猛、最霸烈的强攻，只要自己的心神稍露一丝空隙，就会立时受制，现出致命的破绽。

啸声一起，无论是赵高，还是纪空手，两人都已欲罢不能，不知不觉中到了决一雌雄的最后关头。

纪空手的离别刀以非常精确的角度从一个意想不到的方位中杀出，一寸一寸地缓缓向赵高的掌锋迎去。

无论是掌还是刀，它们都以仿若蜗牛爬行的速度在不断接近，不断地缩小着两者之间的距离……

但这只是别人的感觉，其实在赵高与纪空手的眼中，无论是刀是掌，速度非但不慢，而且势若奔雷。

在刹那之间，这两人的眼中似乎空无一物，而心中却有刀、有掌、有清风、有明月，快与慢已不重要，重要的是必须清晰地洞察对方的真实意向。

就在刀与掌相距仅有七寸的瞬间，赵高惊奇地发现，纪空手的刀锋与气势凝结成了一点，正好指向了自己旋涡劲气的中心，如果照目前的形势发展下去，当自己的掌力切入纪空手的手腕之时，正是刀锋贯入自己掌心的一刻。

他不由暗暗佩服纪空手能在这短暂的时间内找到破解应变之法，同归于尽并不是他所希望看到的结局，至少现在还不希望如此，他必须留下生命来看到五音先生的死，唯有这样，他才会甘心。

百无一忌，在于随心所欲。

就在这生死的边缘上，赵高闷哼一声，陡然发力，劲风狂奔而出，与刀气在近距离中产生最狂烈的撞击。

他以攻代守，以进为退，只有这样，才能在收势的同时，不被对方所乘。

但饶是如此，他霸烈的劲力依然震得纪空手气血翻涌，如遭重击，一个倒翻向后，纪空手的人已在三丈开外，脸色一片煞白。

在这一刹那间，一股莫名的恐惧顿时漫卷了纪空手的整个心灵，他惊骇地发现，赵高这惊人的一击之下，竟然震得他的玄阳真气化作无形，几不存在。

他终于明白，这就是他与赵高之间的差距，这差距到底有多大，谁也无法揣度精确。但纪空手明白，就算差距只隔一线，也足以让他命丧黄泉。

因为他只能眼睁睁地看着赵高舞动双掌，卷起无形的劲气，宛若惊涛骇浪般扑攫而来，而他自己，只能坐以待毙。

箫音依旧荡漾于月色中，只是不再对赵高构成任何威胁，虽然箫音中隐挟的内力正一点一点地震动着赵高的心脉，依然有极大的杀伤力，但赵高显然已不将之放在眼里，没有任何人可以阻挡他这致命的一击！

悠扬的箫音送入纪空手耳中，不知出于什么原因，他忽然觉得这箫音悠远呜咽，仿佛是一曲专门为他吹奏的哀歌。

他的心在刹那间静如止水，红颜与虞姬的容颜如花般绽放在他的心之深处，充满着无限的柔情，不尽的蜜意。死，从来没有像现在这样离他如此之近，但在这一刻，他蓦然发觉，只要自己心中有爱，死又何惧？

只要爱过，今世便已无悔。

而争霸天下的壮志雄心，在此时显得那般的不真实，那般的遥不可及……

赵高的脸变得可怕与狰狞，当他发觉纪空手终于任他摆布之时，他的眼中逼射出一股疯狂的杀意，以及从未有过的亢奋。他甚至刻意将自己扑击的速度放慢，让纪空手尽情地感受那种临死时的恐惧。

两丈、一丈、七尺……

距离在一点一点地缩短，空气中的气息愈发显得宁静。就在这时，赵高前进的身形陡然一滞，警兆纷呈间，他感到了从背后逼至的一股压力。

“五音先生?!”这是赵高的第一反应，不过他很快就予以否定了。他的手心渗出丝丝冷汗，忽然发觉自己如电般直进的掌锋莫名其妙地停在了纪空手面门的一尺处。

这是怎么回事？难道说这个世上还有一种武功能克制百无一忌神功，甚至限制它的发挥？如果不是，难道说这世上真有神灵，是神灵之手挡住了自己的这必杀的一击？

没有任何物事阻挡在自己的身前，赵高心里十分清楚。他没有出手，是因为他已无法发力，他忽然感到身后的那股杀气正是百无一忌神功的克星。

冷汗从背上的毛孔中渗出，湿透了赵高的衣衫。他这一生中，从来就没有遇上过这么恐怖的事情。

他不敢动，也不能动，对方的杀气似乎紧紧锁住了自己的气机，就像是人在将崩的雪山之前，任何轻举妄动，都会导致雪崩的提前。

他背对的是湖，杀气显然来自湖中。凝神倾听之下，他竟没有听到有船行桨摇声，难道说对方真是个幽灵，抑或是溺水的水鬼？

杀气使得亭间气压陡增，空气也变得沉闷至极。赵高只感到来者的行踪确实诡异，甚至不合常情，他几次想回头观望，却都打消了这个念头，因为他发现纪空手已经利用这一点时间迅速恢复了被他震散的功力。

纪空手的眼睛望向赵高的身后，似有几分诧异，又似有一份惊喜，但他没有说话，只是默默地退了一步，与赵高拉开了一段距离。

“赵相不愧是入世阁阁主，武功高绝，机谋善断，虽然对纪某恨之入骨，但并不为一时之气而孤注一掷，实是让人佩服。”纪空手经历了刚才的凶险，方知自己与天下第一流的高手之间似乎还存在着一段不可逾越的差距。这种差距已不是人力可以弥补的，也不是凭天资可以悟到的，它需要一种灵感，也需要一个可遇而不可求的机缘，在无心之中信手拈来，却能最终让自己进入到武道至深的玄理之中，这才可以使自己成为如五阀一般的真正高手。

“你过谦了，真正让人佩服的人应该是你，我千算万算，还是没有算到这一招，你竟然能找到一个专门克制我武功的人来对付我。”赵高依旧不敢妄动，眼芒一寒，冷冷地道。

“你错了，你布下的这个局的确是天衣无缝，没有人可以预知这其中的凶险，包括我与五音先生，如果说你没有成功的原因，这只能归于天意。”纪空手一脸肃然，他好像对眼前发生的事情也不敢相信，只因为他根本没有想到出现在赵高背后的人竟然会是……

“天意是什么？我从不相信！”赵高道。

“但是这一次，你无论如何都要相信，因为你绝对想不到他是谁。”纪空手道。

第四十七章　御龙神斩

“他是谁？他怎么能克制我的百无一忌神功？”赵高歇斯底里地咆哮道。任何人遇上他现在的处境，只怕都会变得疯狂。

纪空手微微一笑，只是望向赵高的身后。

“我就是大秦三世皇帝子婴。”赵高身后的人终于开口说话了。

赵高浑身一震，简直不敢相信自己的耳朵，喃喃而道：“不可能的，这绝不可能，你怎么会有这般精妙绝伦的武功?!”

“不可能并不表示绝对没有！”子婴的话很冷，犹如席卷雪山的北风，寒至彻骨，“百无一忌，终究有忌，在这个世上，本就没有绝对的东西，你的神功虽然已到了武道的极致，但一物降一物，百无一忌的克星，就是龙御斩！”

“龙御斩？这岂不是始皇当年的盖世神功?!”赵高猛地一个激灵。

“始皇文治武功冠绝天下，一个斗吕相、灭六国、一统天下的创世君王，他的功力又怎会太弱？何况这龙御斩乃是我大秦立国之时便延续下来的，历经十数位君王的修补创新，已成为我大秦王室的不传之秘，若非如此，那胡亥又怎敢与你在登高厅上决一死战？如果不是他毒发身亡，只怕胜负殊为难料。”子婴冷笑一声，他人虽在说话，但他的杀气已紧紧地附在赵高的身上，根本不容赵高有任何摆脱的机会。

“你说得不错，龙御斩的确是我百无一忌神功的克星。”赵高轻叹一声，“但是正如你所说的，这个世上本没有绝对的东西，如果说你真的能让我受制于你，那么我必须告诉你，你错了！”

“本王也想相信你说的是真话，可是不知为什么，本王还真不相信。

如果说你的百无一忌不被龙御斩克制，你又岂会让纪空手逃生于你的掌下？”子婴的脸上似有不屑之意，好像认为赵高的所言只是无稽之谈。

“我的确很恨纪空手，因为假如没有他，张盈不会死，格里也不会死，我入世阁绝对不会在一夜之间尽失精英，大伤元气，我也可以得到登龙图，从而让这个天下改为赵姓。”赵高的目光中喷出一股如火焰般的恨意，死死地盯在纪空手的脸上，“我之所以在那一刻放过他，是因为我还不想与他同归于尽，但是此时此刻，我却改变了主意。”

“这种改变只怕太迟了一些吧？”纪空手的刀锋虽在八尺之外，却已遥指赵高的眉心，他不想再放过任何的机会，当这次谈话结束，他的刀锋将随时攻出最致命的一击。

“不迟，一点都不迟。”赵高一反常态，突然笑了，“百无一忌何以叫百无一忌，当它真正发出它最大威力的时候，没有任何武功可以成为它的克星，就是龙御斩也不例外！只是那样做，实是太残酷了。”

他的脸色变得十分难看，脸形扭曲得不似人形，闪烁不定的目光已无法深沉下去，变得狂躁不安。纪空手微微一惊之下，陡然明白赵高何以会有如此的变化。

赵高之所以会变得如此反常，是因为五音先生的箫音。箫音一出，丝毫不断，一直在对赵高的心神进行着扰袭，赵高初时不觉其害，等到子婴出现，他为了对付龙御斩，必须全神贯注。这样一来，就给了箫音趁虚而入的机会，使得赵高的心脉受损，心智陡变，自然行为大异常人。

一个心智反常的人，无论在何时何地，都比常人更显得可怕，因为你根本无法预料到他会做出怎样疯狂的举止，尤其是像赵高这样的高手，一旦疯狂起来，其后果谁也不能预料。

纪空手与子婴对望一眼，同时退了一步。

这是初冬的季节，清风已寒，花叶凋零，霜重雾冷，月色凄寒。此时此刻，古亭之间已是笼罩着无限的肃杀。

“哈哈哈……”赵高在至静至寂之时蓦然爆发出一阵狂笑，笑声惊起夜宿林间的飞鸟，同时震颤着在场每一个人的心灵。无形的杀气陡然间开始涌动飞窜，然后带动起赵高的衣袂飘舞，他的人由慢至快，如一个陀螺般在原地作不规则的旋转。

如此反常的举动令纪空手与子婴惊诧莫名，根本无法揣度赵高此举的动机。但就在这时，两人的耳鼓突然一动，听到一个细若蚊吟的声音道："赵高此举，意欲摆脱龙御斩对他的限制，只有在他尚未转至极速时出手，方可制服于他，否则百无一忌就真是百无一忌了。"

声音来自于人在地底之下的五音先生，他虽然无法亲见地面上的情景，却能用感官来测算气流的动向，虽未亲见，胜似亲见，所以对赵高的一举一动都十分了然。

赵高的身体一动，五音先生微一沉吟，已经明白了他的用意。赵高的百无一忌的确受制于龙御斩，但正如赵高所言，这只是相对的，没有绝对。当一个人旋转至极速之时，会自然而然地产生出一股巨大的向心力，这股力量完全可以让他摆脱外力对他的制约。

这是赵高打的如意算盘，但五音先生并不知道这只是赵高疯狂之下作出的无奈之举，赵高曾说这很残酷，莫非他已十分清楚这么做的后果？

人在飞速地旋动，带动起身边无数股气流，形成了一个近乎于螺旋状的旋涡，一点一点地向外作无序的延伸，旋涡中产生出强大的吸力，吸纳着沙石落叶在旋涡中翻涌飞窜。如此惊人的一幕，足可让任何观者感到不可思议。

更可怕的是这旋涡之中酝酿而出的浓重杀机。杀机如酒，越酿越烈，纪空手与子婴再不敢有丝毫的犹豫，同时出手。

两大高手不遗余力地形成夹击之势，刀锋中的气流与子婴手上爆发而出的劲力犹如两堵活动的铜墙，以电闪之势向赵高挤压而去。

"嘭……"让人诧异的是，没有轰响，没有爆炸，两道劲力仿佛撞上了一个弹性十足的皮球，不仅没有发生剧烈的碰撞，反而一弹而开，两人同时又退一步。

纪空手放眼望去，脸色骤变，只见赵高的转速在一撞之下不仅不减，反而加剧，更骇然的是，他的身体在强力挤压下，骤然增大了数倍体积，仿若一个巨大的皮球，衣衫之下的肌肤气流暴蹿，鼓胀欲裂……

纪空手从来没有看到过比眼前的场景更恐怖的东西，也没有想到过一个人的身体能发生这般惊人的变化，他仿若是在做一个梦，一个恶梦，不知眼前这一切究竟是真实的，抑或只是自己眼中的幻觉。

但如火焰般高涨的杀气让纪空手清醒地认识到现实的残酷，百无一忌，只有当一个人放下生死，放下荣辱，他才可以最终做到百无一忌，就像赵高现在这样。

纪空手大喝一声，手臂一振，浑身的劲力蓦然从掌中爆发，便见离别刀幻化成万千刀影，以沛然不可御之的气势强行挤入赵高布下的旋涡气场。

天地在刹那间静寂下来！

这只是纪空手的感觉，他在出手的这一刹那，心如天上悬挂的那一轮明月，宁静而悠远，深邃而惬意，仿佛不沾一尘，不染一色，只是以最直接的方式去感悟这天地间的一切，无论是旋转的气流，还是锃亮的刀锋，在相对中完成了和谐的统一。

刀快如电，又似一寸一寸地在虚空延伸，快与慢其实也只是一种相对的速度，心中无快，自然会慢，心中有快，由慢变快，快慢之间，已经透出了刀道的一种境界，禅定的境界。

在这一刻，纪空手似乎悟到了什么，又似什么也没有悟到，他只觉得自己的思维已是一片空白，在这空白的背后，依然是那一轮高悬空中的明月。

难道说武道在乎一心，而心不沾一尘，才是武道的至高境界？

也许是，也许不是，对纪空手来说，是与不是已不重要，重要的是一切随缘。

子婴目睹着纪空手这一瞬间的变化，简直不敢相信自己的眼睛。在此之前，他虽然对纪空手的武功十分欣赏，但却知道以其此刻的功力尚不足以与赵高一拼，可是到了现在，纪空手的这一刀劈出，几乎涵括了武学的真正定义，难道说纪空手藏拙，还是他在瞬息之间另有感悟？

子婴心中的讶异不小，但他的身形并未停顿，就在刀劈出的同时，他的掌力也再次催迫而出，两人之间的默契几达天衣无缝的境界。

与此同时，赵高也在高速旋转中大喝一声，硬生生地将身形定住，双掌呈半圆弧张开，朝两边一分。

这个动作并不怪异，但正是百无一忌神功最后一式——天地无忌的起手式！

枝碎、石飞、草折、风裂……古亭在顷刻间灰飞烟灭，虚空在刹那间变得喧嚣杂乱。以赵高的立身之处为中心，仿若惊涛骇浪般的劲气如泻而出，疾卷八方，犹如风暴在凄号，又似洪流在咆哮，每一寸空间都充盈着无匹的劲道，似欲撕毁这方圆十丈内的所有生命。

更令人骇然的是，在赵高背后的湖面上，凭空倒卷出一排排巨浪，仿若肆无忌惮的恶龙，冲向湖岸。

“呀……”纪空手的刀锋斜劈之下，蓦然一沉，便觉有无数股劲气透过自己的刀身，重重地击向自己的胸膛。他只觉眼前一黑，整个身躯已如断线风筝般向后飞跌……

子婴惊呼一声，擦着气流的边缘猛扑过去，从赵高的身边掠过，挡在了纪空手的身前。他与纪空手不过一面之缘，却毅然做出如此惊人之举，简直让人不可思议。

这的确是惊人之举，因为谁也没有想到子婴会这么做，纪空手没有想到，赵高也没有想到。赵高要想突破龙御斩的限制，唯有以生命为代价。既然需要献出生命，他希望看到的是同归于尽的结局。可是子婴的这一挡，就连他最后的一点希望也化为泡影。

赵高知道，自己完了，完了的意思，是指生命的结束。龙御斩之所以能克制百无一忌的发挥，是因为这两股劲气一阴一阳，一正一反，相辅相克，互生互灭，只有用非常的手段催动内力，百无一忌才有可能突破龙御斩的牵制，爆发出巨大的能量，而与此同时，他的生命也到了油枯灯灭的最后境地。

赵高此刻只感到眼前的一切都是虚幻的，没有真实的影像，甚至连他自己的生命亦似不复存在，整个躯体除了他自己的内力，还窜入了龙御斩的神力与纪空手的刀气，三股活力勃发的气流交织纠缠，碰撞膨胀，就像是有无数双魔爪在他的五脏六腑内撕扯、裂动，使得每一寸肌肤都欲离体而去。

子婴与纪空手相扶而立，虽然相隔两丈，但仍然被赵高身上紊乱的气流迫发出来的杀气压得呼吸不畅。他们的眼中情不自禁地流露出惊骇之色，这只因为，他们看到的一切，远比阴间地府中的东西更为恐怖。

“噗……噗……”赵高的身体如蛇般扭动，整个身躯已经膨胀到了极限，就在这一刻间，他的血管、肌肤、五官、七窍同时爆裂，整个空气中充斥着血腥与残暴，阴森的压力陡然升腾在每一寸空间里。

“呼……”千万道用血肉汇成的气流分射四野，赵高的整个身体就在这一瞬间被疯狂的气流撕裂成渣，尸骨无存，在残破的古亭内外，到处都是血淋淋的一片。

但这一切并未让天地间出现短暂的沉默，与此同时，那古亭之下的石板发出剧烈的震动，裂成碎片，突然间亭外的一处地面迅速隆起，“轰……”泥土飞散间，五音先生一跃而出，虽然满脸泥尘，但衣袂飘飘，风采依旧。

天地终于变得宁静，湖风吹来，仿佛曾经发生的一切只是幻觉。

唯有依然浓烈的血腥，似乎还见证着刚才发生的一切，一代江湖豪阀，一代权相，竟然会是如此惨烈的下场。

“这就是赵高所说的残酷?”纪空手喃喃而道，“是的，这的确残酷，我就像是做了一场恶梦。”

“江湖恩怨从来都是如此，不是你死，就是我亡。”五音先生看着地上狼藉一片，皱了皱眉，“这就是一个难得的经验，永远不要对你的敌人仁慈，否则，后悔的人就是自己，今日的一切已经证明了这句话的正确。若非有大王相助，你我今日就死于非命了。”

他心存感激地望向子婴，却见其一脸煞白，神色肃然，身体不住地轻颤，赶忙抢上一步扶住，道：“你没事吧?”

子婴勉力一笑，道：“我没事，在百无一忌神功的重创下，我的龙御斩已经散灭不再，从今天起，龙御斩便算永远消失于这个江湖了。”

五音先生与纪空手大吃一惊，纪空手想到刚才子婴以身体相挡，替自己硬承百无一忌的劲气，不由痛心道：“你这都是为了我呀!”

子婴的脸已无人色，摇了摇头，道：“我今天这么做，不是为谁，其实是了却我大秦王室的一桩心事。这些年来，五音先生三代祖先一直为我大秦尽心尽力，无怨无悔，子婴实在是感到无以为报，此次入京，若非为我，又怎能遇上这般凶险？所以说我只是做了我应该做的分内之事，真要算来，要谢的人应该是我。”

“这就是天意啊！”五音先生长叹一声，摇了摇头，“你是个好人，也是一个明君，可惜的是你生不逢时，注定了这一生是个悲情的结局。”

“先生不必激我。”子婴微微一笑，“我既拿定主意，便不会再有改变，何况龙御斩已然离我而去，从此之后，我更应该做一些有利于百姓，又是力所能及的事情。”

“人各有志，一切随缘。”五音先生忽然明白了一个道理。人在江湖，身不由己，这是江湖人信奉的一句名言，放之做人，又何尝不是如此？同样的一件事情，在你的眼中，未必就对；在他的眼里，未必就错，对错不仅是在一念之间，更是由他的角色与性格来决定的。

一叶小舟，悠然而来，载着子婴又如清风而去。五音先生遥望良久，方轻叹一声：“大秦将亡，入世阁也从此不再，这故国旧都，看着伤情，不如去吧！”

他回过头来，却见纪空手满脸通红，浑身战栗，勉力支撑不住，终于瘫坐地上。

“看来你并未幸免，仍是受了内伤。”五音先生扶住他，一搭脉息，只觉这脉息似有若无，微一沉吟，已然明白。

虽然子婴替纪空手挡了百无一忌的劲力，但子婴身负与百无一忌相克的龙御斩，自然可以承受一些，而这百无一忌也的确霸烈，就在纪空手与子婴夹击之时，这劲力已然渗入纪空手的心脉之中，造成了他的心脉之伤重新发作，初时还不觉，时间一长，这伤痛陡然爆发而来，纪空手方呈不支之象。

纪空手深深地吸了一口气，道：“我没有想到，赵高的百无一忌竟然有这般神威，不经此一战，不知这江湖之大，高手无数啊！”

他似是有感而发，虽然他所遇之事玄机多多，于他在武道的领悟上有着不同一般的帮助，可是当他真正面对这天下第一流高手的时候，无论是对赵高，还是对卫三公子，他竟然毫无一点胜算，这不由得让他感到一种失落与沮丧。

五音先生看在眼里，心中一惊。他非常明白，纪空手能看到自己与别人之间的差距，这固然是一件好事，但若太过在乎，反而会成为其心理上的一个障碍，使之永远难以登顶武学的极峰。

“放眼天下，的确是高手无数，人推五阀为江湖之首，可江湖之大，谁又敢保证在五阀之外，没有更强的高手呢?”五音先生的内力修为确已达到了随心所欲之境，一面为他输送内力，以保伤势不致恶化，一面淡淡地道，“其实在我的眼中，最看好的年轻人就是你和韩信，这一点看法正与赵高相同。不为什么，只因为你们的身上都散发出一种另类的气息!”

“我明白你的意思。”纪空手笑了笑，“我这一生中，最喜欢的就是去挑战机遇，绝不会因为一时的困难而轻言放弃。记得当日我在淮阴城外救刘邦的时候，就对韩信说过，人生就像是一场赌博，既已下注，就不要言退。”

五音先生道：“你这种坚韧不拔的性格，令我很放心。只是当务之急，我们要先疗伤，再行图谋将来的大计。”

纪空手道：“这既然是旧伤复发，就只有重回洞殿，幸好那里距巴蜀不远，不至于耽搁太多的时间。”

五音先生沉吟半晌，方道：“好，我们这就启程。”

当纪空手与五音先生率领大队人马行进在上庸地界时，一路行来，纪空手感慨万千，想到当日孤身一人独战流云斋众多精英，而今自己却带上了上千之众重游故地，不由深感世事难料，造化弄人。

行至忘情湖畔，接到鹞鹰传书，始知项羽率领四十万大军西进咸阳，不仅击杀了子婴，烧毁了秦宫，掳获了大批财物与美女，而且屠城三日，大开杀戒，使得繁华故都一夜之间竟成人间地狱。至此，大秦灭亡。

“子婴虽有一片苦心，却终不能救百姓于水火，可悲，可叹!”纪空手忆及子婴当日援手之恩，眼中含泪，好生惋惜。

“也许在我们眼中，的确觉得子婴过于迂腐，不通教化。其实每一个人的心中，都有他行事做人的标准，无所谓对错，而在于是否值得。只要子婴自己认为该这么去做，这么做值得，那就死得其所了。他在九泉之下，也会心安理得。”五音先生道。

“但愿如此吧。”纪空手轻叹一声，“子婴本不该死，既然一死不能救得全城百姓，这死也就变得殊无意义。他的错就错在对项羽的凶残估计不足，才会寄望于项羽能有一念之慈，为他而放过全城的百姓。”

五音先生的目光中绽射出智慧的光芒，缓缓而道：“是狼终究有猎食者的凶残，这是它的本性，至死都不会改变。而人又何尝不是如此？项羽之所以迄今为止未逢败绩，不仅有他固有的运气，而且和他胆大果敢、凶残暴烈却又不乏心计的性格有关。一将功成万骨枯，他若不是天下一等一的无情之人，又怎能成为当世风头最劲的西楚霸王呢？”

“那么照先生说来，刘邦即使以汉王之威坐镇巴、蜀、汉中三地，也根本无法与项羽抗衡。如果是这样，我们又如何用刘邦来削弱项羽的势力，达到先生所设想的坐山观虎斗呢？”纪空手深知五音先生对天下大势有一种天生的敏感，审时度势，有其非常独特的一套，是以虚心请教，以长见识。

“刘邦甘愿提出退出关中，进驻巴、蜀、汉中，这固然有形势所迫之故，但他肯定是看到了进驻巴蜀利大于弊，才会挥师南下。如果我所料不差，只怕与登龙图的藏宝地不无关系。”五音先生一针见血地道。

纪空手点头道：“以目前的形势来看，刘邦最终能否与项羽抗衡，关键就在于登龙图，我曾经从登高厅出来时看过它一眼，对它的山川河流、地理走向依稀还有印象，只是我对地形地势一向不熟，是以根本无法知道它的确切位置。”

“据我估计，刘邦虽然非常需要这批财物与兵器来扩充其实力，但他当务之急却是先要稳住巴、蜀、汉中三地的民情，确立他汉王的威信。同时屯兵屯粮，作好战时之需的准备，只有当这一切安排就绪后，他才会用盟约来要求我们替他完成一些非常有难度的事情，然后在我们的势力削弱至无法撼动他的根基时，他才将出兵，争霸天下！”五音先生字字珠玑，无疑是精辟之言，听得纪空手连连点头。顿了顿，五音先生又接着道：“所以对我们来说，我们还有足够的时间来寻找登龙图上藏宝的位置，并且充分利用这段时间，彻底将你的心脉之伤治愈，使你在武道上进入一个全新的境界。”

纪空手犹豫了一下：“既然刘邦在扩张自己的势力，我们自然也不能袖手旁观，必须迅速壮大我们自己的阵容，这样方能最终从刘、项相争中得利。”

五音先生深沉地看了他一眼，然后将目光移至湖光山色中，摇了摇头，道：“不，以我们现有的力量已经足够。再说就算我们拥有了数十万大军，拥有了身经百战的将帅，真正要与刘、项决战，也毫无把握，与其如此，我们倒不如不走这条路，而是另辟蹊径。”

他的话不仅让纪空手摸不着头脑，就连车侯、扶沧海等人也无不大吃一惊，因为这简直有点异想天开的味道。

帝王之道，另辟蹊径?！谈何容易？这是每一个人的心里话。

洞殿所在的峡谷内，因为突然来了上千名不速之客而热闹起来，狼兄与纪空手故友重逢，自然大发野性，与谷中鸟兽追逐相戏。

当纪空手领着五音先生等人进入洞殿时，每一个人都为这洞殿的简朴无华感到惊讶，更为那石壁之上的十八个大字感到震惊。在一刹那间，他们几乎同时感到了这字形所逼发出来的气势与自身内力有暗合之意，不由精神一爽，血脉通畅。

“武道，心道也，唯心存天地，天地方能尽收一心。只用寥寥十八个字，却道尽武道至理，道尽人性极致。书写此字者，不仅拥有大智慧、大见识，更有一颗悲天悯人、心系天下的善心。”五音先生缓缓而道，言语中透出一股不可抑制的崇敬之情。他的目光深邃而幽远，仿佛从字迹的一笔一划中，依稀看到了当年这位范姓老者宛如高山大海般的气势，笑谈天下的绝世风采，那种海纳百川的气度，不仅让人顶礼膜拜，更生高山仰止之心。

当他的目光移到殿中红色石质的家什上时，终于明白了纪空手的心脉之伤何以会不治而愈。

当下五音先生召集车侯、扶沧海，与纪空手一道，商谈未来的大计。

车侯道："虽然巴蜀历来是音兄的根本之地，我们又与刘邦表面上有同盟的关系，但是随着刘邦的势力一步步扩张，必然会对我们产生控制之心。所以我认为，此次巴蜀之行应该取消，不仅如此，我们还应该逐渐地撤出巴蜀，脱离刘邦的控制范围，这才可以使我们在今后几年的时间内占据主动。"

纪空手点头道："车宗主所言极是。我们既然有心争霸天下，就要放弃以往的地域思想，刚才进入峡谷之时，我曾对这一带的地形有过留意，倘若我们能精心布置，因势利导，完全可以使这峡谷成为进可攻、退可守的根本之地。"

五音先生微微点头，表示赞同。

车侯道："我西域龟宗最拿手的绝活，就是布置机关，巧设暗卡，只要给我三个月的时间，必然可以将这峡谷方圆百里之内成为我们最安全的营地。"

纪空手自从有五音先生辅佐以来，已经隐现领袖气质。无论是五音先生、西域龟宗，还是他原有的神风一党，加上数百名南海长枪世家的子弟，逐渐地将他推上了首脑的位置。在每一个人的心里，似乎都感受到了来自纪空手身上的王者之气。

"有了根本之地，我们还不能将目光仅限于这方寸之地，而是要着眼天下大势，审时度势，把握住每一个属于我们的机会。这样一来，消息的来源就十分重要。"纪空手自出江湖以来，深知知己知彼是任何成功的有力保证，而要做到这一点，必须要布置一张非常庞大的情报网，以打探每一路人马的确切消息。

虽然知音亭一向以消息灵通著称天下，但随着项羽、刘邦的势力扩张，韩信在江淮一带的凭空崛起，知音亭原有的消息渠道就显得非常紧张，捉襟见肘，完全跟不上形势的发展。纪空手看到了这一点，所以在提出了根本之地的首要之急后，紧接着便提出了建立情报网的建议。

此言一出，众人无不附和，因为在场的每一个人都有统领一门之众的经验，自然懂得在力量对比悬殊的情况下，弱势的一方要想取得一定的主动，必须依靠消息来对敌人采取有针对性的行动。

纪空手微微一笑，道："在知音亭原有的消息渠道上，我们将原来的单线联系改为双线联系，每一条互不搭界，各行其事，使之成为两条完全独立的情报来源。这样做的好处就在于，当一个地方发生了某一件事情之后，我们可以得到两份情报，以此作为参照，相互对比，就能够得到最准确的消息。而且，就算敌人要想破坏我们的消息来源，因为我们有两条线同时独立运作，即使有一条线陷入瘫痪状态，我们也可以从另一条线上得到我们所需要的消息。"

五音先生深知这项工程的艰巨，脸现隐忧，道："当年我知音亭布下这情报网时，曾经花费了不少人力财力，穷数十年心血方才建成。要想在短短的两三年间，重新复制出如此规模的情报网，只怕绝非易事。"

纪空手似乎已是胸有成竹："知音亭昔日布网之所以耗费了不少时间，很大程度上是没有经验，更没有充足的人力财力，而我们现在要做的，就是在前人的基础与经验上，再建一个情报网，这样就能事半功倍。"

车侯提出疑问道："就算我们有了经验，有了人力，但在财力上我们还是欠缺。如今知音亭、西域龟宗、南海长枪世家以及神风一党四家的财力归总起来，恐怕也只能供根本之地的建设以及我们这三年的日常开销。"

他的问题其实也是一直缠绕在五音先生心头的一个难题，虽然他决定以另一种全新的方式去争霸天下，但争霸天下比的就是各方的财力。财力往往是实力最根本的基础，没有雄厚的财力为基础，争霸天下只能是一句空谈。

"钱，不是问题。"纪空手说出的这句话让大家吃了一惊，无不将目光注视于他，纪空手却一脸肃然，"因为我还是认为应该在登龙图上做文章。"

扶沧海惊诧地道："可是登龙图就只有一张，它此刻掌握在刘邦的手上，除非我们从他的手中盗出来。"

"盗也是一种办法，却不是必行的办法。"纪空手缓缓而道，"虽然登龙图只有一张，但看过登龙图的人除了刘邦之外，还有我和韩信，我这个人虽然没有几样专长，但过目不忘恰恰就是其中之一。所以在这几天里，我请红颜替我绘制了这么一张羊皮地图。"

说完他从怀中取了一张尺长的羊皮，将它铺在众人的眼皮之下，道：

“这就是登龙图的仿制品。”

众人立时兴奋起来，纷纷趋前细观，便是五音先生也不例外。可是端详半晌，众人无不是一脸疑惑。

“这好像只是一张普通的地图，既没有藏宝的标识，也没有机关暗道的分布，莫非这登龙图在胡亥手中时就已非真品？”车侯摇了摇头。

“胡亥既然将它视如生命，他手中的登龙图肯定是真品无疑，依我猜想，登龙图的制作者会不会采用了一种隐形之类的药水，将藏宝标识与机关暗道的分布写在原图之上？这样一来，就可以增加它的保密性。”扶沧海从另一种观点来诠释这个问题。

纪空手虽然觉得车侯与扶沧海所说都不无道理，但他更希望听听五音先生的见解。可是五音先生的目光始终盯着地图上所绘的山川河流，久久没有说话，似乎陷入了沉思之中。

突然，五音先生的眼睛一亮，情不自禁地舒了一口气：“怪不得，怪不得我会这般眼熟！”

车侯忙道：“音兄，莫非你看出这地形在哪个位置了吗？”

五音先生微微一笑，道：“如果我所料未错的话，我们现在所处的位置，正好就在这地图之中。”

众人无不大惊，重新审视起地图来。

五音先生手指地图上的一道平原道：“你们看，这是地图中唯一的一点与我们现在这个位置有所不同的地方。在图中，它是一块平原，但在实际位置上，它正好是忘情湖的所在，除去这一点，这两者就可以完全吻合。”

车侯与扶沧海细看之下，又闭目回想片刻，突然同时惊呼道：“正是如此。这么说来，我们已经到了藏宝的地点，这岂不是上天注定了我们大事必成？”

纪空手的神情似乎非常平静，与五音先生相望一眼，道：“其实在绘图之时，红颜也看出了这点不同，所以我们又悄然去寻了当地的几位老人了解情况，这才得知忘情湖形成的历史并不久远，始建于大秦始皇一统天下之后的那几年间，当时以兴修水利为名，征夫百万，费时三年，才开凿了这万亩大湖。可是我们却从中发现了几个疑点，让人觉得有些不合常理，简直不可思议。”

五音先生见他对登龙图一事早有准备，心里着实高兴，这证明了纪空手已经开始展露他统揽大局的才能了，忙道：“不能合乎情理，往往才是问题的关键所在，只要紧抓不放，一切问题就会水落石出。”

纪空手点头道：“所以我和红颜花了几天功夫，四处勘察之后，发现了几个问题。”他看了看凝神而听的车、扶二人，继续道，“第一，如果以兴修水利为名，在这方圆数百里内，可供灌溉的良田不过只有区区数十万亩，以如此巨大的人力财力投入去开凿这么一个湖泊，绝对是得不偿失；第二，就算要兴修水利，开湖蓄水，忘情湖的位置处于平原地带，显然不是最佳的蓄水场所。在这方圆数里之内，高山林立，溪流纵横，最佳的蓄水方案应该是拦水筑坝，这样既可以减少人力财力的投入，效果也非常明显，何以决策者偏偏要舍易而求难呢?”

五音先生听到这里，心头陡然一亮：“我明白了，始皇开凿忘情湖，绝不是为了兴修水利，而是另有目的。忘情湖之所以要开凿在平原之上，而不是山地，其目的只有一个，那就是便于运输!”

纪空手道：“正是这个道理。”

试想一下，这种假设无疑是成立的。始皇为了让这笔宝藏和兵器更加隐秘地保存下来，就想到了将之藏于水底的办法。有了上百尺的滔滔之水作为保护的屏障，外人根本不可能在不知情的情况下无意闯入，这样就远比其他的隐藏方式更具保密性。

但是这笔宝藏兵器的数量庞大，为了保密，运输的人员又不能过多，所以为了方便起见，才会将湖泊开凿在平原之上。

有了这两条理由，其他的问题就似乎是迎刃而解了。

“所以在登龙图上，并没有忘情湖的存在，这样一来，只要是有心人，一眼就可以看出其中的古怪之处，从而找到藏宝的地点。”车侯显然也开窍了。

纪空手点头道：“其实始皇当年留下的破绽并不少，只是过于巧妙，故意为之，让后来人可以从一些蛛丝马迹中寻到藏宝地点。就说他所取的这忘情湖的名字，世人以为，忘情，忘的只是儿女私情，其实在始皇这种枭雄的眼中，又何尝有过男女情爱？他将宝藏与兵器藏入湖底，只是在提醒自己的子孙在他百年之后不要忘了他当年雄霸天下的那一番豪情！”

既然确定了登龙图中藏宝的位置，问题随之而来，那就是如何才能从百尺湖底中将宝藏取为己有，这才是纪空手诸人目前最紧要的工作。

纪空手显然对这个问题有过非常缜密的考虑，眉头一皱，道：“以始皇的远见卓识，他既然将这份宝藏留给后人取用，必然会想到取用之道，否则他又何必花费这么大的心思来搞这样庞大的一项工程？但是我想了很久，也没有寻到有效可行的办法。”

“这个办法的确难想，百尺湖水几乎就到了人类的极限，虽然有水性好的人可以潜入水中五十尺之下，但这已是一个奇迹。何况下潜之后，水流产生的压力之大，根本就不是人体可以承受得了的。”扶沧海不愧是南海长枪世家的传人，世居南海，水性自然差不到哪里去，是以一出口就说出了取宝行动中一个不可逾越的难关。

车侯皱了皱眉，道：“就算有人可以潜入湖底，宝藏的数量之大，也根本没有办法将它从水底打捞出来。据我推测，若我们用正常的思维去想取用之法，恐怕未必能行得通。”

五音先生赞同车侯的观点：“不过，我们现在最大的优势，是还有足够的时间。虽然刘邦有登龙图，韩信也对登龙图有印象，但是一时半会，他们未必就能找到这里，所以我们完全可以在这段时间集思广益，找到取用之法。”

纪空手道：“寻找到宝藏的取用之法固然重要，但是我们建立根本之地与情报网的工作也一刻也不能耽搁。车宗主，既然你们西域龟宗对土木机关极富研究，那这项重任就交给你了。”

“没问题，纪公子，这事就包在我们身上！”车侯满口答应下来。

纪空手将目光投向扶沧海：“争霸天下，很多东西固然重要，但最关键的还在于人，只有打造出一支无敌于天下的精锐之师，才有本钱去与别人一较高下，所以这个重任，唯有扶兄能担当。”

他与扶沧海交往的这些日子，已经知道扶沧海的枪法不错，对兵书阵法亦是成竹在胸，说到带兵打仗，很有自己的一套，是以才想到让扶沧海来负责训练精兵的任务。

扶沧海大是兴奋，自己的才华有人赏识，这的确是一件让人高兴的事情，当下一口应允。

五音先生见纪空手安排的事务井井有条，颇有章法，隐显领袖风范，忙道："那我呢？如果你不嫌我老朽无用，那情报网的建立就由我全权负责吧。"

"放眼天下，有谁生了这么大的胆子，敢说先生老朽无用？那岂不是活得不耐烦了吗？不过这情报网的建立，绝非一日两日可以完成，我已经让红颜挑了一帮知音亭精英着手去办了。"纪空手微微一笑，"至于先生嘛，我还要仰仗先生解开这宝藏的取用之谜呢。"

四人顿时哈哈大笑起来。

"好吧，既然你找了个难题给我，我就拼着这条老命，也要将它破译出来。我就不信，始皇当年能够想到这取用之道，我五音还会输给他！"五音先生的话中自有一股豪气，仿佛在他的眼中，当年那位征战天下、收服六国的大秦始皇也不过尔尔，顿让众人折服。

第四十八章　精英云集

当纪空手与五音先生登上这片群山的最高峰时，山川河流尽收眼底，那万亩之阔的忘情湖，就像是一块锦锻般镶嵌在这青山绿水之间，让人顿生天下之大、无可想象的豪情。

“只有置身于天地之间，人才会感到自己的渺小，同时才会感到世情的可笑。”五音先生有感而发，轻轻叹道。

“先生难道又想到了什么？是以触景生情，才会如此感慨？”纪空手与五音先生相处的时日愈久，愈发有一种心灵相通的感应，听其声而知其意，不由问道。

“是的，我想到的第一个人，就是大秦始皇，他之所以自称始皇，就是想把自己的这份基业传至千秋万世，可是他却没有料到，如今他的尸骨尚且未寒，大秦已经消失于这块版图之上，这岂不可笑？”五音先生道。

“有其一必有其二，先生要笑的第二个人莫非就是大秦权相，入世阁主赵高？”纪空手眼睛一亮，问道。

“知我者空手也。”五音先生微微一笑，“赵高之可笑，在于不知满足，野心勃勃。如果他能知足，当今江湖，入世阁已列五阀之首，领袖江湖，指日可待。但是在他的心中，‘江湖第一人’这个称号已经不能满足他的欲望，他想要得到的，是那个‘天下第一人’的宝座！他却不知，要坐上那个位置，努力与实力已经不是最重要的条件，它需要的，是要掌握天命与运道！没有这两点，就算你最终得到，也只是一朝拥有，权势依然会从你的掌中溜走！”

他的每一句话看似点评别人，但听在纪空手耳中，倒像是警醒自己。

纪空手的额上已有冷汗冒出。

“而我要笑的第三个人，就是卫三。卫三公子最大的悲剧，就在于他一生下来，背上便背负了复兴卫国大业的重任。卫三的武功，不可谓不高；卫三的城府，不可谓不深；卫三之狠，更是冠绝天下。说到无情，天下还有人比他更无情吗？可是他最终没有笑到最后，虽然此时刘邦势大，但群豪相争，鹿死谁手，一切都尚是未知之数，所以卫三的死未必就死得有什么价值。他似乎忘记了一点，一个国家之所以衰亡，就必然有其衰亡的道理。就像是滔天的狂澜，单凭一人之力想出手挽回，通常不是被狂澜卷走，就是淹死于狂澜之中，绝对没有第三种结局。”五音先生说到这里，心中似想到什么，不知不觉有了几分沉重，因为他忽然想到，自己所做的一切也未必就对，是对是错，没有到最后关头，谁也说不清楚。

纪空手默然无语，想到五音先生所评三人之中，除了始皇登上了梦想的巅峰之外，其余二人，无论他们曾经多么风光，地位是何等显赫，但当他们迈向成功之时，这才发现，他们距登顶始终还差一步。

虽只一步，却仿若咫尺天涯，一步之差，恰是成与败之间最大的界限，根本不是人力所能跨越的。

“我这一生，最终会是一个怎样的结局？会如始皇一般，傲视天下，还是像赵高、卫三一样，最终留下遗憾？”纪空手忍不住思忖道，他不得不想，却找不到任何答案，因为这些答案都是在未来的时空当中，未到那一刻，他永远无法知道。

“我又何必知道呢？”纪空手突然哑然失笑起来，“我不过是一个流浪市井的小无赖，走到今天这一步，我应该知足了，得与失对我来说，难道就真的这么重要吗？”

五音先生诧异地看了他一眼，道：“你笑什么？”

“我在笑我自己。”纪空手道，“人有的时候总爱迷失自己，我也不例外，不过幸好我找回了自己。”

他这一句话说得似乎很富哲理，即使不是哲理，也如哲理一般深奥，但是五音先生显然听懂了他话中的意思，微微一笑，“能找回自己的人，通常都是聪明的人，所以我们应该好好地利用一下这份聪明，来解开当年始皇布下的这个谜底。”

他放眼望去，只见群山之中隐约可见两条白练般的溪流蜿蜒而行，随山势而走，最终汇入忘情湖中。湖畔的四周，一片苍翠，茂密的森林覆盖着整个平原，而在湖畔的一侧，无数条纵横交错的水渠连贯着平原下方的数十万亩良田，如此巨大规模的水利工程，当世之中，的确罕见。

“秦始皇之所以能成为一统天下的始皇，绝非偶然，他所做的一切事情，无一不是极富魄力的大手笔！”五音先生感叹道。

纪空手亦有同感，但是此刻他的注意力全部放在了如何取宝这件事情上，目光扫视着忘情湖四周的地形，希望有所发现。

“我忽然想起了车侯说过的一句话，要想揭开取宝之谜，我们似乎不能按照正常的思维来推理。”五音先生若有所思地道。

纪空手眉锋一跳，道：“如果你是始皇，你会怎样让你的后人来取走这份宝藏？”

“假如我是始皇，我的用意既然是让后人发掘宝藏，以此作为复国的基础，当然希望这个后人不仅要有一定的实力，而且要有非常聪明的头脑。唯有这样，他才可以担负起复国大业，让大秦基业得以延续下去。”五音先生似非常了解大秦始皇的个性与行事作风，是以很快将自己融入了角色之中，缓缓接着道，“所以为了考验这位后人的能力，我会将取宝的办法设计得非常巧妙，而且需要一定的人力才能完成。只有这样，才可以证明他的聪明，也有一定的实力，同时也符合我一贯喜欢大手笔的风格。”

“既然是大手笔，必然就有迹可寻，可是我们为什么没有看到这种迹象呢？”纪空手问道。

“这只因为我们还不够聪明，没有摸准始皇的思想脉络，所谓一事通，万事通，只要我们能突破一点，那么就可以融会贯通，迎刃而解了。”五音先生微微一笑。

两人在峰顶上待了半天，终究是一无所获，也不气馁，回到洞殿峡谷，却见车侯正指挥着手下搭建木房营帐，已经将峡谷建设得初具规模了。

纪空手大喜道：“照这种速度，只怕要不了多长时间，这根本之地就可大功告成了。”

车侯迎上来道：“这只是雕虫小技而已，真正考验手艺的是暗道机关，以及外围的暗哨关卡。不过有了土行的帮助，很多技术上的难题都已经得到解决，如果乐观一点，恐怕最多一月时间，就可以彻底完工，投入使用了。”

“土行?”纪空手“哎呀”一声，“我倒忘了，说到土木工程，他可是一个不可多得的行家。”

五音先生轻轻地拍了一下他的肩，道：“身为统帅，最重要的就是要有识人之才，知人善用，不仅要知道手下每一个人的长处，也要了解每一个人的弱点，唯有如此，才能做到量才而用，否则不是高估了手下的能力，就是埋没了人才。”

纪空手心中一凛，道：“先生所言极是，空手一定谨记于心。”

车侯哈哈笑道：“音兄如此博学，我老车是最佩服的了，难得的是纪公子这样的人才，竟然如此谦虚好学。照这样下去，只怕当世之中还真的难寻对手了。”

他笑着走开，走不几步，又吆喝着忙碌起来。

五音先生深深地看了他的背影一眼，颇有感触地道：“车侯此人，为人耿直，最是忠义，他若将你当作朋友，便是死心塌地效命，我能得此人为友，不仅是我之大幸，亦是你之大幸呀!”

“这也许就是上天注定的吧。”纪空手微微一笑，他虽不信神佛，但对五音先生的“星宿运程论”已有了一点相信。

两人走了百十步，便见扶沧海正教授着上千精兵学习巷战战术，五人一组，讲究配合，以无间的默契发挥最大的功效。

“兵不在多，而贵在精，少而精的兵力，最讲究战术配合，而扶沧海无疑是这方面的大行家。但两军决战，有了非常精妙的战术，如果没有正确的战略，想要获胜还是不行，所以你要学的，不是战术，而是统揽全局的战略眼光，以及驭人之术。”五音先生见纪空手看得饶有兴趣，忙提醒道。

“可是我对此一窍不通。”纪空手尴尬一笑。

“你不懂此道这无关紧要，重要的是你能听得进别人的忠告，这就行了。因为有一天当你需要作出战略决断的时候，你会发现在你的身边就会出现这样的一个人才。”五音先生胸有成竹地道。

便在这时，一声鹰啸，五音先生与纪空手同时望向天空，只见一个小黑点破云而出，在峡谷的上空盘旋几圈之后，突然向下俯冲，由疾渐缓，扑腾几下，落在了五音先生的肩上。

纪空手认出，这正是知音亭用以传递消息的鹞鹰。

五音先生从鹰爪上取出竹管，打开一看，脸色霍然一变。

“先生，信上说了些什么?”纪空手心中一惊，问道。

“这是从上庸传来的消息，说是昨夜子时，刘邦已率一标人马悄然进驻上庸。”五音先生脸上的表情已是十分凝重，刘邦的行动显然与他的预想有所出入，在他的推算中，刘邦在巴、蜀、汉中三郡称王，当务之急，应该是顺应民心，安抚民情，然后才会着手发掘登龙图藏宝事宜。现在看来，刘邦显然改变了自己行动的步骤。

纪空手的眼中闪过一丝诧异之色，道：“这未免有些反常，以刘邦的眼光，他不会看不到此时发掘登龙图宝藏是弊大于利，就算他能顺利得到登龙图的宝藏，消息传开，项羽又岂会眼睁睁看着他如此坐大？必然会派兵讨伐，这样一来，他根基未稳，地盘又不稳固，焉能是项羽之敌?”

“这也正是我感到奇怪的地方。”五音先生似有疑惑，陷入沉思之中。

“会不会刘邦发现了有人在打登龙图的主意，是以才甘冒风险，来个先下手为强呢?”纪空手的反应一向快捷，很快就提出了自己对此事的看法。

这种解释未必没有道理，虽然刘邦与纪空手看似在暗中结成了互为利用的同盟关系，但对刘邦来说，纪空手的威胁似乎更大于项羽。纪空手就像藏在他体内的一颗炸弹，随时都有引爆的可能，刘邦自然要处处提防，所以必然会派人监视纪空手一行人的行踪。

当刘邦得知纪空手等人落脚之处正与登龙图所示的藏宝地点相吻合时，他自然会怀疑到纪空手的动机。在刘邦看来，纪空手此时已如一头下山的猛虎，假如让他得到了登龙图中的兵器与财宝，无疑是再添双翼，刘邦当然不会坐视纪空手发展壮大。

“这未必没有可能。”五音先生认同纪空手的观点，道，“刘邦既然知道此刻取宝弊大于利，或许对他来说，此时上庸之行，取宝不是他的真正目的，而阻止他人取宝才是他此行的首要之急!”

“这样一来，岂不是也增加了我们取宝的难度?”纪空手道。

五音先生微微一笑，道：“对我们来说，这又何尝不是一个好消息。我们正可以利用这段时间，专心琢磨这取宝之道。看来始皇当年所留下的这个谜，的确是个天大的难题，他的用意，本就不想后来人如此轻易地得到它。”

转眼已到冬至，天已渐寒。

洞殿峡谷之中，一切工程早已完工。在车侯与西域龟宗数百弟子的巧手施为下，只见以洞殿为中心，一座座精美的建筑掩映于花树之间，延伸数里，起伏连绵，直达森林边缘。

从表面上看，就像是王公贵族在山野之中营建的一个避暑胜地，但它其中的每一座建筑都暗合天地人三才的布道之法。一旦人力居中发动，进可攻，退可守，势如流水，生生不息，可以收到意想不到的攻防奇效。

峡谷之中，自有几股活水源头，在土行的建议下，开挖了几个大小不一的人工湖，一来可作战时蓄水之用，二来又可增添景致，而且在车侯的勘探之下，发现了除洞殿之外的几个大溶洞，稍加修整，便可蓄备粮草，储藏物品，凭空多了几个天然的库房，以备军需之用。

但真正让人叫绝的是，峡谷口上，并没有修筑高墙城河以拒敌，但以峡谷为中心，方圆百里之内，车侯命人在各个方向布置了上百个可供眺望与监视之用的暗哨。这些暗哨中，或布下人眼以观察动静，或布下机关以防敌侵入，犹如一张庞大的蜘蛛网，只要有人贸然闯入，峡谷中的战士就可在最快的时间内作出反应，将整个峡谷的安全布防做到了极致。

在红颜的调教之下，借狼兄之威，峡谷内外的上千只猴子也训练有素。在驯养一段时间之后，放回森林，只只都显得机警异常，一有异动，随时报警，完全成了通风报信的好手。纪空手灵机一动，更是从中选出了九只极通人性的灵猴，加以调教，美其名曰“信使九君子”。

一切都在有条不紊地进行着，即使是分布各地的情报网，也在按照原定计划一一设立。随着时间的推移，由于取宝之道始终未曾解决，资金上开始出现了紧缺的态势。

即使以知音亭、南海长枪世家，以及西域龟宗之财力，依然难以应付这数千人的日常开支和各项建设的大量投入。这样一来，对登龙图中的藏宝，他们也就起了势在必得之心，绝不容许出现意外。

这一天起来，纪空手在峡谷中巡视了一圈，经过后生无的账房时，却见后生无左手拿着账本，右手拨着算盘，正噼里啪啦地一阵猛敲，脸上的表情十分严肃。

纪空手对后生无委以账房之职，乃是听取五音先生知人善用的意见才萌发此念的。因为神农当日收这几名弟子时，就已经想到了日后要争霸天下，是以才网罗了各种精英，譬如土行，精通土木工程；譬如后生无，擅长经营之道；譬如公不一、公不二兄弟，对于驯马征粮各有一套……

纪空手悄然来到后生无面前，见他眉头紧锁，知其所遇麻烦不小，轻咳一声，道：“你一大早起来就钻入账房忙碌，当真是辛苦你了。”

后生无倒吓了一跳，赶忙跪拜道：“我既被公子委以重任，敢不尽心尽职吗？只是如今我们的财力亏空，只怕再过半月，就会难以为继了。”

纪空手点点头道：“我已经知道了详细的情况，所以才会派土行与水星这些日子随着车宗主一道，去勘察忘情湖的地形地势，以期找出取宝之道。只要登龙图中的宝藏一到我手，自然就能解眼下这燃眉之急了。”他扶起后生无，两人相对而坐。

“公子，我有一句话，如鲠在喉，不吐不快，不知当讲不当讲？”后生无看了纪空手一眼，吞吞吐吐地道。

“但讲无妨。神风一党的弟兄既然奉我为主，就无须见外。”纪空手微微一笑。

后生无鼓起勇气道：“依我之见，就算我们得到了登龙图中的宝藏，假如不在经营上有所变通，迟早也会坐吃山空。”

“说下去！”纪空手顿时来了兴趣，鼓励他说下去。

后生无平添几分自信，道："我自小研究经营之道，总结出一个经营钱财的至理，那就是钱财要想由小变大，靠的是'流通'二字，而不是积存。只有将钱财流通起来，以钱生利，才可以最大限度发挥出钱财的功效。而钱财一旦积存起来，便如一潭死水，也许它不会少，却难以增加，一旦有急用之需，自然只能从老本中取用，日久天长，也就会有蚀亏之象了。"

纪空手一生难得和钱打交道，听到后生无的这番见识，极是新鲜，连连催他接着说下去。

"而我们此刻的钱财，就如一潭死水，只出不进，早晚会显干涸。与其如此，我们何不将它变作一潭活水，在源头上大做文章呢？只要源头不断，就可以任我取用，而且只会越用越多，永不干竭。"后生无很是兴奋地道。

"这也正是我所考虑的问题，只是我对经营之道十分生疏，倒想听听你的高见。"纪空手虚心请教道。

"我仔细研究了一下我们钱财账目的进出情况，发现我们在布置每一个情报点时，只有支出，从无进账，这便是我们管理上的最大弊端。如果我们将每一个情报点都经营成可以赚钱的店铺，这样一来，无疑就给我们的钱库中凭空添加了数百个源头。只要有活钱流入，日后我们纵有再大的开支，也是取之不尽，用之不竭。"后生无道。

"可是并非每一个情报点上的人都懂得经营之道呀？"纪空手也兴奋起来，同时亦看到了这个计划中的一点漏洞。

"经商之道，在于开窍。其实每一个人生下来，就接触到了商道的方方面面。说得简单点，经商之道就是买卖，买进卖出，赚取差价，只要有我指点，即使足不出户，也能让每一个店铺变成生财之源。"后生无信心十足地道。

"如此最好。"纪空手拍了拍他的肩膀，以示嘉许，"这件事就交给你全权打理，立马着手去办，我再找先生商议一下，然后答复于你。"

后生无笑道："这事无须准备，只要有钱，加上我的眼光与对商机的把握，保证可以稳赚不亏。"

纪空手微微一笑，离开账房，便向五音先生独居的小院走去。

刚要敲门，却见“乐道三友”迎出来道：“先生算定公子会来，特意留言，要公子上峰顶一见。”

纪空手一怔之下，心道：“眼看天要下雪，先生何以还要登高观景？莫非又生出了什么变故不成？”当下也不犹豫，登上峰顶。

远远望去，五音先生人在峰巅之上，傲立如一株古松，衣袂飘起，呼呼作响，好似神仙飘逸。直到纪空手走到近处时，才发现他眉宇紧锁，苦苦思索，好像遇上了一个大难题。

“我正有事要找先生，却没有料到先生一个人独自上了峰顶。”纪空手在五音先生身后七尺站定，恭声道。

“哦，你来了。”五音先生似是不经意地看了他一眼，随即重新将目光投向那深邃的天空，喃喃而道，“奇怪，奇怪。”

纪空手顺着他的目光所向望去，看不出个所以然来，不由莫名其妙：“先生难道又看到了什么怪异的天象吗？”

“正因为什么都看不到，我才觉得奇怪。”五音先生带着几分诧异道。

纪空手心中一动，道：“此时尚是白昼，星光暗淡，自然不可辨认，也许到了晚间，就可以见到了。”

五音先生摇头道：“一年之中，每逢第一场雪时，天上的星月是最为清晰的时候，它往往可以在这一天预示着一个人一年的运程。我年年都屡试不爽，唯有今天，却什么也没有看到，这岂不是怪事吗？”

“或许是时辰未到也未为可知。”纪空手微笑道，“我有一事，想与先生商议。”

“是吗？”五音先生恢复常态，“这也巧了，我也正有事情要找你哩。”

“那么还请先生先说吧。”纪空手道。

“不，先让我听听你的事情。”五音先生道。

纪空手也不推辞，当下便将后生无的话一一转述出来，五音先生眉锋微动，听得十分仔细。听完之后，沉思半晌，方才叹道：“神农这一生中唯一可取之处，就在于有识人之才，像后生无这样的经营之才，放眼天下，也是少有啊！”

“这么说来，先生是同意后生无的计划了？”纪空手非常高兴地道。

“近些日子来，我也在为这日益亏空的钱库发愁，此际正是我们创业之初，银钱花费，不可避免，但若是没有生财之道，这样坐吃山空终究不是长久之计。还好，幸亏还有一个后生无，有了这么一个擅长经营之道的财神爷，也就可以解决我们的后顾之忧了。”五音先生点点头道。他身为世家传人，虽然见识广博，却犯了世家子弟最常见的一个毛病，就是不善于理财。当日他一人独掌知音亭时，以他家业之大，要供养千人门客弟子也不显山露水，可如今数千人聚在一起，加上大兴土木，筹备粮草，祖上的家财再大，也难以为继了。

“既然先生同意，我这就吩咐后生无着手办理。”纪空手兴冲冲地便要转头而去。

“慢！”五音先生止住了他的脚步，“此事虽急，犹可暂缓，可眼前有一件事情，却需要你立刻作出决断！”

纪空手从来没有见过五音先生如此严肃的表情，心中一惊，道：“难道出了什么事情？”

五音先生从袖中缓缓取出一封书函，递出道：“这是刘邦发来的信函。”

纪空手打开一看，只见上面写道：“五音先生、纪少：鸿门一别，已近半载。昔日恩怨，自口结同盟始，已是前嫌尽弃，一笔勾销。为了表示本王结盟的诚意，今有登龙图宝藏，欲与二位分享，望在腊月十五上庸城相会，切记莫误。”

署名为“汉王刘邦亲笔”。

书函之中，除了年月日外，还有一枚汉王图章。纪空手曾在沛县之时见过刘邦的字样，辨明确为真迹，不由心中生疑，笑将起来：“这可真是太阳从西边出来了，以刘邦的为人，他肯将到手的宝藏分出一半给我们，真是难得。”

“你不信？”五音先生道。

“打死我也不信！”纪空手断然道。

“他应该知道你我不会相信，可还是发来书函，这是为什么呢？”五音先生沉吟片刻，突然眼睛一亮，“难道他算准了我们必去？”

“我们能不能不去?”纪空手道。

“不能!”五音先生没有一丝犹豫就答道，“登龙图上的宝藏，我们是势在必得。没有登龙图上的财力与兵器，我们根本就没有机会去争霸天下!”

“可是谁又能保证刘邦就真的有了取宝之道?以我们二人的智慧，穷数月心血，尚且一无所获，凭什么刘邦就一定会比我们聪明?”纪空手就事论事，提出了自己心中的疑惑。

五音先生淡淡笑道：“刘邦或许没有我们聪明，却不意味着他不能有取宝之道。他的手中，有我们所没有的登龙图真品，假如真的如车侯所说，始皇当年用隐形药水将取宝之道写在登龙图上，也未必没有可能。”

“即使刘邦有了取宝之道，你相信他会将这个秘密告诉我们吗?”纪空手道。

“不会，他当然不会，他只会处处提防我们!结为同盟只是一纸空文，谁相信它谁就是天下第一号大傻瓜!”五音先生笑道。

“幸好我们都不是傻瓜。”纪空手也笑了。

“可是在我们两人之中，却有一个神偷，他曾经成功盗过一次登龙图，假如再来一次，你猜他还会不会成功?”五音先生终于说出了他的意图。

“我不知道别人会怎么想，但我对他却充满信心!”纪空手一拍胸口，非常自信地道。

五音先生满意地点了点头，道：“有你这句话就已经足够了，接下来我们就要部署一下，做到绝不空手而回，却要全身而退，让刘邦吃个哑巴亏。”

“可我还是想不明白，刘邦发来书函的真正用意是什么。”纪空手在每一次行动之前，都希望能把对手的每一种意图了解清楚，因为他知道，只有尊重对手，才能最终战胜对手。

五音先生的脸上也绽开了笑意，道：“不管他有什么意图，自卫三公子死后，问天楼在高手方面已失去了与我们抗衡的实力，虽然刘邦手上兵多将广，但军中仍无真正的一流高手。凭他们现在那些人的实力，如你我想突围而出，应不成问题，就算是刘邦亲自出手，似乎也已无法对我们构成任何威胁。”

“即使如此，为了以防万一，我们还是要带足人手，若情况有变，也好应急。”纪空手觉得今日的五音先生似乎有些古怪，失去了往日的那份稳重，多了一些年轻人的冲动，是以他不得不谨慎一点。

五音先生却摇了摇头，固执已见地道：“我们此行，既然是以盗图为主，一切还是隐秘一些为好，何况人多了，退起来容易暴露，不如人少那么抽身迅速。”

纪空手仔细想来，也觉此言有理，而且问天楼已走向没落，这是不争的事实。就算刘邦有心要对付他们，只怕也是心有余而力不足。

“好吧，那么我们几时上路?”纪空手被一阵山风一激，顿时生出一股豪情。

“雪下的时候，我们就可以启程了。纵马踏雪，一路观光而去，岂不惬意?”五音先生仿佛不是去赴龙潭虎穴，倒更像是踏雪赏梅，神情一片悠然，显得轻松至极。

“就我们两人吗?”

“如果你觉得不够热闹，那就再带上“乐道三友”吧。有我们这五个人，相信就是刘邦的数十万大军，也休想拦阻我们前进的脚步!”五音先生意气风发地道。

天上飘起了鹅毛大雪，随风而旋，大地已是一片银白。

纪空手与五音先生并骑而行，已到了上庸城外，突然传来一阵马蹄踏雪之声，由远及近，一标人马自城门蹿出，如疾风般到了他们面前，这才勒马停住。

纪空手与五音先生对视一眼，相顾而笑，因为他们已然看清，当先一人，正是刘邦。

此时的刘邦，已是汉王身份，穿着举止更具王者风范，可是当他人快近前时，远远便拱起手来，一脸堆笑：“鸿门一别，可想死本王了，今日天降瑞雪，本王疑是有贵客临门，想不到还真是天遂人愿，迎来了先生与纪少。”

“汉王相召，我等平民百姓敢不从命?”纪空手见他如此谦恭，微微一怔。

“纪少又说笑话了，本王请二位前来，的确是有要事相商。”刘邦一挥手，命令属下掉转马头，上千骑兵竟成开路先锋，浩浩荡荡沿来路而返。

“看汉王这等声势，正是如日中天，难道还有什么事情用得上小人帮忙吗?”纪空手看着他摆下这等排场，不冷不热地刺了他一句。

“纪少这么说话，本王可真要汗颜了。这半年来，本王静心反思，想起你我兄弟一场，最终却落得这么一个下场，实在为自己的行为感到羞愧，所以此次纪少既然来到上庸，就一定要给本王一个改过的机会，也好让我们兄弟尽弃前嫌，一致对付项羽这个大敌。”刘邦陪着笑脸，低声下气，态度显得极是真诚。

纪空手的心里很是诧异，万万没有料到刘邦会放下汉王的身份与架子，如此地委曲求全，这种反常的举动，反而让纪空手更生提防之心，忖道：“以我对刘邦的了解，他绝对不是一个可以轻易向人低头的人，他这么做，不是别有用心，就是有求于人。可是以他现在的身份地位，要风得风，要雨得雨，他还需要求人吗?”

纪空手带着这个疑惑，在刘邦的陪同下，进了上庸县衙。

此时的县衙内外，早已是三步一岗，五步一哨，将整栋建筑围得严严实实，滴水不漏。

进了大厅之后，屏风挡寒，火炉生暖，大厅上摆下两排座椅，刘邦让纪空手与五音先生在客位落座，然后自己才坐到主位相陪。

“乐道三友”则保持着高度的警觉，站在五音先生之后，以保证一有异动，他们能够在最短的时间内作出反应。

“我想汉王今日请我们前来，不只是为了叙旧这么简单吧?”五音先生暗暗观察之后，确信在方圆十丈之内没有任何敌方高手，这才松缓了一下情绪。

“当然，除了书函中提及的登龙图一事外，本王还有一事要劳烦两位，只是今日我们故友相逢，应该先叙旧情，然后再谈公事才对。”刘邦拍拍手掌，便有几位侍婢送上热茶。

纪空手与五音先生相望一眼，都想看看刘邦的葫芦里究竟卖的是什么药，是以静下心来，耐下性子陪他闲聊。

“半年不见，今日的沛公已非昔日的沛公可比，拥兵数十万，坐镇巴、蜀、汉中三郡，受封汉王。放眼天下，除了西楚霸王之外，只怕无人可比。”五音先生轻品一口热茶，淡淡而道。

“先生将本王与项羽相提并论，实在是高看本王了。论及武功，本王不及先生；论及心智，本王不及纪少；论及兵法谋略，本王不及我的谋臣张良；论及统兵打仗，本王不及韩信；论及治理百姓，筹粮理财，本王又不及我的朋友萧何、曹参。像本王这样一个无用之人，能登上今日之高位，只能用两个字来形容。”刘邦微微一笑。

“倒想请教。”五音先生道。

“侥幸。”刘邦苦笑一声，“若非侥幸，又是什么呢？本王每每想起，自沛县起兵以来，直到今日，如果不是运气使然，本王只怕早已是孤魂野鬼一个，又哪里还能坐在这里与二位说话叙旧啊。”

“看似侥幸的东西，其实都有它必然的道理。”五音先生深深地看了他一眼，“虽然你每一样都不及于人，但是你却可以把这些你所不及的人召之麾下，归为己用，单从这一点看，你的成就应当在这些人之上。”

刘邦的眼中闪过一丝得意之色，毕竟当世之中，能够得到五音先生亲口赞赏的人并不多见，自己有幸成为其中之一，绝对是可以炫耀的资本。

“先生太瞧得起本王了，本王哪里担当得起？”刘邦摆摆手道，“倒是纪少武功高强，心智又高，加之有先生辅佐，日后的成就必定非凡。”

纪空手微微一笑，却不作声。他听刘邦提到韩信，心中不由一动：“韩信竟然能够得到项羽的赏识，封为淮阴侯，这倒是奇事一桩，想必这其中也有沛公的一份功劳吧？”

其时韩信虽然受封未久，但他统兵打仗的才能已经锋芒显露，这固然有他极赋天质的一面，在蚁战之中领悟的兵道之术也对他的指挥才能不无裨益。是以在短短半年时间内，他不仅拥兵十万之数，而且占领了江淮大片土地，风头之劲，已隐然直追刘、项二人，假以时日，按这种势头发展下去，他未必就不能与刘、项并驾齐驱，同争天下。

纪空手一向关注天下大势，自然对韩信的现状有所了解，是以他犹豫片刻，还是忍不住问道："韩信能够受封为淮阴侯，迅速崛起于江淮，这恐怕也是沛公深谋远虑的计划之一吧？"

刘邦微微一惊，不过很快恢复了常态："反正二位也不是外人，本王亦无须隐瞒。以项羽的实力，本王若想与之一争高下，最多也只有一成胜算。但是若有一支与本王同样强大的力量对项羽形成夹击之势，胜算却可增至六成。这是因为两面作战，战线拉长，项羽必然一心二用，导致顾此失彼。所以本王思虑再三，才决定将韩信推荐给项羽，同时在暗中加以扶植，这样就等于在项羽的后方埋下了一步暗棋，只要战事一起，项羽就会背腹受敌。"

他这个计划无疑是极端机密之事，竟然对纪空手二人和盘托出，这就更让纪空手和五音先生弄不懂刘邦的用意了。

"难道说这半年来，刘邦真的改过自新，把自己当成了同盟的朋友，而不再是生死大敌？"这个念头只在纪空手的脑海中一闪而过，很快就被纪空手非常冷静地加以否决了。他们二人之间，恩恩怨怨已到了无可化解的地步，霸上鸿门之时，他们结下的可是杀父之仇，夺妻之恨，就算刘邦修炼的是有容乃大之武学，恐怕仍容不下这段仇恨。

纪空手相信自己的判断，所以没有说话，只是微微一笑，静观其变。

"这是一个不错的计划，用心良苦，实施起来的难度也颇大。要让韩信得到项羽的赏识不难，难就难在项羽如何才能信任韩信。韩信能走到今天这一步，看来汉王是花费了不少心思的。"五音先生道。

"谁说不是呢？以项羽的智慧，要想蒙蔽他实在很不容易。不过在当时的情形下，项羽最不希望看见的是让韩信留在本王身边，只要抓住他这个心理，对症下药，他也难免不钻入本王所设下的圈套之中。"刘邦微微一笑，但想到当日在鸿门大营中，那种剑拔弩张的紧张气氛依然让他感到了窒息之感。

"这么说来，项羽这是养虎为患了？"五音先生道。

"对每一个敌人来说，韩信都是一只随时可以让人感到害怕的猛虎，他所具有的威胁性与破坏力，在这半年之内已然显现在世人面前，这已成无可争议的事实。"刘邦掩饰不住自己对韩信的欣赏之意，颇有几分自豪。

“我同意你的观点。”五音先生对天下大势的走向了若指掌，当然也看到了韩信这半年来取得的一系列成就。可是他眉头一皱，随即话锋一转：“不过，不知汉王想过没有，韩信对项羽来说，是养虎为患，但对汉王来说，也何尝不是呢?”

他这句话看似是离间刘邦与韩信之间的关系，但道出的却是实情。可是刘邦并没有他想象中的反应激烈，而是淡然一笑，道：“先生所言极是，但是本王权衡再三，最终还是相信了韩信的忠心。”

第四十九章　与敌共舞

纪空手显然意识到了刘邦与韩信如果一旦联手，不仅会给项羽造成很大的麻烦，同样也威胁到了自己的生存，是以冷哼一声，提醒刘邦道："对于韩信的忠义，我是早有领教，希望汉王不要和我一样的收场才好。"

"纪少莫非还对大王庄一役念念不忘吗?"刘邦看了纪空手一眼。

纪空手笑了，笑得十分坦然："我这一生中，最恨的就是别人背信弃义，又岂能容忍曾被我视作兄弟的朋友在我背后的暗算之举呢？对于这种人，我宁可被别人说成是没有容人之量，也誓要报那一剑之仇!"

"正因为韩信在你的身后刺了一剑，本王才会最终信任了他。虽然是同样的一剑，在你看来，这是弃义；但在本王看来，却是效忠。如果没有十足的把握，本王又怎会如此对他加以重用?"刘邦之所以敢这样说话，是因为他深知那一场在问天楼刑狱地牢中发生的蚁战对韩信造成了多大的影响，更懂得韩信除热衷名利之外，还有一个更大的弱点！而正因这个弱点被他所掌握，他才舍得花大力气去栽培韩信。

对他来说，绝不会做出养虎为患的傻事来。

但他却不知此事虽是人为，可天下万物皆有灵性。双方蚁群为了守住己方的地盘，真的展开了一场世纪之战，而里面的各种战法不但对韩信在日后领兵作战时有很大的启发，更让他创出流传千古的奇技——象棋!

"你既然说得这么有把握，那我就无话可说了。"纪空手沉声道，"让我们拭目以待吧。"

刘邦淡淡而道："是的，世事难料，不到那一刻的来临，我们永远都不知道谁对谁错。”

纪空手瞧了他一眼，道：“就像我和汉王之间的关系一样。谁能料到，半年前还是争得你死我活的一对冤家，竟会在半年之后坐在这里高谈阔论，亲如密友，说出去只怕没人会相信吧？”

“如果本王说我们之间是朋友关系，不要说你不相信，连本王也毫不相信。往日的恩怨不是过往烟云，说散就散，想忘就忘，有些东西，它就像锋刃利刀一般，已经插在了你的胸口之上，只要一牵动它，就会马上让你心中作痛，回忆起那段往事来。所以说，我们之间注定不会再成为朋友了。”刘邦与纪空手的眼芒在空中悍然相接，然后非常深沉地接着道，“不过，无论本王，还是你，我们都是这个世上少有的智者，虽然我们不可能再为朋友，却可以成为战友。当理智战胜了感情之后，我们就会发现，原来彼此之间对对方都有非常大的利用价值，为了一个共同的目标，命运又让我们走到了一起。”

“而这个目标，就是为了消灭项羽。”纪空手沉声道，“当这个目标达到之后，我们再从战友变成彼此间最大的敌人。”

“精辟，果然精辟。”刘邦哑然失笑，“所以我们之间更像是买卖上的关系，以钱易物，或是以物易物，只要彼此不亏，这种关系就可以长此以往地维持下去。”

“既然如此，那我们还有必要再这样拐弯抹角地说话吗？何不痛痛快快，开门见山？”纪空手话入正题，顿有咄咄逼人之势。

刘邦的目光扫向了五音先生身后的“乐道三友”，脸上似有迟疑之色。五音先生淡然道：“如果汉王接下来要说的话我可以闻听，那就但说无妨，因为他们都是跟随了我多年的忠实部下，我对他们绝对信任！”

刘邦尴尬一笑，道：“此事关系重大，是以本王才不得不谨慎从事，不过既然先生开了口，本王也就放心了。”

他将目光重新投射在纪空手的脸上，道：“本王信函中提及登龙图一事，乃千真万确，它藏宝的地点，就在距上庸百里之外的忘情湖内。”

纪空手与五音先生微微一笑，相望一眼，丝毫不觉有任何惊讶。

“你们莫非不相信本王所言?”刘邦为他们的表情所迷惑，在他看来，纪空手的脸上至少该有惊喜之色才对。

“我们相信沛公的每一句话，事实上早在数月之前，我们就知道了藏宝的地点。但是我想知道的是，沛公将用怎样的方法将这份宝藏从百尺深的水下取出据为己有呢?”纪空手眼芒一闪，注视着刘邦脸上的每一个表情，不敢有丝毫的遗漏。

“你们难道真的连一点办法都没有?”刘邦诧异地道。

“如果我们有取宝之道，你又拿什么来与我们做成这笔交易呢?”纪空手冷哼一声。

“实话告诉你们吧，本王也不知道。”刘邦此言一出，纪空手的脸色已然一沉，大厅中的气氛顿时紧张起来。

此言的确出乎纪空手与五音先生的意料之外。

因为如果刘邦说的是实情，那么他将纪空手二人骗入上庸的意图就非常明显。虽然纪空手与五音先生想到了刘邦会有此一招，但是他们都没有料到变故会来得这么突然。

不过纪空手与五音先生并未因此而慌乱，在他们看来，上庸城纵是龙潭虎穴，也丝毫不能对他们构成任何威胁。

因为此刻的刘邦，手头上并没有真正可以与他们抗衡的一流高手，虽然他本人算得上一个，但他连自己能否全身而退尚且没有把握，又怎能对纪空手五人构成实质性的威胁呢?

“哈哈哈……”刘邦的神色依然不改，大笑起来，“本王的确是不知道取宝之道，但在登龙图上，却写明了这取宝之道的所藏地点，只要我们去了此地，这取宝之道自然就可真相大白了。”

纪空手大喜道：“既然如此，这地点现在何处?”

“不远，就在上庸城内。”刘邦微微一笑。

“那我们何不现在就去?也好解开我这数月来挂在心头的悬念!”纪空手显得有些迫不及待了。

刘邦却微微一笑，并不作声，只是将目光放在了炉上煮茶的一缕气雾之上。

纪空手顿时意识到了自己的失态，在这一刻间，他似乎犯了一个错误，忘记了在他与刘邦之间，只存在着交易，而不存在其他的任何关系！

“我忘了一点，汉王既然开出宝藏的一半作为代价，所换取的东西自然也是价值不菲。因为在我的印象中，你就像是一个精明的商人，从来不做亏本的生意。”纪空手冷静下来道。

“你这一句话不知是褒赞本王呢，还是在贬低本王？不过这都无关紧要，因为你至少说明了一个事实，那就是本王的确有一件非常重要的事情有求于二位。”刘邦一脸肃然。

“请说吧，你有漫天要价的权利，我们也有就地还钱的自由，只要价位合适，就可以把这桩买卖谈成。”说到这里，连纪空手自己也觉得好笑，因为此刻的他十足是一副商人口吻。

刘邦的脸上丝毫没有一丝玩笑的成分，缓缓而道：“本王刚才说过，就算有韩信与本王形成两面夹击的态势，我们对付项羽最多也不过六成胜算。六成的胜算，对于一些冒险者来说，是完全足够了，但在本王的眼里，如果没有八成把握，本王根本就不会轻举妄动，因为站在你我面前的，是不可一世的强者，他迄今为止，依然保持着不败的记录！”

“从古至今，像拥有这种记录的人，无疑都是军事作战方面的天才，不过我想，他真的会像传说中的那么厉害吗？”纪空手与项羽虽然只见过一次面，但就是那一次，他被项羽害得九死一生，逃亡天涯，从而也让他认识到在项羽的身上，存在着一种非常严重的人格缺陷。

“本王知道你与项羽之间的恩怨，但抛开成见，你不得不承认，项羽无论从哪一个方面来看，都是当今最优秀的一个人物，要想击败他，实在不是一件容易的事情。”刘邦微微一叹。

“所以你希望我们也加入到你们的行列中，以增加这两成的胜算？”纪空手道。

“如果你们加入，又岂止是两成胜算？本王可以断定，项羽是必败无疑！可惜这只是一个幻想，是根本就不可能实现的愿望。因为你们与本王只是为了一时的利益才走到一起，最终我们之间还是会决裂、对立，成为真正的敌人。所以本王所求，是希望你们可以帮助本王完成一系列的刺杀。”刘邦终于说出了他的真正目的。

“一系列的刺杀？”纪空手倒吸了一口冷气，道，“杀谁？”

“本王手中有一份名单，上面列有三十七人的姓名，这些人都是项羽各路大军的统帅以及深受项羽器重之人，只要你们能在两年内将他们之中的大部分人除去，两年之后，本王便可兵发三秦，与项羽决一死战！”刘邦极是自信地道。

纪空手接过名单，与五音先生相视一眼，道：“这些人既是身居高位，必然戒备森严，无论是向哪一个人下手，我们都不可避免地会付出一定的代价。”

“本王知道，所以本王才会决定将登龙图中的宝藏与你们共同分享。”刘邦的脸上闪过一丝忧伤的神情，“假如卫三公子不死，问天楼的雄风犹在，本王又何必有求于人呢？”

他说的是实情，在卫三公子的时代，问天楼在江湖中的势力实在是非常庞大，高手如云，加上有凤、申、成、宁四大家族尽心辅佐，是当时风头最劲的力量之一，但是自卫三公子死后，问天楼便逐步走向没落，虽然刘邦的声势日渐壮大，但问天楼往日那种傲视江湖的风光再也不见，成为了刘邦称霸天下的一个致命缺陷。

没有绝顶的高手，没有一流的武者，纵然拥兵百万，又怎能最终问鼎天下？毕竟这是乱世，是强者才可居之的天下。

也许刘邦正是看到了自己的弱点，所以才想到了用登龙图的宝藏来诱惑纪空手出手。只要纪空手答应了这个计划，他就可以静观其变，借用纪空手来削弱项羽的实力，然后反之用项羽的力量来削弱纪空手的实力，等到两败俱伤时，他就可以出手收拾残局，从而一统天下。

这无疑是一石三鸟之计，既削弱了两大强敌的实力，又保存了自己的有生力量，而自己付出的，只是一些登龙图中原不属于自己的财物。这个计划一旦实行，岂非是非常完美的策划？

刘邦得意之际，一双眼睛紧紧地盯在纪空手的脸上，似乎很想看到纪空手的反应。他忽然有一种预感，那就是纪空手未必会答应他的计划，因为无论是纪空手，还是五音先生，他们都是绝顶聪明之人，也许可以看破他的用心所在。

但是沉默半晌之后，纪空手说了一句话，差点没让刘邦的心从嗓子眼里跳出来。

“我想知道的是，我们实施这一连串的刺杀行动需要两年的时间，那么那批宝藏是不是也要在两年之后才分给我们呢?”

刘邦努力稳住自己的情绪，深深地看了纪空手一眼，道：“不，为了表示本王的诚意，宝藏取出之后，你我一人一半。直到宝藏到了你的手中后，你再开始履行这个义务。”

“难道你不怕我得到宝藏之后又反悔吗?”纪空手笑了，笑得非常古怪。

刘邦也笑了，道：“你堂堂纪少又怎会是不守信用的小人？就算本王不相信你，也应该对五音先生的金字招牌充满信心，否则的话，本王也不会发函相邀了。”

他缓缓地站将起来，拍拍掌，只见一排美女侍婢从厅外鱼贯而入。

“现在时辰也不早了，几位远道而来，还是用膳洗澡，好生歇息吧。明日一早，本王就带你们一起去见识一下当年始皇留下的取宝之道。”刘邦微微一笑。

“汉王不准备与我共饮三杯吗?”纪空手笑道。

“不了，本王还有军务在身，恕不奉陪。”刘邦的人已走出厅外，抬头望天，便见漫天大雪，如鹅毛般飘洒一地，但在刘邦的心里，却丝毫没有感到一丝寒意，反而热血上涌，有一股莫名的兴奋。

望着刘邦远去的背影，五音先生冷笑一声，向“乐道三友”递了一个眼色。

“乐道三友”顿时会意，婉言谢绝了这群美女侍婢的侍候，然后各守一方，使大厅十丈之外不见人影。

偌大的一个厅堂之内，转瞬间便只剩下五音先生与纪空手翁婿相对。

“刘邦打的好算盘，这一石三鸟之计，也多亏他能想得出来。”纪空手早就看出了刘邦的用心所在，一直隐忍不发，直到这时才笑出声来。

“他以登龙图宝藏为饵，逼迫我们按他的计划行事，这一招的确不错，可惜的是他太小看我们的胃口了。”五音先生道。

“我们可是骰子里的至尊宝，一律通吃，哪里还会与他讲什么客气？”纪空手做了个掷骰子的动作，笑道。

“不过此次上庸之行，让我真正摸清了刘邦现在的实力。虽然他表面上已然封王，但在卫三公子与几大长老死后，他在顶尖高手的人员上出现了匮乏的现象，否则他也不会在无奈之下，相求于我们。而且为了取信我们，他甚至向我们吐露了不少机密，就是要向我们表明，他与我们现在属于盟友的关系。”五音先生若有所思，缓缓而道。

“那我们应该怎么办？难道真的要为他去行刺项羽身边的重要人物？”纪空手不由诧异地道。

“你不是答应了刘邦吗？”五音先生似笑非笑地道。

“我这只是缓兵之计，然后趁他放松警惕时，再施展妙手空空绝技，将登龙图重新拿到我的手里。”纪空手想都不想地道。

“既然如此，我们也不必在这些事情上多下功夫，不如就在今夜，将始皇留下的取宝之道盗走，然后开溜。”五音先生眼睛一眨。

纪空手笑道：“这岂不是让堂堂汉王偷鸡不成蚀把米吗？我们这么做，会不会太过分了？”笑过之后，他突然想到什么，摇摇头道，“可是我们并不知道这取宝之道的存放地点呀？”

五音先生微微一笑，道：“其实刘邦刚才的一句话已经泄露了天机，只要你用心去想，答案自然就会随之而现。”

纪空手沉吟半晌，还是不解：“他只说这存放地点就在城内，可上庸城这么大，我们要找到这么一件小玩意儿，岂不等同于大海捞针？”

五音先生道：“对于有心人来说，他这一句话已经足以让我们找到线索。你是一个聪明人，应该可以找到这个答案。”

他本来可以直接将答案告诉纪空手，但是想了一想之后，却没有这么做，因为一个领袖，如果对某一个人过于依赖的话，他就很难成为一个真正的领袖，甚至会沦为他所依赖的那个人的傀儡。五音先生当然不希望看到这样的结果。

所以他让纪空手独立思考问题，更希望纪空手单独支撑大局。对五音先生来说，一个老人，最好的归宿是在田园，在乡村，在风景别致的山水之间，而不是在生离死别、充满血腥与暴力的江湖。

纪空手理解五音先生的苦心，是以静下心来，开始思索。

过了半晌之后，他缓缓抬起头来，眼中闪出一丝喜悦："我明白了。这取宝之道既然是始皇当年遗留下来的，以他的性情与一贯的大手笔，多半会选择名山古刹，或是颇有名气的地方，而这种地方在上庸城里并没有几个，相信寻找起来并不困难。"

他顿了一顿，继续说道："这取宝之道既然是能否取出宝藏的关键，以刘邦小心谨慎的性格，自然不会掉以轻心，必会派出大量的人手加强警戒，以防万一。我们只要在这几个地方发现有戒备森严的情况，那么就可以找到取宝之道的真正藏匿地点了。"

五音先生拍了拍手，道："你说得一点都没错，现在我们所需要做的，就是吃饭、休息，天色一黑，我们就可以展开行动了。"

五音先生与纪空手率领"乐道三友"，在夜色的掩护下，来到了一片密林边缘。他们的目光所及之处，是不远处的一座依山而建的宏伟古刹。

"这是佛家的寺庙，专敬神佛，已有三四百年的历史。当年始皇题写寺名，为'大钟寺'，其缘由是因为这寺庙中自建寺以来，便有一尊千斤铜钟，号称'天下第一钟'。"五音先生似乎对大钟寺甚为熟悉，如数家珍般娓娓道来。

"看这里的防备如此森严，难道这取宝之道就在里面？"纪空手压低嗓门道。他人一到密林处，就感到了一股危机的存在，这种直觉的产生只能说明一个问题，那就是敌人已经潜藏在附近。

“应该如此，否则这只不过是一座寺庙而已，纵然有名，也不至于防范得这么紧张。”五音先生点点头道。

纪空手精神一振，道：“那我去了。”他早已经跃跃欲试，数月来，这取宝之道究竟如何，他琢磨得头昏脑涨，却依然毫无结果，是以强烈的好奇心让他难以按捺心情。

五音先生刚要开口，不知为什么，他的心头突然涌现出一股莫名的烦躁。心中一惊，暗道：“这可是从未有过的现象，难道它是向我预示着什么？”

在他看来，就算大钟寺此刻戒备森严，但没有一流好手的参与，纪空手此行依然可以算得上一次轻松之旅。之所以出现这种烦躁的现象，或许是因为自己过于关心纪空手的缘故吧？

五音先生自我宽慰了一下，这才叮嘱道：“一切小心，我们就在这里静候佳音。”

纪空手微微一笑，踏雪而去。

他的身形极快，身轻如燕，从雪地上掠过，根本不留痕迹，不过片刻工夫，他的人已闪入寺院墙边的一棵大树树冠之中。

便在这时，“当……”的一声，悠扬的钟声敲响，回荡于这宁静的雪夜之中。

纪空手放眼望去，不由暗暗叫苦。

原来大钟寺的规模之大，远远超出了他的想象。刚才在密林向这边望来时，由于寺院依山而建，大多建筑都深藏于林木之中，他无法窥得全貌。这时看来，却见寺内的殿宇楼阁紧密相连，竟有数十座之多，一时半刻，又怎能找到哪里才是存放取宝之道的地点呢？

不过这终究难不倒纪空手，他的心神一静，办法油然而出。

这个办法其实非常简单，那就是对人不对事，哪里人多，哪个地方的防范森严，他就将它视为目标。

有了主意之后，他迅速锁定了正前方的那座主殿。

主殿名为禹王殿，而此刻主殿的附近，不时有人影闪动，殿中更是灯火辉煌，幢幢人影斜映窗纸之上。

阵阵梵唱诵经之声由殿中传出。当时佛教并不普及，纪空手看在眼里，听在耳中，处处都有新鲜之感。

但他没有忘记自己此行的目的，人在树冠中，已寻思着如何在不露行踪之下靠近主殿。

大钟寺内的建筑构造都十分精美，以主殿为中心，从寺门到殿门之间形成中轴线，每一个建筑都以此为界，向两边铺建开来，显得非常整齐划一。

如此的建筑排列，最大的好处就是视野开阔，视线不易被阻挡，但对纪空手来说，却是一件棘手的事情，因为他从院墙出发，要悄无声息地穿过数十丈的距离到达主殿，这无疑增加了不小的难度。

不过幸好此时已是夜黑时分，加上沿途还有不少的大树，只要纪空手能够充分利用这些自然设置的掩体，做到神不知、鬼不觉地靠近主殿未必就没有可能。

在观察了四周的动静之后，纪空手决定行动。就在他做了一个深呼吸后，忽然间，他听到了一阵奇怪的风声。

隆冬时节，大雪之后，偶有寒风吹过，并不是一件值得大惊小怪的事情，但纪空手却感到了一丝诧异。

因为他的人也置身于这片空间，虽然听到了风声，但他却没有感受到，甚至他所在的那棵大树的枝叶都没有半点摇动。

这让他顿生警兆！

这种现象的出现，只有一种原因，这种风绝对不是自然风，而是人力为之，只有在人的身影快速移动中才有可能形成的一种空气流动。

纪空手的灵觉扩张出去，眼芒透过暗黑的虚空，审视着这看似宁静的一切。

果然不出所料，在相距他藏身之处的十丈之外，一条暗影飞掠而至，正贴伏在高墙上的一片琉璃瓦上。

纪空手的心里“咯噔”一下，因为他已看出，来者既不是五音先生，也不是"乐道三友"，身形如此诡异，也不可能是刘邦布下的高手。

"他是谁？难道他也是想打取宝之道的主意吗？"这是纪空手作出的第一个反应。他从来人的身形移动上，辨出此人的武功之高，似乎不在自己之下，放眼江湖，像这样的人物实在不多，应该可以查出对方的来历与背景。

但纪空手在自己的记忆中搜寻之后，依然对此人的身份有谜一样的感觉，因为他惊奇地发现，对方的轻功身法看似有中土武功的味道，却在某种细节上带出一种域外武学的风格。

这不得不让纪空手更加小心，在未知来人是敌是友之前，他现在唯一可做的，只有等待。

等他静下心来，使自己的感官处于灵动状态时，才惊奇地发现，幸亏自己没有妄动，在通往主殿的每条路线上，他都感受到了那渗入虚空、淡若无形的杀机。

这些杀气时隐时现，分布于寺院的林木之间，待到纪空手准备寻找这些气息的来源时，在刹那之间，杀气仿佛又内敛起来，就像是从来没有存在过这些气息一般，几让纪空手怀疑自己产生了错觉。

这当然不会是自己的错觉，纪空手非常明白这一点，他是如此清晰地捕捉到这种气息，当然更相信自己的直觉。

刹那间，纪空手意识到今夜之行，并非如自己想象的那么简单。

他的目光紧紧地锁定住那十丈之外的身影，似乎更希望这条身影能很快地行动起来。不管对方是敌是友，在自己的身边突然冒出一个不速之客，对任何人来说都是一种威胁。

但是那条身影的忍耐性似乎很好，贴伏于高墙红瓦上，就像一只蛰伏多时的壁虎，始终一动不动。

"照这样等下去，只怕今晚要空手而回了。"纪空手的心里生出一股焦躁，对他来说，今晚无疑是最后的机会，一旦错失，那么要得到登龙图的宝藏就要大费周折，甚至还极有可能要接受刘邦的合作条件，这种情况当然不是纪空手愿意看到的。

正当他心中暗自踌躇之际，突然间灵光一现：“只有打草，才能惊蛇，他不想动，我何不吓他一吓，让他动起来？”

思及此处，他不再犹豫，伸手握住一小段枯枝，运力一震，取在手上，然后将枯枝若飞刀般拈在手指间，突然出手。

“哧……”一声近似蚊虫嗡鸣般的轻响，伴着枯枝蹿入虚空，虽然枯枝上的劲力不大，但有一股回旋之力，不断地改变着前行的方向，向那人的身影疾射过去。

纪空手如此为之，只是不想暴露自己的藏身之处。

那人陡然一惊，身形如脱兔般掠起，迅速向高墙处没去。身形起动的风声顿时吸引了寺院中伏兵的注意，弓弦骤响，十数支暗箭同时自暗处射出，飞向了高墙响动之处。

同时从几棵大树上蹿出十数道人影，手挥寒芒，飞掠追出。

纪空手看在眼中，心中暗笑：“这位仁兄，实在对不住，既然你无聊到趴在墙头打瞌睡，小弟只好给你找点事做了。”

他在弓响人动的同时，整个人已如箭芒射出，腾跃几下，人已掠到了主殿侧面的一根巨柱之上，手脚并用，产生出一股吸力，如壁虎般贴附在柱头暗影中。

在暗处向殿内灯火处望去，只见里面有数十个明晃晃的光头，摇头晃脑，诵经嚼文，正是寺内的和尚做着晚课。

而在殿门处站着一排面无表情、身穿绵甲的战将，足有二三十人之多，无疑是刘邦派来守护取宝之道的高手。

纪空手凝神倾听，从这些人的呼吸之间已然听出对方的功力虽然不错，但要真正打斗起来，自己未必会输。

然而他却没有兴起硬闯的念头，这倒不是他惧怕寺中另有高手，而是他身为盗神丁衡的朋友，如果不施展几手盗技，又怎对得起丁衡的教诲？

既起盗心，但目标何在？

纪空手仔细观察了半晌，却无法确定这取宝之道究竟会藏匿在主殿的何处。

主殿内除了禹王神像与几尊大小铜像之外，最有可能藏匿取宝之道的，就只有那座形似小山、重逾千钧的大铜钟。只是那座铜钟不是悬在梁上，供人敲打，而是扣在基石之上，灯火所照，它的表面上泛出黄灿灿的铜光。

纪空手眼芒暴射，透过虚空，目力增强数倍，便见那铜钟之上，雕刻了不少图案，每一个图案的故事都与大禹治水有关，想来此钟乃是后人为纪念大禹的治水功绩而募资合铸的。

纪空手心中一动："难道说取宝之道并不是装在哪个盒中收藏，而只是一段文字，被人刻在大钟的内层？"

达是极有可能的一个判断，也合乎始皇的行事作风。但如果这是一个事实，那么对纪空手来说，无疑是一件近乎不可能完成的苦差事。

因为他不可能将这千斤大钟自众目睽睽之下盗出，更不可能背负这千斤大钟逃出上庸城。正当他寻思对策时，突然听到脚下有两人的脚步声传来，一前一后，到了柱下。

"卞将军，刚才那贼人的身手极为了得，我们这么多人围他一个，还是让他跑得无影无踪，看来今夜虽是最后一夜，恐怕不会风平浪静吧？"一人压低嗓门，与那位卞将军聊了起来。

"不管怎样，千万不要在我们值夜的时辰里出事。我随汉王也有些年头了，深知他的为人，看他对这大铜钟如此看重，必是内藏玄机，若是出了纰漏，只怕你我会吃不了兜着走。"那位被称作"卞将军"的人道。

纪空手在他们的头顶之上听得仔细，心中一动："这么说来，取宝之道真的在铜钟之内了。"当下收敛内息，丝毫不敢动弹。

"照我猜想，汉王此次上庸之行绝不简单，自来上庸，已有数月……"那首先说话之人正待继续说下去，却被卞将军打断："万县令，你我难得投缘，有一句话不知当讲不当讲？"

那万县令见他这般慎重，倒吓了一跳，道："但说无妨，但说无妨。"

"所谓为官之道，揣摩上意固然重要，但尺度的把握却是关键，你我同为汉王属下的臣子，有些话当讲则讲，不当讲就得紧咬牙关，万一有什么不妥的话传到汉王耳中，丢官事小，只怕性命难保。我跟汉王这些年，看到的这一幕实在不少。”卞将军拍了拍他的肩头，显得很是热络。

万县令的脸色一连数变，感谢道：“多谢卞将军提醒，等到此间事了，我请卞将军到五香斋共谋一醉。”

卞将军见他如此识趣，知道又有钱财要进腰包，很是高兴。

纪空手待两人回到殿内，悄悄从柱上滑将下来，贴伏于窗棂前。

他算计着从此处入殿到大钟的距离，看好了这条路线上的大致摆设，然后细数这大殿中的每一处烛火。

“共有三十八处光源，要想在顷刻间将之挥灭，唯有用飞刀一试。”纪空手对自己手中的飞刀一向自信，取刀在手，心里默念着每一处火烛的位置，确定了飞刀出手后在空中运行的路线。

他的心已静如止水，任体内的真气自然流动，积聚指间。

要想凭一刀在顷刻间挥灭三十八根位置不同、高度各异的火烛，这近乎是不可能完成的事情。纪空手就算再有信心，也纯属妄想，不可实现。

但纪空手还是决定试上一试。

因为他出刀的路线，根本不是沿烛火排列的路线，而是取这些烛火分布位置的中轴线。他要借陡然爆发的劲力，随刀势而生风，以刮灭火烛。

饶是如此，这一刀的难度也到了惊人的地步，稍有丝毫差错，唯有失败一途。

不自觉间，纪空手的额上鼻间已有冷汗渗出。

“先生，你认为纪公子真的有把握将取宝之道盗出吗?”看着纪空手消失于雪夜中的背影，“乐道三友”中的弄箫书生道。

“难道你不看好他?”五音先生略显诧异，回过头来看了弄箫书生一眼。

“我不是对纪公子没有信心，只是心中总有一种不祥的预感，觉得事情不会这么简单。”弄箫书生恭声答道。他与执琴者、弹筝女投身五音先生门下已有整整三十载，一向对五音先生敬若神明。

“说下去。”五音先生似乎对弄箫书生的话题颇感兴趣。在他的眼中，弄箫书生并不是一个喜欢多嘴的人，甚至有几分木讷，但正因如此，五音先生才相信一个惜字如金的人若要开口，必然有其独到的见解。

弄箫书生看了五音先生一眼，迟疑片刻道："以刘邦的为人，取宝之道既然对他这么重要，他不会不对它采取非常严密的防护措施，而且他也知道纪公子与盗神渊源极深，又怎会轻易将取宝之道放于明处，让纪公子去偷呢?"

五音先生眼睛一亮，道："你的意思是说，取宝之道根本不在大钟寺?刘邦之所以这么做，只是故意以此吸引我们的注意力?"

"我只是有这个疑惑而已。"弄箫书生似乎对自己的猜测没有十足的信心，吞吞吐吐地道，"刘邦为人奸诈，又在先生与纪公子的手上吃过大亏，他绝对会想到我们的这一步棋。"

五音先生拍了拍他的肩，道："多谢你提醒了我。"他表面上极是平静，其实心中已经认同了弄箫书生的怀疑。

他曾经也想到过这个问题，只是刘邦在见面时表现得极有诚意，甚至连一些不为人知的机密也和盘托出，这反而打消了他对刘邦的猜疑。

现在想来，防人之心不可无，他的确有些大意了。不过，五音先生虽然觉得自己今夜的行动略显冒失，但并不认为就有凶险。

这种判断是基于他对刘邦现存实力的分析得来的，无论刘邦有怎样的图谋，布下怎样的杀局，他都没有实力去完成它。

这就叫作心有余而力不足。

五音先生沉吟半晌，脸上微微露出一丝笑意，心中暗道："对付你刘邦这种奸诈之人，我又何必和你讲情重义?总而言之，对登龙图宝藏我们是势在必得！就算今夜暗偷不成，到了明天，我们就公然明抢，看你能奈我何?"

他拿定主意，整个人霎时轻松了许多。就在这时，从大钟寺方向传来一阵急促的脚步声，一条黑影在雪地林木间飞窜而逃，身后不远处，紧紧跟着十来条黑影。

五音先生心中一惊，定睛望去，却见逃者不是纪空手，而是另有其人。此人武功之高，似乎不在纪空手之下，身法极快，迅速向另一片密林隐去。

“此人是谁？他难道也想打取宝之道的主意？”五音先生十分诧异，仿佛没有想到今夜大钟寺之行，除了自己外，还另有他人。

他只觉得这人奔掠之中所用的武功心法似有种相熟之感，但一时半刻却又想不起来在哪里见过。

五音先生摇了摇头，忽然间，他发现自己所处的这片密林极静，静得针落可闻。

这是一种从未有过的感觉，仿佛处在一个真空地带，不闻人声，不闻虫爬蚁鸣，更无风声，甚至让人感觉不到空气的流动，就像是突然之间从一个时空跳入了另一个时空，进入一个静默的世界。

五音先生心中一惊，陡然间听到了自己粗重的呼吸声，甚至听到了自己的心跳声。他的手心里渗出一丝冷汗，似乎感受到了空气中那至强至大的压力。

他的心里“咯噔”一下，发现自己置身于敌人的重重包围之中。

事态的发展显然超出了他的想象，虽然敌人尚在百步之外，但五音先生从林木间弥漫的若有若无的杀气中感到了对手的强大。

“敌人是谁？”五音先生的第一个反应就是想到了刘邦，因为只有刘邦，才有可能在这大钟寺外布下杀局。

事实上，只要刘邦拥有杀死五音先生与纪空手的实力，他就完全没有必要再去仰仗这两人的力量来对付项羽。因为刘邦肯定知道，纪空手才是一头真正的猛虎，能够早一日将之除掉，那他争霸天下的把握就会增加一分。

但是，刘邦哪里来的这种实力？出现在这密林中的数十高手，个个都有擒龙缚虎之能，其实力甚至超过了盛名时期的问天楼。

五音先生的心里出现了少有的困惑。

不过，无论对手是谁，无论对手有多么强大，他都怡然不惧。

因为他是当世江湖五霸之一，从不言败的五音先生！

更何况，在他的身后，还有战意勃发的“乐道三友”。

有了这样的四个人，试问天下，有谁敢与之争锋？

是以五音先生的脸上陡然而生一股豪情，他的眼芒暴射，透过这暗黑的夜空，望向那密林的深处。

林间深处，有人走出，无声、无息，就如一个无主的幽灵，从雪上滑过，竟然不着一丝痕迹。

随着来人涌现的，是一股淡淡的杀气，无形却有质，使得这片偌大的密林压力陡增，空气如一潭死水，不再流动，变得沉闷至极。

五音先生的眉锋一跳，感到来者虽然只是一步一步向前滑动，却如一道伟岸的山梁将倾，那种咄咄逼人的气势，几乎可以让人窒息。

五音先生情不自禁地深深吸了一口气，他已经很久没有这种感觉了。在他的记忆中，这种感觉在霸上城外的峡谷中，当他与卫三公子对峙而立时，出现过一次；在咸阳的那个小湖湖畔，当他面对不可一世的赵高时，也出现过一次。而现在，他再一次清晰地感受到了这种迫人的气势。

这让他为之震惊，只能说明，来者的武功之高，根本不在卫三公子、赵高这等超一流的好手之下。

江湖上公认，“楼、阁、亭、斋、榭”是五大豪门，而五大豪门的主人，无疑就是当今江湖上公认的绝顶高手，但五音先生始终认为，江湖之大，深不可测，能够有实力与五大豪门主人相抗衡的，虽然寥寥无几，却也未必没有。

而眼前的这位，无疑就是其中之一。

虽然在黑暗之中，五音先生根本看不清楚来者的面容，但是透过地上雪光的反射，依稀还是可以看到来人的一些轮廓。当五音先生的眼芒锁定这条黑影时，突然间，他的鼻间冒出了丝丝冷汗。

他绝不怕来人的武功有多高，也不怕来人的气势有多强，但不知为什么，他的心里生出了一种不可思议的感觉。

这种感觉之所以让五音先生感到不可思议，是因为他发现这条黑影像极了一个人，一个根本不可能出现在人世间的人！

这种人通常指的都是死人，而死人是绝对不会起死回生的，可是当五音先生看到这条黑影的时候，他已经开始怀疑这种结论。

因为这条黑影像极了卫三公子，也许，他本来就是!

五音先生心中的惊骇无可形容，他的手心紧握，已经放在了腰间的羽角木之上。

“羽、角”乃是音律之名，五音先生喜好音律，是以自创出一种乐器，乃是用雪山千年寒木制成，取名羽角木。这种木质之硬，可比玄铁，被五音先生视作至爱神兵，只是现世以来，从未一用。而今他的手却放在其上，由此可见，来者的出现令五音先生感到了前所未有的震惊，甚至是恐惧。

难道说这个世界上真的有鬼魂索命一说？如果没有，这眼前的诡异又如何解释？

但是五音先生就是五音先生，一惊之后，蓦然大笑起来。

“你是何人？竟敢在老夫面前装神弄鬼!”五音先生沉声喝道。

来者已在五音先生身前十丈处站定，沉默良久，方才冷冷地道：“我从不装神弄鬼，因为我是卫三!”

“你还说你不是装神弄鬼，卫三公子早已自杀而亡，你又是从哪里冒出来的，竟敢自称卫三？”五音先生的心神已定，静若止水。对他来说，无论对方是真是假，都绝对是自己的一大劲敌，稍有不慎，自己的一世英名便会毁于一旦。

“卫三公子的确死了，但卫三少爷还在，我本就是卫三公子的一个影子，他若不死，卫三少爷就不会现身于江湖。”卫三少爷冷漠地道，口气中不带一丝感情。

“你是卫三公子的影子？”五音先生有些疑惑，因为这卫三少爷的长相比之卫三公子，简直如出一辙，几可乱真，这不由得让人联想到这二人之间的关系。

“你感到奇怪吗？其实一点都不怪，因为我和他本就是一对孪生兄弟，又凑巧生在了问天楼卫家。”卫三少爷的话中似乎透出了一丝伤感。

“这是万幸呢，还是大不幸？”五音先生显然感到了卫三少爷这种过于冷静的可怕，是以一经捕捉到他情绪上的些微变化，旋即加以利用。

但是，他失望了，因为卫三少爷的回答就像是一个掉线的木偶，理智得如设计好的程序。

“无所谓幸与不幸，这只是命，上天注定的命运。”卫三少爷淡淡地道，“不过影子使是我们问天楼的传统，我并不是第一个做影子的人。”

他如寒冰般的眼芒从五音先生的脸上移动了半尺，望向他身后深邃无限的苍穹，喃喃接着道：“卫家的子孙一生下来，就注定了不能如常人一般生活。”

五音先生的心中一颤，幽然叹道：“这种恶梦我也有过，或许这就是每一个生在豪门的男儿必须承受的压力吧。”

“但是——”卫三少爷的脸上依然一片死色，但眼神中闪出一丝悲愤，“你与卫三公子的痛苦仅限于此，而对我来说，噩梦仅仅才开始。我记得在我十三岁那年，当我学艺有成之际，家父将我叫到身边道，‘你既然是我的儿子，就必须要作出牺牲。’我惊问道，‘为什么？’家父道，‘不为什么，因为家族需要你作出牺牲。’他沉默了一会儿，才最终告诉我，问天楼既然是五大豪门，又是卫国复兴的希望，就必须要有一种全面的运行机制，以作应急之需。而这个计划，就是要我在问天楼之外另行建立起一个组织，隐身于问天楼之后，当问天楼出现危机的时候，我就将挺身而出，收拾残局。”

“那要是问天楼一直正常地运行下去呢？”五音先生心中一惊，显然没有料到问天楼处心积虑，还暗藏了这么一手。以他知音亭如此广博的情报网，尚且对这个隐形组织一无所知，可见其保密的程度，的确到了让人吃惊的地步。

卫三少爷淡淡地道：“这也是家父之所以要我作出牺牲的地方。假如问天楼运行正常，我就只能永远等待下去，默默无闻，终老此生。而且我这一生，都得为可能出现的那一时刻准备着，不能有任何的懈怠。当卫三公子在江湖上享受盛名与荣耀的时候，我却只能躲在他的身后，去品味那份苦守的孤独与寂寞。”

“所以你才会说，你是卫三公子的影子?”五音先生道。

卫三少爷沉默半晌，悠然道：“不过，老天总算待我不薄。它也许看到了我的努力，所以就让卫三公子死去，给了我这么一个出头的机会，让我站到了当世第一流的武者面前。”

五音先生笑了，虽然卫三少爷的出现不仅突然，而且可怕，但是五音先生却怡然不惧，因为在他的身上，始终有一股傲视天下的豪气，更有一份对自己武功的强大自信。

“即使你站到了老夫的面前，也未必就有把握能赢得了我。”五音先生脸上多出了一丝不屑之色。

“我从来就没有狂妄到想凭一人之力就将先生拿下的地步!”卫三少爷终于第一次露出了笑脸，只是面部肌肉僵硬，十分狰狞难看，又道，“在我的身后，是从来无名却实力非凡的影子军团，他们中的每一个人也许你从来没有听说过其名，但只要他们出手，你就很难忘记他们，因为他们的武功不仅高强，更有一种无畏的精神与挑战王者的勇气!”

他拍了拍掌，只见整个密林的四周，顿时在无声无息之中冒出了数十个犹如幽灵般的人影。他们也许专门修炼过一种近似龟息的呼吸之法，是以连五音先生这样的高手尚且一无察觉，但正因为如此，他们才是名符其实的影子。

杀气如这些影子般时隐时现，直到这时，五音先生才感到心头多出了一股让人难以忽略的压力。

不过，他只感到了压力，依然不见恐惧，他还有“乐道三友”这些忠诚的战士可用于一战。

第五十章　夺钟之战

纪空手没有出手。

之所以没有出手，是在等待着一个最佳的出手时机。

他始终认为，高手与庸手的区别最重要的一点，就在于时机的把握上，一个好的出手时机，可以让你平添三分威力。

幸好这种等待并不需要太长的时间。

“叮……叮……叮……”

殿外传来三声清脆悠长的磬响，传入主殿，念经声倏然而止，殿内的和尚开始鱼贯而出。

就在这时，纪空手出手了！

他的飞刀振出，发出一声刺耳的厉啸，破窗而入，按着他事先设定的路线如电芒般行进。

“呼……”刀破入虚空之中，带动起一股强势的气流，向两边的烛火疾射而去……

“噗噗……”之声瞬间响起，刀风过处，烛火俱灭，主殿顿时变成了一个暗黑世界。

“呀……”修行再好的和尚，也不可能抵受这突变带来的惊吓，早已乱嚷起来，脚步纷沓，再也没有了先前诵经时的那份从容。

“大家不要乱，守住大钟，不要让敌人有机可乘。”殿中传来那位卞将军的声音，临危不乱，颇具大将风范，可惜的是，他的反应还是太迟了一些。

纪空手就在飞刀出手的刹那，整个人亦如箭矢飙前，朝大铜钟的方位疾扑过去。

他已经算准殿中人从熄灯之时再到燃灯，最快也需要十息的时间，这个时间虽然短暂，但对他来说，已经足够。

当他的身体滑翔于虚空之时，不由得不为自己这漂亮的布局感到得意，主殿中虽然也有几位不俗的高手，但在这混乱的黑暗当中，谁又能想到有人正在浑水摸鱼？

他甚至觉得，这一切似乎来得太容易了，并非他想象中的那般困难。

纪空手扑到大铜钟前，没有丝毫的犹豫，手臂鼓出一股大劲，震破钟沿下的一块石板，然后从缝隙中插入手掌，稳稳地将大钟托住。

入手处已能感到千斤坠力的存在，若换在以前，纪空手绝对不相信凭一人之力就可将这千斤重物移开，但此刻的纪空手，对自己的补天石异力充满了无比的自信。

当真气在大小周天瞬间运行一周之后，纪空手明显地感到了手上的力度在加强，然后深深地吸了一口气，全身的劲力陡然在掌中爆发。

千斤铜钟随之而起，随着掌力的上托，已经裂开了一道尺高的缝隙。

一寸、两寸、三寸……

千斤铜钟已然倾斜，倒扣的钟口正一点一点地随之显现。

一声佛号伴着衣袂拂动之声，在纪空手的身后蓦然响起，两道惊人的杀气如狂飙般飞速扑来。

这两股杀气来得如此突然，事前毫无征兆，简直出乎纪空手的意料之外。

他在未入主殿之前，就对主殿中的守将发出的气息有所了解，并未发现可以对他构成威胁的高手藏身其中，但是出于一时的疏忽，他漏过了对殿中那些诵经和尚的注意。

正因如此，当这两股杀气迫来之时，纪空手双手托钟，面临两难选择。

要么放弃，要么拼着硬受敌人劲力的风险，掀开铜钟，夺走取宝之道。这两种选择都非上上之策，但纪空手必须在瞬间作出自己的决断。

在这一刹那间，纪空手的心里陡然生出了一种怪异的感觉。

这种感觉，近似于直觉，是他的功力在达到某种层次之后自然流露出来的对危险的敏感度。纪空手的心中立生烦躁。

他几乎可以认定，自己正陷入一个精心布置的杀局之中，虽然身后的杀气来势汹汹，但真正的杀机似乎不在他的身后。

他无法寻找到这股杀机的来源，这只是他的一种直觉，甚至无法判断出这股杀机的大致方位。他只知道，这股杀机就像是一条蛰伏洞中的毒蛇，不动则已，一动致命，这已让他陷入被动。

纪空手只能深吸一口气，让异力在充盈的状态下遍游全身，使得全身的肌体完全处于最佳的应战状态中，以防突变。

“哧……哧……”两道剑气已然强行挤入了纪空手布下的七尺气场之中，这般迅疾的剑势，留给纪空手作出决断的时间已然不多。

在这紧要关头，纪空手大喝一声，劲力如洪流爆发，蓦然掀开了千斤铜钟。

同时他的人以飞箭之势射向钟口所覆盖的地面。

“叮……叮……”两声清脆的声响，是剑触及钟面传出的声音，纪空手躲过身后双剑的袭击后，手如鹰爪般抓向了铜钟所罩的地面。

没有！什么都没有，甚至连灰尘都没有！

纪空手心中倏然一惊，就在这时，他的头顶上突然有空气异动。

一股至寒至烈的剑气竟然来自于铜钟之内，当这股剑气漫入虚空时，连纪空手的心里也产生出一股莫名的悸动。

这才是真正的杀局！也是敌人布下这个杀局的关键所在。如果他们要杀的人不是纪空手，也许他们真能成功。

可惜，他们遇上的是纪空手！

纪空手的武功与智慧已经渐渐被世人所知，但他在危险面前表现出来的机变之术，远比他的武功与智慧更具说服力。虽然这一剑的确突然、精确，几乎达到了刺杀的极致，但纪空手的反应之快，肯定出乎了所有人的意料。

因为他在敌人出剑之前，已经预知了危机，而这一切全拜他抓向地面的手竟然不沾一尘所赐。

这只是一个微不足道的小细节，很多人甚至会将它忽略不计。但纪空手却正是从这个小细节中，看出了一个可以决定生死的问题。

千斤铜钟倒扣于地已有多年，就算它不是积满灰尘，也不至于干净到一点灰尘都不存在。但事实上正与此相反，那么就只能说明一个问题，这铜钟并非一成不变地静扣于此！在此之前，已有人来过，否则钟底绝不会如此干净！

联想到曾经出现在自己意识中的那股杀机，加上这意外的发现，纪空手得到的第一反应就是，真正的杀机隐藏在这大铜钟下！

所以他抢在敌人之前作出了应对之策，身子突然悬空，沿着开口的铜钟边沿滑转一圈，来到了铜钟之后。

他这么做，只是躲过了来自大钟之内的绝杀，并不意味着他就安全了。事实上，他的人一出铜钟，铜钟之外的那两股杀气已如毒蛇般紧紧相随。

直到这时，纪空手才明白自己落入了刘邦设下的圈套之中，因为这三个刺杀者的身手之好，绝非是想象中的弱手，而且他们之间的配合非常默契，显然是一次经过精心策划的行动。

“上当了!”纪空手的心里不得不承认自己又被刘邦骗了一回。照理说，吃一堑长一智，以纪空手的聪明，应该可以避免此类事情的发生，但是这一次刘邦的演技实在逼真，加上这取宝之道对纪空手实在是太重要了，以至于一时不察，落入陷阱。

在纪空手看来，以刘邦现在手上的这点实力，根本无法与他们抗衡，正因为有了这种轻敌的思想，才使刘邦的阴谋得逞。

此刻纪空手心如明镜，已经洞察了刘邦的用心所在，对方就是以取宝之道作饵，然后将自己与五音先生置于死地！

想到这里，纪空手再不犹豫，“锵……”的一声，拔出了久未出鞘的离别刀。

刀已在手，寒芒乍现，主殿上仿佛多出了一股惊人的压力，充斥着每一寸空间。

“呼……”纪空手以最快的速度出手，截住了迎面而来的两道剑锋，一振之下，将敌人逼退数步。

他这一刀几尽全力，是以敌人连退数步之后，一时间竟没有再扑上，显是被纪空手悍勇的刀气迫得气血翻涌，心神不定。

主殿中出现了刹那间的宁静。

就连藏身铜钟之内的那名杀手也悄无声息，企图藏于暗处，再寻良机。

“嚓嚓嚓……”几声火石撞击，烛火重新点燃，纪空手环目一看，不由色变。

只见殿内殿外，已经设下了三层包围圈，最靠近自己的一层，当然是这三位配合默契、出手无情的杀手；其次一层，则是刚才还在诵经的数十名和尚。当他们放下木鱼，亮出兵刃的时候，没有人会感到滑稽，反而觉得他们本就是超度别人的大师，唯一不同的是，真正的和尚是超度人上天堂，而他们是超度人下地狱。

这数十名和尚看似随意而站，其实摆下的却是一个无天阵。这种阵法适用于小规模的战争接触，后来在江湖有识之士的慧眼下，加以改良，变成了当今江湖七大阵法之一。此阵防守严密，一经发动，难以被人突破，只是在攻击方面，略有不足。

但这种弱点并非不可弥补，刘邦显然预见到了这个问题，是以第三层包围圈他布下的是一排弓弩手，这些弓弩手不仅射术精湛，经验丰富，而且体内都有不凡的真力，用之于射术之上，无疑大增威力。

而纪空手一人站在主殿的中心，赫然已成为众人的目标。不过，他很快从震惊中平静下来，长刀在手，怡然不惧！环境越是凶险，反而越能激发他的斗志与勇气。

这种人也许是这个世界的另类，他似乎早已超出了人类的范畴，但正因为这个世界上有了这一类人，才使得整个世界变得精彩绝伦，变得激情四射。而这一类人，通常就是人类所下定义中的英雄。

英雄与常人最大的不同，就在于他来自于常人，却超越于常人，只要需要，他可以随时发挥出体内的潜能，做出一些常人永远无法企及的事情。

纪空手似乎正是这一类人，所以他的脸上没有任何的惊慌，也没有任何的恐惧，就在敌人惊诧莫名之时，他却笑了。

他笑了，脸上泛出一丝淡淡的笑意，带出一种不屑的神情。没有人知道纪空手何以会笑，何以在这种险境中还有心情发笑，但每一个人见到他的笑容之后，都会为他的自信与勇气所震撼，一时之间，竟然没有人敢跨前一步。

对纪空手来说，事已至此，无可畏惧，只有做到真正的无畏，他才有机会突破重围。假如畏手畏脚，今日的大钟寺，就是他的葬身之地。

他很清楚这一点，所以用藐视的目光去看待眼前的敌人，而他手中的离别刀，正一点一点地横移胸前……

“世人都说，淮阴的纪空手绝顶聪明，如今看来，倒有几分夸大之词，真是见面不如闻名啊!”最靠前的那位杀手突然开口，声音之冷，就像是地上的残冰碎雪。

纪空手依然静立，淡淡一笑，道：“何以见得?”

“你若是真的聪明，就应该放下手中的刀，乖乖束手就擒。只有那些愚笨之人，才会相信凭自己一把快刀就能闯出这大钟寺去。”那人哈哈一笑，似乎有几分得意。

“阁下贵姓？大名如何称呼?”纪空手并不着恼，而是非常有礼地问道。

“在下姓卫，别人都叫我卫十九。只要你放下刀来，我卫十九保证可以让你捡回一条小命。”这卫十九出口便打包票，一看就知是个说惯大话的角色。

“原来是卫十九，久仰，久仰。”纪空手的脸上露出一丝古怪的笑意，道，“虽是久仰，却是头回见面，久仰你一向胡侃大气，今日见面，始知闻名不如见面。”

此话一出，殿中有人忍俊不禁，笑出声来。

卫十九显然吃了一惊，不由重新打量起纪空手来。他很难相信，当一个人陷入绝境时，居然还能保持调侃说笑的心情，这简直让人不可理喻！通常出现这种情况，不是纪空手疯了，就是他另有所恃。

想到这里，卫十九看了看四周，不禁摇了摇头，然后与卫十七、卫十五交换了一个眼神，脚步移动间，形成三角进攻之势。

“你马上会发现，这一切并不好笑。”卫十九狠狠地瞪了纪空手一眼。

纪空手却没有回答，对方脚步的移动，让他的眼中明显多出了一丝诧异。

他虽然不知卫十九究竟是何许人，但据他所猜，想必与问天楼有所联系。这些人与问天楼是怎样的一层关系，这似乎并不重要，可怕的是他们采取的三角进攻的确是攻防之道中非常难防的战术之一。

以三角为支撑点，攻防互换，互补遗缺，其效力如何，少有人知道，但只要是稍懂土木知识的人都明白，三角是最有效的平衡之道。

纪空手不是车侯，不是土行，所以他不知道三角在土木中的妙用，但他作为一个武者，一眼就看出了卫十九三人采取的战术非常之可怕。

在五音先生的眼中，“乐道三友”无疑是最忠诚的战士，他们中的每一个人都有开山立派的实力，比及江湖中的一些宗师级人物，也毫不逊色。可是他们却没有为声名所惑，而是甘心默默无闻，躲在五音先生之后，为自己的理想和信仰而奋斗。

当这些影子从林木中晃悠而出时，“乐道三友”无不一惊，他们的手已经按在了自己所用的兵器之上，只等五音先生一声令下，他们就将展开一场无情的杀戮。

但五音先生却没有出声，没有任何动作，只是将自己如电般锐利的眼芒逼射在十丈开外的卫三少爷的脸上。

卫三少爷仿佛视若无睹，淡淡而道：“你知不知道，何以家父会选择我做卫三公子的影子，而不是让卫三公子做我的影子？”

五音先生旋即想到了答案，却不说话，因为他忽然发现这个答案太过可怕。

“是的，你一点都没有猜错，因为在家父的眼中，他老人家认为我比卫三公子优秀。”卫三少爷似乎捕捉到了五音先生脸上的一丝变化，淡淡地道。

五音先生相信卫三少爷绝对没有自吹自擂的意思，相反，打一开始，卫三少爷就给人一种叙述故事的感觉，平平淡淡之中，不断给人施加压力。

这是一种心理战术，五音先生听说过江湖中有人擅长此术，却从未见过，今日总算是开了眼界，同时也认识到了其厉害之处。

“这个答案实在是令人匪夷所思。”五音先生再次深吸了一口气，“江湖五大豪阀之中，说到武功，可以说是各有所长，并驾齐驱，绝对没有人敢说自己有必胜对方的把握。我曾与卫三公子有过相逢，虽然未战，但彼此间惺惺相惜，谁也不敢小视对方。假如说你比卫三公子还要优秀，那么你这口气实在大到了狂妄的地步，不仅可以凌驾于五大豪阀之上，放眼天下，又有谁还能是你的敌手？如蒙不嫌，我倒有心验证一下。”

五音先生说到这里，不敢大意，已将羽角木取在手上，只要无忘咒一起，他的攻势便将在瞬息之间爆发。

卫三少爷微微一笑，道：“我所说的优秀，并不是单指武道。说到武功，我问天楼中，只有一个天才，那就是卫三公子。而我虽然在武学修为上有所不及之外，论及其余，只怕他都得甘拜下风。”

他这口气的确大得可以，但听在五音先生的耳中，却丝毫不觉得他有夸大之词。因为自对方现身以来，五音先生就感到自己一直处于被动之中，完全找不到属于自己的节奏。

这的确是一件十分怪异的事情，更是五音先生成名之后遇到的仅有的一次，这让他不由得更加小心谨慎起来。

要想打破这种被动的局面，唯一可行的办法就只有采取主动。所以五音先生不再犹豫，羽角木在胸前一横，道：“既然你在武功上有所不及，我当然只有先领教你的武功了。”

他已看出这数十名影子军团的战士个个身手不俗，假若时间拖得越长，于己越是不利，自己若想突围而去，唯有速战速决。

“这可有失你大家风范！”卫三少爷微微一笑，手已握在了腰间的剑柄上。

便在这时，一条人影从五音先生的身后闪出，大声喝道：“对付你这种人物，何须先生出手？有我执琴者足矣！”

执琴者抢在五音先生之前掠出，身形之快，逾越电芒，本是空无一物的双手，在行进间已然多出了一杆长矛。

五音先生微微一惊，明白执琴者的用意所在，顿时有几分感动。

执琴者之所以要抢在五音先生之前出手，是想让五音先生看清卫三少爷的武功路数，从而对症下药，一举击破。但若是两者武功过于悬殊，执琴者不仅达不到自己的目的，只怕性命堪忧。

五音先生正要将他喝退，突然间便见卫三少爷的身后悄然闪出一条人影，冷哼一声：“在下卫四，领教知音亭高手的高招！”

他的话音一落，人如鬼影般直进，剑自林木间闪出，晃闪虚空，摇曳出一片诡异剑影。

此剑一出，五音先生不由得暗暗为执琴者捏了一把冷汗，同时也将目光瞟了卫四一眼。这卫四的剑法，的确达到了一定的水准，令人不得不刮目相看。

执琴者却怡然不惧，长矛振出，迎头面对，丝毫不想作任何的闪避。

狭路相逢勇者胜，这既是双方之间的第一战，谁也不想因为自己而失了气势。

“轰……”剑矛终于相击，爆出狂猛气浪，向四方流泻，散雪为之而起，弥漫空中。

两人的身形同时退了数步，然后长啸声起，卫四的剑再一次划出诡异的弧迹，逆风掠进。

此人能在这么短的时间内调匀呼吸，重新发起攻击，其内力之深，由此可见一斑。

五音先生心中暗忖："此人的武功，绝对不会在执琴者之下，但以我的见识，在此前却从未听人说起江湖中还有这么一号人物，难道说这影子军团真的是藏龙卧虎，人才济济？"

饶是如此，五音先生依然对执琴者的武功抱有信心。"乐道三友"虽然很少出手，但只要出马，从无失手的记录。

"呼……"果不其然，当卫四的剑斜刺而来时，陡觉手腕处传来一股大力，却是执琴者手中的长矛扬起，正好截击在剑势前行的路线上。

剑矛撞击出一溜绚烂的火花，映红了两人狰狞的脸，可以看出他们已是全力以赴，一拼生死。

执琴者的脚步快得令人难以想象，配以诡异的步法，是以能在最短的时间内作出反应。在迎击了卫四这异常快速的一剑后，他的长矛一荡之下，振出万千矛锋，直逼卫四的头顶而来。

卫四骇然而退，斜划剑锋，企图阻挡住执琴者攻击的速度。对方表现出来的刚猛与霸烈完全出乎卫四的意料之外，令他顿有措手不及之感。

但他既然敢出头应付首仗，自然有一定的本事，所以虽惊而不乱。在退的同时，非常讲究步法的灵动，突然间闪入一棵大树之后。

这片密林中的参天大树实在不少，耸立于群林之间，颇有威势。假如卫四企图借树身的掩护来与敌人周旋的话，以短剑制长矛，的确是一个不错的主意。

可惜的是执琴者看到了这一点，根本就不想入林追击，只是将长矛横于胸前，傲然道："请出林一战！"

卫四得意地一笑，道："你不敢入林一战，就算你输了吧，快滚回去，另换人手吧！"

执琴者显然没有料到对方竟是这般无赖，眉锋一跳，冷哼道："想不到江湖中还有你这样的一号人物存在，倒也稀奇！"

却听卫三少爷在一旁微微笑道："江湖之大，本就无奇不有，没有旁门左道，就显不出名门正派；没有他卫四的见机应变，也就显不出你的冥顽不化来。身为一个武者，既有胜负之分，那么不败就是目的，只要目的达到，又何必在乎使用什么手段呢？”

他的话引来一阵掌声，抬头一看，原来是五音先生双手互击，一脸冷笑。

“佩服，佩服，我虽然不知你比卫三公子的哪一点更加优秀，但有一点，我相信卫三公子是拍马难及的。”

“哦，能得到五音先生的夸赞，天下少有，我倒想请教一二。”卫三少爷淡淡地道。

“那就是你不要脸的功夫，比起卫三公子来似乎又多了不少的火候，堪称不要脸之致啊！”五音先生哈哈大笑起来，眼芒锁定在卫三少爷的脸上，很想看看他会有什么样的反应。

卫三少爷并不生气，而是得意一笑，道：“你说对了！我既然身为他人的影子，身体性命尚且不属于我自己，要这张脸又有何用？武道最终的目的，就是打倒敌人，保全自己，无论你使用什么手段，若是因为面子而败在别人之手，那这面子便是失败的祸首，顶个屁用。所以我影子军团的第一条训令，就是不择手段，达到目的！”

执琴者突然冷哼一声：“如果你认为他躲在林中我就毫无办法的话，那可就大错特错了。”

说到这里，他的手微微一动，便听“啪……”的一声，手中的长矛竟然缩变成只有三尺左右的短矛。

卫四看在眼中，不由大骇，他之所以不顾身份躲入林中，是看准了这片密林的林距不大，假如执琴者追入林中，其长矛显然不及自己的剑灵活，而且在演绎攻防之道的同时，必将受到林木的制约。这样一来，自己就可以稳操胜券了。

但他绝对没有想到执琴者的长矛还会变化，一旦变成三尺短矛，那么自己的如意算盘也就落空了。

执琴者强行入林，踏雪而进，瞅准卫四藏身的大树，步步紧逼。

卫四骤然感到了一股惊人的压力。

“呼……”他采取了先发制人的战术，剑势一变，如灵蛇一般跳跃虚空，竟可借着树身做出弯曲绕树的攻击。

执琴者的短矛随之而动，说变就变，竟然跟随在长剑之侧，格挡不停，伺机还作出必要的反击。

“叮……当……”交击之声不绝于耳，两人的动作都是以快制快，刹那间互击了十数回合，卫四似乎是力有不支，突然向林后飞窜。

五音先生一直注视着交战的双方，也看出执琴者渐渐占据上风，但他怎么也没有料到卫四会这么快就选择了败逃。

他觉得这有悖常理，是以心中顿生警兆。

“穷寇莫追！”他发出了警告。在他看来，一切反常的背后，其实都蕴含着危机。

可惜他出声太晚了，执琴者短矛一振，早在五音先生出声之前已然紧追对方而去。

他并非不懂得穷寇莫追的道理，只是他对卫四刚才的行事作风实在着恼，恨不得将其杀之而后快，同时在他追击的同时，目光紧紧盯住卫四的一举一动，生怕对方另有诡计。

卫四退出数步之后，开始绕树穿行，偶尔在退的同时，也能借着大树的隐蔽，作出一连串的反击。

执琴者心中无名火起，虽然在表面上看，自己占到了上风，实则这卫四狡猾至极，根本让自己无可奈何。当下也不犹豫，大喝一声，短矛加速前进，借树干一弹之力，飞扑向卫四的背部。

两丈、一丈、七尺……

短矛激起的罡风，卷起地上无数的积雪，那种霸杀之气竟有势在必得的信心。

“呼……”卫四显然感到了这如潮般的攻势，无可奈何之下，回手一剑，正好点击在矛尖之上。

一股莫大的巨力透过剑身，传至卫四的手臂，将他的整个人带起，向一棵大树撞去。

执琴者微退两步，身子不退反进，又挥矛追击而去。

但就在这时，执琴者的眼中突然看到了一件不可思议的事情。

在他前行的脚下，原是一块积满散雪的平地，突然间两边一分，裂出一个如怪兽的大嘴一般的黑洞。

这不可怕，可怕的是在这黑洞之中，突然飙射出一股令人心悸的寒芒，直迫向执琴者的咽喉。

这显然是对方事先设下的伏击！当卫四的身形在大树上一撞之后，借着反弹之力挥剑反击时，执琴者心中已然明白自己落入了敌人的陷阱中。

他已刹不住身形，在向卫四发出这致命一击的时候，已尽全力。此刻面对伏击者突袭的一剑与卫四反攻而来的一剑，他手中的短矛只能格挡得了其中的一剑，而另一剑，他又如何化解？

这似乎已成难题，一个要命的难题，不过对执琴者来说，时间上不容许他有任何的迟疑，无论是否解得开这个难题，他都得解，无非是解开生，解不开死。

他大喝一声，首先将自己的短矛以无比精确的准度点击在偷袭者的一剑上，然后借这一击之力，强行横移了七寸，让出了自己的肩头。

他这么做的用意，就是欲以最小的代价换取自己生的希望。经验告诉他，只有懂得取舍，才是搏击之道的行家。

果不其然，“哧……”地一响，卫四的剑芒穿透了执琴者的左肩，鲜血四溅。那股冲击之力带动起两人的身形飞往虚空，执琴者甚至看清了卫四那狰狞的笑脸。

“去死吧！”卫四近乎得意地叫道。

“就是死，老子也要让你陪葬！”执琴者的脸已经完全变形，肩上的剧痛使得他的声音更像是野狼般的号叫。

他说这句话的时候，已然抬起了自己的脚，等到卫四注意到这只脚的时候，它已经到了他的胸前！

没有人会想到执琴者在遭受重创之际还能这般悍勇，更没有想到他的脚不仅有力，而且比电芒更快。卫四也不例外，所以一声“砰……”的闷响之后，两人的身形同时向后跌飞。

执琴者的肩上插剑，人在空中飞跌，滑翔了数丈距离，眼看就要跌落在五音先生的面前。突然间，五音先生与弄箫书生、弹筝女同时扑出，抢在执琴者落地之前，将他一手抱起。

但就在这一刻，五音先生的心中突然感到了一股危险，虽然只是一种直觉，却异常清晰，清晰得就像是马上就要发生什么一般。

高手的直觉通常都不会错，所以五音先生相信这股危险的存在，可是他明明看见卫三少爷伫立未动，危险何在？

可是当他真的看到卫三少爷起动的身形时，心头突然一寒！

因为他发现自己的手在刹那间竟然不能动弹，好像被一双精钢打制的铁铐箍住一般，而这对铁铐，竟然是一双活生生的大手！

大手的主人，竟是遭受卫四重创的执琴者，与此同时，五音先生只感到背上一阵冰凉，数道大穴都已被人在身后控制。

五音先生做梦也没有想到，杀机会来自身后，会来自“乐道三友”的联手一击！

纪空手选择了以静制动，在他看来，自己没有把握破解敌人的三角进攻，一旦妄动，反而容易遭到敌人的袭击。

在没有把握的情况下，以不变应万变，这是明智的选择。

但是卫十九三人丝毫没有停止自己脚步的移动，反而以纪空手为轴心，加速了他们的运动。

纪空手惊骇之下，蓦然发现了一个可怕的事实，那就是对方的三角进攻就像是一张鱼网，正一点一点地随着脚步的移动在收紧！当他们收紧的范围越来越小时，所产生的压力就会愈来愈大，最终制约住目标有任何的发挥。

所以纪空手再不敢静守，唯有强行出手。

“呼……”他的离别刀一经出手，便如烈马飞奔，强行挤入了对方布下的气场之中，然后一触而跳，在间不容发之际对敌人的三方发起了试探性的攻击。

他之所以要试探一下，是因为他深知世上的任何阵法最讲究的不是阵法的精妙，也不是施为者的武功高低，而在于无间的配合以及整齐划一的默契。无论是多么精巧绝伦的阵法，假如没有这两点要素作为支撑点，那也只能是买椟还珠，不堪一用。

可是他一试之下，只觉得这三人的武功虽然未必一流，但之间的默契却形同一人，好像是经过了多年的配合一般，把三角进攻的威力发挥到了极致。

他连出三刀，无论每一刀的角度多么诡异，无论每一刀的速度多么快捷，刀至的地方，便会遇到对方的三剑同出，织成剑网，形成寓守于攻之势。等他换一个角度寻求突破时，却发觉自己的刀锋陷入了一团面团之中，被一股强大的粘力所粘，速度竟然无从加快。

他这才明白，卫十九何以会说“你马上就会发现，这一切并不好笑”，纪空手在听这句话时，本来就是将它当作一句笑话来听，可是到了此刻，他才发现，卫十九这般自信，当然有其自信的理由。

纪空手深深地吸了一口气，让自己的心神在刹那间冷静下来。既然凭强力难以突破敌人的阵式，他唯有另辟蹊径。

可是一时之间，哪来的应对之策？而敌人的阵法依然不减其速，按照自己的节奏在一步步收缩。

纪空手望着敌人眼花缭乱的身影，突然想到了身边的千斤铜钟。

这千斤铜钟横倒于地，面积之大，足可以容人藏身，纪空手灵机一动，想到自己人陷阵中，敌人虽只三名，但在移动中恍如处处面敌，无论自己防守得有多么严密，最终总会露出破绽。与其如此，何不龟缩于铜钟之内？这样一来，无论敌阵如何运动，它也只能从一面攻击，这样就可减少自己防守的难度，同时伺机反击。

思及此处，他不再犹豫，跳入钟内，顿时感到身上的压力骤减。

卫十九显然没有料到纪空手会有这么一手，三人心意相通，同时执剑封住了铜钟的出口。

“纪空手，你果然有种，竟然学起乌龟来，钻进洞中不出来，哈哈哈……”卫十九有意想激怒纪空手，是以出言放肆，狂妄至极。

“嗡……”从钟内传出一阵嗡嗡之声，卫十九凝神听时，却只有一阵回音。

“你学起乌龟来可真是半点不差，连声音也学得这般相像，哈哈哈……”卫十九又笑了起来，不知不觉中，他的头竟探在了大钟底的范围之内。

就在这时，只听“嗖……”的一声，一道杀气从铜钟之内飙射而出，直奔卫十九的面门而来。

卫十九心中一惊，赶紧缩头，只觉脑门上一片凉飕飕的，竟然被这突然而至的飞刀擦破了头皮。

他惊魂未定间，忽见一团刀芒从铜钟之内暴闪而出。他的身形惊退之下，凌厉的刀风已将他罩入其中。

这是纪空手不遗余力的一刀，也是决定他自己最终是否能够成功突围的一招，他只有这么一个机会！只要重创了卫十九，那么敌人的三角进攻也就不攻自破。

卫十九大吃一惊，根本没有料到纪空手竟能在这么短的时间内完成由守到攻的全过程。那刀中所挟带的必杀之势，让卫十五、卫十七丝毫没有补防的意识。

也就是说，这一瞬间里，卫十九只能凭着自己的实力与纪空手单挑。

这绝对是一场实力悬殊的决战，但对于卫十九来说，明知是输，战总比不战要好。

所以他只有出剑，在刀芒最盛的刹那间强行振出万千剑影，企图破去这要命的一刀。

他已尽全力，剑势狂猛，发挥了他平生所学的极致。他自信虽然不能完全阻挡住对方刀势的进入，但至少可以为自己赢得喘息之机。

而且他坚信，有了这点喘息之机，已经足以让他与卫十七、卫十五重组三角进攻。

一切似乎都已在他的算计之中，纪空手的这一刀对于卫十九来说，更像是一个无关大局的小插曲。

可是当他的剑锋直刺时，才发现了一个可怕的事实！那就是他所刺中的，只是一团空气，一片虚无，刀呢？纪空手的刀呢？刀又到了哪里？

刀在虚空，在卫十九的后背！当卫十九刺出剑锋的同时，纪空手以常人无法察觉的高速闪到了卫十九的背后，刀如惊雷劈下。

“叮叮……”就在卫十九感到死亡的恐惧时，卫十七、卫十五的双剑已至，正好与纪空手的刀身相击一处。

但在这一刻中，卫十七、卫十五同时感到手臂一震，一股巨大的弹力蓦然产生，竟然身不由己地向铜钟跌落。

纪空手毫不犹豫，大喝一声，人已闪在铜钟之后，双掌一推，一股大力暴出，竟将铜钟倒扣于地。

他用这种方式巧妙地将卫十九三人的三角进攻化为无形，同时刀身敲击钟面，发出令人心悸的惊响。

他这敲击带有悠长的内力，一敲之下，犹如一道惊雷钻入铜钟之内，然后才发出闷响一般，这种声波的杀伤力远非常人可以抵受，就算卫十九三人都有内力护体，依然难以抗拒这声音的侵袭，已然身受内伤。

纪空手哈哈一笑，望向从四面八方飞扑而来的人影，突然大喝一声，犹如凭空响起一道炸雷，将众人震得一呆之下，他的人犹如冲天火炮般向殿顶冲去。

“轰……”殿顶随之裂开一个大洞，瓦砾飞泻，碎石激射，纪空手若一道光影飞出殿顶，刚刚站稳身形，却见三条黑影已如狂飙般袭杀而来。

纪空手丝毫不觉吃惊，似乎早已料到对方会有这样的安排，所以横刀卓立，冷眼相看。

这三条黑影早已蓄势待发，自三个不同的方位扑来，迅速封锁了纪空手前进的每一条路线。他们的手中依然是剑，但其功力之深，已远在卫十九之上。

不过对纪空手来说，他们未必会比卫十九三人更可怕！虽然他们的身手不错，但没有了阵形的辅助，纪空手反而觉得更容易对付。

纪空手的眼芒暴射，透过虚空，看到的并不是这三人袭击而来的路线和身影，而是锁定在殿顶一角的一道看似寂寞的身影上。

其实当纪空手一跃上殿顶的刹那，就已经感受到了此人的存在。这倒不是说他的反应变得极度灵敏，而是此人身上的气息实在让纪空手感到太熟悉了，熟悉到无法忘却的地步。

因为此人不是别人，正是当世汉王——刘邦！也是这场杀局的策划者！

此时的刘邦，双手背负，悠然站立在殿顶的一角，根本就没有注视到纪空手的出现。他只是抬头望向寒夜中的苍穹，似乎在观望着什么，又似在探寻着什么，只是他此刻这随意的一站，浑身上下便涌出了一股让人无法形容的霸杀之气，犹如高山峻峰一般，让人无法攀援，更不可揣度。

“他的武功也许就和他的城府一样，都是深不可测，不过无论如何，自己和他必将会有一场惊心动魄的生死之战！”这是纪空手瞬息之间的预感，当这种预感闪过脑海之际，他浑身上下已散发出一股势不可挡的杀气。

三条黑影无不为之心惊，情不自禁地出现了一丝战栗，而此刻他们的身形都挤入了纪空手的七尺气场之内。

“呀……”纪空手发出一声大喝，全身的劲力借着这一喝之威蓦然爆发，离别刀生出数尺青芒，随一道圆弧划将出去。

“哧……哧……”刀芒之势犹如吞吐不定的火焰，席卷了数丈范围内的一切，瓦片重叠向后飞泻，那三条黑影眼见势头不对，无不飞退。

但无论他们的身形有多么快捷，都无法与刀芒横扫的速度相提并论，所以当他们退到一定距离之后，都忍不住狂喷了一口鲜血。

直到这时，刘邦才将目光转移到纪空手的脸上，微微一笑，道：“我的决定通常都不会有错，你的确是我要杀的头号大敌！”

他一摆手，让那三名黑影退到一边。

“所以你才会以登龙图中的取宝之道为饵，诱我和五音先生上钩！”纪空手似乎毫不动气，变得异乎寻常的冷静。假如是不知内情的人看到这一幕，还以为是故友重逢，闲聊往事呢。

“因为本王知道你们非常需要它，所以就投其所好，想不到你们果真来了。不过，本王的确没有欺瞒你们，登龙图上写得非常清楚，要取宝藏，先寻铜钟。铜钟本王倒是找到了，却没有发现内中的玄机。纪少聪明过人，如今见了铜钟，不知可寻出了取宝之道?”刘邦装出一脸无辜状，淡淡而道。

“这么说来，关于韩信的事情，你也是在撒谎啰?”纪空手问道。

“不。”刘邦摇了摇头，“本王对你们所说的一切，都是真话，甚至包括这铜钟的事情。唯的一点，就是这铜钟里根本没有取宝之道，若非为了诱你们上钩，本王早已将它砸了，看看里面到底藏了些什么秘密。除此之外，本王也没有说谎的必要!”

“哦?”纪空手冷眼看了他一眼，“倒要请教!”

刘邦道:“在本王的眼中，你和五音先生都是绝顶聪明之人，若想引你们入局，除非实话实说，别无他法，所以这是本王必须说出实话的原因。其二，在本王眼里，对一群死人说一些实话，无关紧要，毕竟死人不会说话，就算他听到了一些机密的事情，也只能深埋地下。”

他的眼里流露出一丝不屑之色，仿佛在他的眼中，纪空手已是一具死尸。

纪空手不气反笑，道:“你真的这么自信，有将我置于死地的把握?”

“本王也许没有这个把握，但是他们两人绝对有!若不信，你可以回头看看。”刘邦终于笑了起来。

纪空手心中一惊，蓦然感应到自己身后五丈之外，果然有两股似有若无的杀气存在。他不用回头，已能感觉到杀气的拥有者具有非同一般的实力。

他的心神不由一怔，却被刘邦的眼芒迅速捕捉。

“你和五音先生这次所犯的最大错误，就是低估了本王的真正实力!也许你们会认为，自霸上一役后，随着卫三公子的自尽与众高手的战亡，问天楼也随之走向没落，而本王也就再也没有力量对你们构成威胁，所以才会放下心来，前来上庸。但是你们绝对没有料到，问天楼这个组织之庞大，根本不是别人可以轻易撼动的，表面上看，它的精英尽去，但实际上它所遭受的损失只是一小部分而已。若非如此，以卫三公子之精明，他又怎敢放心而去呢?”刘邦在得意的同时，眼中闪出仇恨的目光，面对自己最大的仇人，他几乎有点按捺不住自己的情绪。

“我们的确低估了你。”纪空手相信刘邦所说都是实话，因为有了身后的这两名高手，再加上深不可测的刘邦，纪空手看上去真是死定了。

不过对纪空手来说，他还有一线的希望。

刘邦显然看穿了纪空手的心思，突然惊诧地问道：“怪了，怎么不见五音先生与你一道来呢？就算他在门外把风，听见寺里的动静，也该过来看看才对呀?”

纪空手心中蓦然感到了一丝恐惧，因为他深知刘邦的为人，若事情未到稳操胜券的地步，他就绝对不会如此得意。

一种不祥之兆顿时充斥了纪空手的整个心灵。

以五音先生的武功与智慧，难道还会遇上凶险吗?

纪空手望着刘邦那充满自信的笑脸，不由得将信将疑起来。

第五十一章　忠与不忠

“乐道三友”，是唯一不是来自于五音先生家族的知音亭人，但在五音先生的心里，却一直将他们视作自己的心腹。

“乐道三友”能得到五音先生如此信任，不仅是他们因为跟随五音先生长达三十载之久，更是都经受住了五音先生的百般考验。可是当五音先生真正信任他们的时候，他们却成了内奸！

这是不是很可笑？

五音先生却没有感到有任何可笑的地方，他只是觉得自己的心里好痛，痛得麻木，让人不知痛的滋味究竟是什么。

他自信自己待人一向不薄，对自己的每一名属下都是视作朋友，特别是“乐道三友”，因为这三人对音律极富天赋，是以更合他的胃口，以礼相待。但是，他万万没有料到，背叛自己的竟然会是他们三人。

这种无言之痛令五音先生沉默，但一股寒气自咽喉处传来，顿令他的头脑变得超乎寻常的冷静。

当他抬起头来时，便见到了卫三少爷近在咫尺的脸，在他的咽喉与卫三少爷的手之间，正好以一把快剑构成了两者之间的距离。

卫三少爷的脸上完全是一副胜利者的姿态，他完全有这样的资格，因为他手下的败将，竟然是赫赫有名的知音亭主人五音先生。只凭此战，已足以让他名扬天下。

但唯一让他感到遗憾的是，五音先生的脸上并没有失败者的沮丧，而是以犀利的眼芒，逼射向“乐道三友”。

“为什么？这是为什么？”五音先生只是重复着这一句话，若利刃般的目光扫得“乐道三友”尽皆惭愧得低下了头。

“你无须责怪他们。对他们的忠心，你也毋庸置疑，因为他们姓卫，效忠问天楼才是他们应尽的义务与责任！”卫三少爷淡淡一笑道。

五音先生浑身一震，道：“怪不得，原来你们竟是问天楼的卧底。”

卫三少爷道：“他们不是卧底，他们这三十年来投身知音亭，只有一个目的，那就是不顾一切取得你的信任。即使你在三十年间七次派出他们三人去刺杀问天楼的数十位高手，有几次中曾经是他们的亲人，但他们仍毫不手软，绝不留情！而他们所做的一切只是为了等待，等待刚才那一瞬间的机会。”

“你们这么做，岂不是有些小题大做？”五音先生已然恢复常态，冷笑一声。

“在我们问天楼里，只讲努力，不讲侥幸，所谓付出了多少心血，就会有多大的回报，因此在我们的眼中，每做一件事情都是经过了周密的计划才开始安排布局的。可以这么说，自问天楼创立以来，最为艰难、最费心血的一个杀局，就是为你而设的，所以你应该感到荣幸才对。”卫三少爷的话中丝毫没有夸张之意，这一点完全可以从“乐道三友”的脸上看得出来。

“我真的值得你们这么费神吗？”五音先生自我解嘲道。虽然他的人已被“乐道三友”控制，但他丝毫不失大家风范，显得非常平静。

卫三少爷冷笑一声，道：“当然，因为你是知音亭的主人，是问天楼称霸江湖的绊脚石，更是我卫国复兴大业的一大障碍！所以我们等了三十年的时间，牺牲了七位高手的性命，耗尽了他们三人最美好的青春时光，假若还不能将你扳倒，天理何在？”

“天理？”五音先生“哧”地一笑，道，“若是真有天理，只怕你们未必就能阴谋得逞。”

“可是遗憾的是，最终的胜利还是属于我，而你，却只能作为一个失败者来接受这种惨淡的结局。”卫三少爷冷酷而得意地说道。

“你真的以为凭他们三人就想制住我吗？若是真有这么简单，我还需要你们问天楼花费这么多的心血来布下这样的一个杀局吗？”五音先生突然笑了起来，笑意中竟然多出了一股自信。

纪空手望着刘邦终于忍不住心中对五音先生的担心，沉声问道：“你这么说的意思，是不是五音先生已经栽在了你们的手里？”

“是。”这一次刘邦回答得非常干脆。

“我不信！”纪空手这么说，是源自于他对五音先生的自信。在他看来，五音先生已经介乎于人与神之间，放眼天下，还有谁会是他的对手？

“你可以不信，但本王可以保证，这一切都是事实。”刘邦微微一笑，他希望纪空手在听到这个消息之后会丧失斗志，丧失勇气。一个没有斗志与勇气的武者，无论他曾经是多么强大，在刘邦的眼中，都不足为惧！

他顿了一顿，道：“五音先生的武功盖世，智慧过人，的确是当世江湖中数一数二的奇才，但是不要忘记，无论他多么厉害，他终究是人，而非神，只要他还是人，就会有弱点存在，会有错误发生！而一点错误，已经足够致命。”

纪空手却笑了：“就算他出现失误，你们中间又有谁能抓住？”

刘邦深深地看了他一眼，这才沉声道：“没有多少人可以抓住五音先生的失误，但在我们中间，正好有那么一个，他就是卫三少爷。”

“我没有听错吧？是卫三少爷，还是卫三公子？”纪空手的眼中闪出一丝惊疑。

“是卫三少爷，在某种程度上说，他远比卫三公子更可怕，所以五音先生只要出现一点点失误，他就死定了。”刘邦冷冷地道。

纪空手从来没有听说过“卫三少爷”其名，可是在冥冥之中，他似乎又感应到了这个人物的存在。最不可思议的是，当他的心中有所预感时，一种不祥之兆却如阴魂般缠上了他的心头。

他不敢再停留此处，必须马上离开。离开的原因只有一个，那就是必须尽快见到五音先生，唯有这样，他的心里才会平静。

但是，前有刘邦，后有两位不曾谋面的高手。以纪空手此刻的实力，要想从三位这等级数的高手之间逃脱，实在很难。

“那么就请动手吧！”纪空手决定还是要试上一试，对他来说，这世上从来就没有绝对的事情。

“本王也很想与你一较高下，但是有了‘声色犬马’中的声色二使者，似乎已用不着本王亲自动手了。”刘邦微微一笑，好像对纪空手身后的两位高手显得信心十足。

“声色犬马？”纪空手不由一怔，似乎是第一次听说这个名字。

“一个人如果喜好声色犬马，难免就会玩物丧志，但一个人如果遇上声色犬马四位使者，他不仅会丧志，更会丧命！因为无论你怎么看，他们都像是勾魂的使者！”刘邦微笑而道，“不过，你的运气还算不错，正巧本王派走了犬使者与马使者去探查项羽身边几个红人的情况，所以对付你的，只有声使者与色使者，但照本王看来，好像已足够。”

于是纪空手只有回头，当他的目光一扫之下，他怎么也没有料到，在这寒冷的雪夜中，自己将要面对的，竟是一个完全赤裸的美女。

这位美女看上去不到三十年纪，眉目如画，丰韵撩人，肌肤寒雪。浑身上下，那凸起处有如奇峰怒突，凹下处更添几分迷人，窄细纤腰，不盈一握。那白玉凝脂般的粉臀雪股，即使是铁石心肠的男人也会顿生柔情，说不尽的爱怜。

而在她的两手臂弯处，缠绕着一段红绸，飘舞于敏感部位之间，若隐若现，更让人平添几分遐想。

纪空手心中一凛，强压下小腹中升腾起的一股无名火，再看美女身边的那位瘦小老者，不由生出几分诧异，道：“这美女称为色使者，倒也应景贴题，但你这糟老头子叫什么声使者，不知有何根据？”

话音方落，却听耳边响起一个炸雷般的声音：“能与淮阴纪空手一战，是老夫的荣幸，咱哥儿俩可得多亲近亲近。”

纪空手只觉耳鼓嗡嗡作响，声波震颤中，几疑耳膜被这巨声震破。当下运劲于耳，内力渗透，这才恢复先前的听力。

他循声而望，这才知巨声竟是来自于瘦小老者，想不到如此瘦小的身材，竟能发出这般洪亮的声音，这既有天生的因素，想必也是隐挟内力之故。

“既是一战，又何来亲近？纵是要亲近，我也会选择阁下身边的佳人，而不是阁下。”纪空手让自己冷静下来，然后再寻逃生之道。他一眼看到声色使者，便知刘邦所言非虚，他们的确有与自己一战的实力。

色使者“扑哧”一笑，媚眼抛来：“看来纪公子还是识趣之人，懂得男女之间的妙趣，既然你有情来妾有意，那就让我们两个亲近亲近。”

她腰肢一扭，已然跨前几步，乳波臀浪中，隐送一股香风而来，便连纪空手也有些面红耳赤起来。

“能得美人青睐，那是在下的荣幸。但在下却不知美人这一番亲近下来，是要在下失身呢，还是要在下丢命?”纪空手只觉这美人放浪之间，带有一股撩人的野性，比及张盈，似乎各有擅长。

“瞧你说的，你若与妾身亲近一番，只会身失，命又怎会丢呢？真要去死，也只有一种死法，那就是美死你。”她盈盈一笑，顿现万种风情。

纪空手嘴上虽然与之调笑，但心中忖道：“这声色使者似乎并不急于动手，这是怎么回事？难道他们只是一个幌子，而动手者另有其人?”

想到这里，他陡然一惊，神色间闪过一刹那的迷茫。在这一刻间，他竟然感觉不到刘邦的存在，这几乎是不可能发生的事情，但却惊奇地发生了。

而他所能感受到的，只有一把剑，一把带着霸杀之气的剑！这把剑如一种意念般清晰地进入到纪空手的思维之中，而刘邦，仿佛在一刹那间与剑融为了一体，使得这把剑有了生命的灵动与人性的概念。

纪空手深深地吸了一口气，用自己的灵觉去感受着这近乎荒诞的现实。他在意念之中，只觉得这剑在扩散着某种气机，随着空气的流动而扩散。当他试着想要触摸它的时候，它却如流动的水势般正一点一点地将自己包围。

这难道就是传说中的人剑合一?

此刻的纪空手，对武道的研究已有了极深的造诣。从理论上来说，当一个人的生命力与精神力达到一种至高境界时，他可以将他的生命与精神注入到某个实体，从而在这个实体上重新再现他的生命与精神。但纪空手却懂得，要达到这种至高的境界，首先要让人处于一种无欲无求的状态，而要做到这一点，几乎不是人类可以完成的。

也就是说，这个世上根本就没有真正的人剑合一，而纪空手所感应到的一切，只是一个幻觉，甚至是一种错觉。

思及此处，纪空手的灵台一明，气机转动间，真真切切地感到了刘邦与那把剑的存在。他们完全是两个独立的概念，唯一的联系只是刘邦的手中握着这把带着霸杀之意的剑。

可是以纪空手此时的功力，心神怎么会在刹那间受人控制，而产生了本不该有的错觉呢？

他将目光锁定在了声色使者的身上。

“声色二字，本就旨在惑人。以色扰其目，以声乱其耳，他们的目的，就是为了吸引我的注意力，然后给刘邦以乘虚而入的机会。”纪空手霍然明白了这其中的道理，同时也明白了何以色使者要在这寒夜之中如此暴露，只要是正常的男人，乍眼看到这么一具惹火撩人的胴体，能做到心静不波的又有几人？

只要纪空手心猿意马，注意力一有分散，刘邦的精神力便会透过剑气的蔓延侵入纪空手的意识之中，从而控制纪空手的所有意识。但他没有料到，纪空手以自己超人的智慧识破了他们的意图。

此时的纪空手，眼神依然显得有几分迷茫，表情也多了几分木讷，好像他已经完全受人控制。

声使者的嘴在不停地张合……

色使者的的小蛮腰更如蛇形般拼命扭动……

而刘邦的眼芒，以手中的剑锋为准心，死死地瞄准了纪空手的背心。

只要出手，这必是势在必得的一击！

所以在他们三人的眼中，纪空手看上去就像是一只掉入陷阱的野兽，死亡对他来说，只是迟早的问题。

然而谁又会想到，当声色使者肆无忌弹地迫入纪空手身前一丈范围之时，纪空手会在这一刹那间陡然起动？

纪空手一旦起动，便快逾电芒，完全没有了先前的那份木讷与迷茫，而且他行动的方向，更是让人觉得不可思议。

因为他从来时撞开的破洞中而去，又回到了主殿之中。

这是他早已设计好的逃跑路线，然后在对方最为得意的时候施行，真正做到了出其不意。

殿中的敌人显然没有料到纪空手还会去而复返，一怔之下，纷纷围上。纪空手却大喝一声，从殿墙的一端破壁而出，只在那堵墙上留下一条清晰的人影。

他没有选择从门窗而出，是担心遇上不必要的麻烦。对他来说，此时的时间异常珍贵，也许就意味着五音先生的生命。

但是前方还是出现了一道人影，是那位指挥主殿作战的下将军。

下将军手中拿的同样是刀，单看刀身泛出的一片暗红，就知道他所杀的人绝不会少。

纪空手却毫不在意，迎头而上，仿佛在他的眼中，并没有这个人的存在。

他踏前的步伐就像是战鼓在敲击，铿锵有力，整个人的行动犹如一头行将捕食的魔豹，带着势不可挡、勇往直前的气势。

下将军的刀已在抖，手已在抖，身子也在不停地抖。他怎么也没有料到，当一个人勇往直前的时候，会变得如此威势。

“哐……当……”他作了一个明智的选择，就在纪空手踏入他三丈之距时，弃刀而逃！

刘邦人在殿顶的一角，剑已不在，双手背负，清清楚楚地看到了这可笑的一幕。可是，他并不觉得这位下将军这么做有什么可笑的地方，也并不因此而感到愤怒，他只是紧紧地盯住那即将消失的纪空手的背影，仿佛看到了他体内那种无穷的力量与巨大的潜能。

这的确是一个非常可怕的对手！

刘邦不得不承认这个事实，可是当声使者带领人马欲追击时，他却摆了摆手。

刘邦之所以如此做，并不是想放纪空手一马，而是纪空手既然是想救五音先生，那么他走的这条路仍是一条死路。

因为刘邦相信卫三少爷，相信影子军团，他们既然可以让五音先生成为败者，那纪空手也就更不在话下。

此刻的他，只想来一杯香茗，然后静候佳音。

五音先生话一出口，每个人的眼神里都带出几分诧异，同时注视到了五音先生的脸色，似乎不敢相信刚才的话是出自于五音先生之口。

弄箫书生冷哼一声："如果你是在恫吓我们的话，那你就错了！这三十年来，我们对你的一切，可以说是了若指掌，在没有绝对的把握之前，我们是不会动手的。"

"是吗？"五音先生的双手已被执琴者的大手紧紧箍住，而他背部的几处要穴也完全在弄箫书生与弹筝女的掌握之中。他们所掌握的分寸力道无一不是恰到好处，妙至毫巅，由此可见，他们为了这个动作的设计与配合花费了不知多少心血，又怎会出现他们意想不到的纰漏呢？

所以无论五音先生表现得有多么自信，多么平静，对"乐道三友"来说，他们都不会相信五音先生还有一战的能力。而且在五音先生的咽喉之上，还有卫三少爷的一把剑，这就更让人有一种大局已定的感觉。

他们将五音先生的冷静归结为大家的风范，以及深厚的内力修为与良好的个人修养，所谓的泰山崩于前而色不变，这本就是五音先生此类人物应有的气度。

"既然你们认为我已无力还击，那就动手吧！我知道你们等这一刻实在是等得太久了。"五音先生淡淡一笑，仿佛已将生死置之度外。

"一个人能将生死看得如此平淡，的确可以让人由衷敬佩，但生死对你我来说，已不重要，而以你的生命来换取我所需要的东西，这才是我最看重的。"卫三少爷的眼芒一闪，紧紧盯着五音先生的眼眸，企图从中看到他所需要的表情。

可是，他失望了。五音先生的眼眸里，深邃而空洞，让人根本无法从中看到什么。

"你是想要我归附于你问天楼名下，然后去为你和刘邦打天下？"五音先生淡淡一笑。

"难道你不觉得这是一个不错的建议吗？当卫国复国之后，你和你的知音亭依然雄立于江湖之上，享受着别人无法企及的盛名。"卫三少爷说得很是动情，他甚至在想，假如换作自己，压根就不会像五音先生这样思前顾后，早已一口答应下来了。

五音先生却摇了摇头，道："这只是你一厢情愿的想法，其实在最初的一段时间，我也曾看好刘邦，立志要辅佐他得到天下，但是很快我就发现，在刘邦的身上，纵然风云一时，也未必能最终获得天下！这是我拒绝你的原因之一。我知音亭创立百年以来，能够闯下今天这样的声名，不仅是靠历代祖先努力拼搏的结果，也是我知音亭数千门人浴血奋战才换来的果实，就算我能为了一己之生命而放弃原则，只怕这数千子弟也绝不会答应，这是我拒绝你的原因之二。至于第三点原因嘛，你马上就会看到。"

五音先生说完这句话后，整个人突然从"乐道三友"的禁锢中解脱出来，身形向后滑退数丈，羽角木在胸前一横，道："我既无生命之忧，这条件又从何谈起？"

他的整个动作快逾电芒，如行云流水般流畅，一经滑退，立刻引得众人无不心中骇然，就连卫三少爷这等级数的高手，也丝毫没有作出应有的反应。

这一切实在太突然了，突然得让人根本无法相信这是事实。

明明五音先生已在"乐道三友"的严密控制之下丧失了行动的自由，他又怎能在片刻工夫之内脱出"乐道三友"的禁锢，自行解穴，成功滑退呢？

而在五音先生做出这一连串的动作之间，"乐道三友"好像没有任何的反应，始终保持着同一个姿势，一动不动，眼睁睁看着五音先生从他们的手心溜走，难道说他们在不经意间，反遭到了五音先生的暗算？

这是一个谜，令人匪夷所思的谜！至少在卫三少爷的心中，这是一个无法破解的谜。

以"乐道三友"的身手，在江湖上绝对称得上是一流好手，而且他们点穴制穴的功夫更是江湖一绝。放眼天下，能够在他们三人联手出击之下还有还手之力的，实在不多，但五音先生能在有意无意间破穴成功，反而让他们三人穴道受制，这不能不说是一个奇迹。

难道说五音先生的武功真的突破了人类的极限，达到了武道的极峰吗？如果这是一个事实，那他岂不是无敌于天下？

思及此处，卫三少爷情不自禁地退了一步，放眼看去，却见五音先生依然是那么悠然自得，脸上泛出一丝淡淡的笑意。

“天才！你果然是武界中少有的天才！在这种绝境下你还能逃脱，已足可让我佩服得五体投地了！”卫三少爷很快恢复了常态，环看自己身边的数十名手下，他的信心依然十足。

“承蒙夸赞。”五音先生微笑道，“我始终认为，这个世上本没有绝对的事情，当你认为我绝对没有还手之力的时候，我的机会就来了。”

“但是换作别人，他依然解不开‘乐道三友’的制穴手法，更不可能在毫无征兆的情况下反制其穴。要知道，当时我手中的剑正好指在你的咽喉上！”卫三少爷的心中突然生出一丝不可抑制的懊悔，就在刚才，这位江湖上赫赫有名的豪阀的生命就在自己的掌握之中，但不经意间，又眼睁睁看着它从自己的掌心中悄悄溜走。

“不错，如果是别人，机会来了，他也未必能一手抓住，而我却不同，‘乐道三友’研究了我三十年，他们也已知无忘咒武学的缺陷，所以他们自伤其体，让我动情，方才偷袭成功。但他们却不知，我又何尝不是对他们的武功了若指掌呢？相信在我的眼力之下，他们的任何武功都不可能有所隐瞒。虽然我没有想到他们是问天楼的内奸，会背叛于我，但他们也没有料到在我的无忘咒内力中，有一种反渗透的倒流程序。当他们的手制住我的穴道的同时，我的无忘咒内力也通过穴道对他们的内力形成一定的控制。在不知不觉中，导致他们的内力滞流不畅，形成暂时的瘫痪。”五音先生淡然笑道，就像是传道授业的私塾先生在教授弟子一般，显得极有耐心。

“听君一席话，令我茅塞顿开。”卫三少爷冷哼一声，“不过就算你能逃过刚才的一劫，也未必就能逃过我数十名影子战士的攻击，你还是认命吧！”

五音先生傲然道：“认不认命在于我，能不能让我认命就要看你们的本事了。”

他缓缓地转过身来，竟然背对着卫三少爷与数十名影子战士，显得狂妄至极。但是在卫三少爷等人的眼中，却一点都不觉得五音先生这一举动有何不适，反而觉得正是这种张狂之态才是五音先生这种高人应有的本色。

在这一刻，没有人敢跨前一步，包括卫三少爷。

他们只感到眼前这道孤傲的背影就像是傲立于惊涛骇浪间的一方岩石，又像是屹立于山峰之巅的一株古松，在不经意间，向世人展示着他顽强的生命力与蓬勃的生机。

每一个人都清晰地感应到了这一点，是以才没有人敢踏出这第一步。

密林间一片宁静，宁静中更有几分肃杀，那种沉闷的压力充斥在林间的每一寸空间。

五音先生依然静立，脸上依然是一副微笑的表情，但就在这平淡之中，却涌动着无限的杀机。

卫三少爷绝对是可以和五音先生比肩的高手，但他也为五音先生所表现出来的气势吃惊，不可否认，当五音先生沉默的时候，远比他说话之时更可怕。

雪夜中的寒风，一片凄寒，带动五音先生的衣袂飘起，有一种说不出的飘逸。

卫三少爷看着他这宛如神仙般洒脱的背影，脸色变得十分难看。他一向对自己的武道修为有着超常的自负，甚至从来没有将江湖五阀放在眼里。可是到了今天，当他面对五阀之一的五音先生时，才发觉自己的自负是一件多么可笑的事情。自己率领着数十名影子战士竟然不敢跨前一步，还何谈与之抗衡、与之一战？

这简直就是一种耻辱！

沉闷的僵局，只维系了数息的时间，卫三少爷终于向前跨出了一步。他必须向前，无论对方有多么可怕，在他的字典里，从来就没有“害怕”与“后退”的词语。

与此同时，五音先生的眉锋轻轻一跳。

卫三少爷决不后退，也不想冒进，他手中的剑已然斜指前方，劲气充斥下，已有青芒吞吐不定，发出“哧哧”之音，显得霸气十足。

剑锋所向的数丈范围内，顿时一片肃寒，如一道横亘虚空的山梁，将无尽的压力缓缓推移前方，几如势不可挡。

一剑之威，能够演绎至斯，可见卫三少爷对武道的解释的确深刻，也难怪他有与五音先生一战的决心。

剑，在一点一点地延伸，如流云飘在虚空，剑气若抽象的风，随意念在空中扩散。三丈之距，已不成为距离，剑气甚至在不知不觉中透过灵觉侵入了五音先生的心中。

五音先生缓缓地闭上了眼睛，一种将死的落寞，一种对生命的无奈，深深地触动了他的灵魂，让他有一种从未有过的平静。

谁也不会想到，此刻的五音先生所表现出来的强大，只是一种伪装。当他从“乐道三友”的手中滑退的刹那，他已不再是那位武功盖世、叱咤风云的五音先生，而只是一如常人、普通至极的五音先生。

他所说的无忘咒的确有一种反渗透的倒流程序，一旦启用这种心法，其效果也如同他所说的那般神奇，可是他隐瞒了一点，若启用这种心法，必须要以自断经脉为代价，借这一冲之力，来化解对手的制约。

他本可以不用这种非常的手段来换取这片刻的自由，他也可以答应卫三少爷的要求来获得生命的重生，但是他没有，因为他是五音！

他有他自己的尊严，他更要保全知音亭的尊严，在那种情况下，他似乎别无选择！

而且，他也并不后悔自己作出这样的抉择。

他的脸上，还是那种淡淡的微笑，心中，已然静若止水，如果说他还有一丝牵挂，那就是红颜与纪空手了。

只有想起纪空手，五音先生的心神才不由得为之一颤，因为他突然想到了一件未了的心事……

而就在这时，卫三少爷的眼睛一亮，因为他捕捉到了五音先生心神中的这一变化。

这是一个机会，虽然这个机会来得非常突然，甚至有可能是五音先生的诱敌之计，但卫三少爷已经不想错过它。

其实当五音先生从“乐道三友”手中解脱出来时，卫三少爷就有所怀疑，因为他绝不相信，人的潜能可以达到如此神奇的地步。

所以他开始了试探性的接触，用自己迫发出来的剑气去试探五音先生布下的气场，然而奇怪的是，他根本就没有感受到有任何压力的存在！

这只有两种解释，一种是五音先生故意为之，诱敌深入，然后再后发制人，实施毁灭性的攻击；还有一种可能，就是五音先生身受内伤，已无防御能力。

无论是哪一种可能，都已经不能阻止卫三少爷的出手，即使是前一种可能，他也要试上一试。

他不再犹豫，剑身一振，幻化出一张铺天盖地的剑网，向五音先生笼罩而去。

此际已是寒冬，天气本就冰寒，在卫三少爷出剑的那一刹那，每一个人都禁不住打了个寒噤，感觉到空气都被冰封了一般。

剑锋一出，杀气四溢。

积雪乱卷，弥散空中，形成一个旋涡式的气流，在剑锋所向的上空飞旋流动，仿佛要将五音先生的身影吞没。

这是卫三少爷的剑，几尽全力的必杀之剑！他在出剑的刹那，就没有想过回头。

五音先生依然不动，只有在这个时候，他才让人感到一种苍老、落寞，任凭这剑气将自己吞没。

就在这时，林中突然风声大作，“呼……”的一声，便见在五音先生与剑气之间，凭空而生一道耀眼的电芒，横断其中。

一刹那间，散雪尽灭，气旋全失，虚空之中，唯有一刀。

这是纪空手的刀，离别宝刀。当他赶到这密林的时候，正赶上这惊人魂魄的一幕。

他唯有出刀，在瞬息之间将自己的潜能提升至极限，劈出了他生平最用心的一刀。

他只有一个意念，那就是绝对不能让五音先生死在别人的剑下！

他做到了，就在卫三少爷的剑迫及五音先生面门七尺处时，他的刀终于划破虚空，截住了这必杀之剑。

“滋……滋……”电火四射的刀剑碰撞，发出了激暴狂野的震响，一连串的电芒闪过，散射出一团美丽的烟花，向四野扩散。

地面上的积雪不再腾空，而是如流水般向两边飞泻，林木狂摆，有若龙卷风吹过，发出呜呜爆响。

场中的每一个人都在后退，不得不退，因为刀剑逼发的惊人压力几乎可以让人窒息。

“轰……”当两道犹如暴龙狂舞的剑气与刀芒悍然相撞时，空中炸出一声惊响，两条人影一合而分，相距五丈而立。

纪空手依然是纪空手，卫三少爷还是卫三少爷，任凭空气中的尘土散灭，他们的眼神终于撞击到了一处。

“你，就是纪空手？”卫三少爷惊诧地叫道。

“不错！”纪空手冷冷地道。他的目光随即投在了五音先生的脸上，只有在这一刻，他才感到五音先生的弱小。

他在众目注视之下，缓缓地走将过去，将五音先生拥于怀中。他没有多问，事实上当他看到“乐道三友”时，就已经明白了事情的一切。

“坚持住！”纪空手只说了一句话。

他入手时已经发现五音先生的经脉俱断，唯一让他得以安心的，是五音先生丹田中的真气始终未灭。

“走！”五音先生凑到纪空手的耳边，悄然道。

这是唯一的选择，但对纪空手来说，却是一个非常困难的选择，因为他不知道，从哪个方向脱身才是安全的。

陡然之间，在密林的四周，已是一片灯火，密密麻麻地站着无数精兵，挥戟持枪，构成了数道防线。

这还不是最让人头痛的，纪空手所忌惮的，还是面前的卫三少爷与那数十名影子战士。

人声、火光的噼啪声、暗影的游动、寒风的呼呼声……构成了一幅喧嚣零乱的画面。

纪空手看着眼前的一切，似乎丝毫不受这种乱而无序环境的影响，整个心灵自然而恬静，仿若深海般莫测而有序。

这是他从来没有过的感觉，更是一种全新的感觉。这一切只因为他与五音先生的手紧紧地握在一起，然后，便有了这种感觉。

当他发现五音先生身受内伤时，第一反应就是通过自己的补天石异力为五音先生疗伤治痛，可是当他的异力一进入五音先生的体内时，便感到了无忘咒内力那富有节奏和韵律的脉动，虽然细若游丝，却有着一种顽强的生命力。

纪空手心里明白，五音先生正是凭着无忘咒内力的这点顽强的生命力，来接续已然断裂的七经八脉，否则，他岂能坚持到现在。

就在这时，他浑身一震，耳际似乎传来一丝天籁之音，以清平纯正的乐感，带动起自己体内补天石异力的流动，所动之处，经脉都呈现出旺盛的生机。

随之而来的，是一种强大的求生本能，正因为有了这种本能，使得他的每一个器官都出现了前所未有的敏锐与活力。

这是怎么回事?

纪空手被动地接受着这瞬间陡现的惊变，心里似有一股迷茫。当他截击卫三少爷那必杀一剑时，他也曾有过这刹那之间的迷茫。

按照常理，无论出于哪一方面，他都不可能是卫三少爷的对手。他之所以出刀，是因为五音先生那种父亲般的爱给了他概莫能敌的勇气，使其忘却了心中的一切障碍与恐惧，然后才劈出了那惊天动地的一刀。

就在出刀的刹那间，他什么也没有想，完全是凭着一种意念去完成整个出刀的动作。那时的他，心里出现了一种绝不属于自己的感应，仿佛与此时一样，又听到了这天籁之音。

这是一种玄之又玄的感觉，绝不是言语可以描述出来的，但这种感觉就像是一道耀眼的闪电，已经深深地插入了纪空手的记忆深处。

他不明白，是以迷茫，当他在迷茫之中看到五音先生那近在咫尺的笑脸时，他又豁然明白。

难道自己用心听到的，并不是天籁之音，而是五音先生的心声?他用无忘咒的曲韵进入到自己的意念之中，将他对武道的所悟用这种方式来灌输给自己，让自己步入到一个全新的武学理念之中?

这是一种可能，一种最大的可能，当纪空手眼中捕捉到五音先生脸上的那丝满足与期盼时，他甚至已不再怀疑。

而人在五丈之外的卫三少爷简直不敢相信自己的眼睛，因为纪空手在这一瞬间发生的气质变化，完全完成了一次质的提升，这让卫三少爷感到了不可思议。在纪空手出现之前，他十分自信，自信自己的武功不仅可以将五音先生毁灭，即使再加上一个纪空手他也完全能应付。这种自信不是盲目的自信，源自于他对纪空手的了解，可是当纪空手劈出那惊天动地的一刀时，他却根本没有占到丝毫便宜，甚至还落入下风，这实在让他的气势有所锐减，自信遭受了一定程度的打击。

第五十二章　王者尊严

卫三少爷绝不相信纪空手会是他的对手，在他看来，纪空手与他的武功应该相差了一个档次。可是等到纪空手出刀，卫三少爷才知道自己小觑了对手。

难道说在这一刹那之间，在纪空手的体内发生了前所未有的变化?

不知道，谁也不知道，但卫三少爷觉得，这是唯一的，也最为合理的解释。

此刻的纪空手，一手持刀，一手握住五音先生的大手，如一株孤松立于众人之间。他只是随便地一站，就自然地与天地同为一体，像是融入了这天地万物之间，浑然天成，毫无分隔。

这是一种境界，一种登高望远的境界。此刻的纪空手，似乎无须借助任何东西来演绎自己的气势，在卫三少爷与众人的眼中，纪空手本身就是一种难以抗衡、锐不可当的气势来源，而这气势的推进过程，既不似山风忽来，又不似洪流突至，只是以一种自然平和的态势将它推向极致，似乎天地间的浩然正气凝聚一身，给任何敌人以强大的压迫。

卫三少爷身在这股气势锋端之前，感受的内涵远比旁人清晰。他的长剑虽然在手，却不敢冒进，因为他在纪空手的身上没有找到一丝一毫的破绽。

他却不知，五音先生以自己大胆的作风与超人的见识，以无忘咒内力的律动与纪空手联系一起，使之在片刻之间相融一体，不分彼此。也就是说，卫三少爷所面对的，不是单独的一个纪空手，而是五音先生与纪空手联手的一个实体，放眼天下，又有谁能在五音先生与纪空手联手一击之下寻出破绽？

没有人，绝对没有人有这样的能耐。卫三少爷之所以没有出手，不仅是没有机会，更是一种明智的选择，似乎只要他做出任何一个动作，都有可能牵动对方最无情、也最可怕的打击。

卫三少爷的确是作了一个明智的选择，随着时间的流逝，纪空手身上的这股锐不可当的霸气也正一点一点地随之消失。这一切的原因，是因为五音先生的无忘咒内力已开始了衰败的迹象。

所以纪空手不敢犹豫，必须尽快出手，为了自己，为了五音先生，他都必须在最快的时间内冲出重围。

他的刀如山梁般横于胸前，却仿佛又无处不在。因为他身前的每一寸空间中都弥漫着浓烈的战意，那深邃的眼眸里，透着一种极度的敏锐，正在捕捉着随时可能出现的那一点战机。

寒风从林木间穿过，带着呜呜之声，到了纪空手身前数丈的空间，突然向两边一分，仿佛根本挤不进刀气布下的气场。

就在此时，纪空手缓缓地向前移动了一步，这就像是他将要出手的一个预兆。当他在移动这一步的过程中，林里林外上千敌人的心无不紧绷，感觉到了这一动作给他们带来的强大压力，整个密林顿时如一潭死水般冷寂。

卫三少爷情不自禁地退了一步。他只有保持他们之间的距离，才可以使之成为一个僵局，因为他也看出，五音先生显然已不能长时间地支撑下去，其苍白的脸色暴露了这个秘密。

所以他微微地笑了起来，神情变得悠然而轻松。对他来说，时间就是他的强援，只要耐心等待下去，自己最终会赢得这场胜利。

然而，事态的发展远不如他想象的那么简单。当他的神经松弛的刹那，心里却陡生警兆。

他感到了风，凭空而生的一股旋风，自纪空手的刀锋之下涌起，疯狂地在虚空之中旋动，扬起漫天的雪雾，将纪空手与五音先生同时淹没。

风若龙卷，以螺旋状的形态向空中速移。当卫三少爷的剑锋指出时，只听“嗡”的一声龙吟震响，这股旋风突然向左横移，以无匹之势席卷而去。

向左，是大钟寺，这是这片密林唯一未设防的道路，因为卫三少爷认为，有了刘邦，一切事情都会变得简单。他甚至认为刘邦的武功深不可测，比之其兄卫三公子有过之而无不及，若非如此，他也不会尽心辅佐于刘邦。

纪空手挟着五音先生随着这股旋风飞升而动，若旋舞半空的苍龙，拖起海啸般的劲气，激撞密林。

旋风所到之处，它的锋端是一片耀眼的刀芒，刀芒所到之处，万千大树轰然而倒，在刀芒之后封锁了敌人的攻击线路。纪空手劈出的这一刀之威，使所有敌人心生惊悸。

卫三少爷惊骇之下，剑锋一指，发出追击的命令。可是当他们追到近前时，才发现大树挡道，难以出击，只能眼睁睁地看着纪空手二人消失在林影之中。

不过卫三少爷惊而不乱，望着纪空手逃走的方向，突然泛出了一丝得意之笑。

沿大钟寺而去，本就是一块绝地。虽然林深石怪，山峰陡峻，便于隐蔽，却根本没有路径供纪空手逃遁。只要卫三少爷在大钟寺一带布下严密的防线，再集中兵力展开搜寻，纪空手与五音先生的落网必是迟早的事情，所以卫三少爷才会丝毫不显着急。

他当即与刘邦取得联系，调兵遣将，封锁大钟寺周围数里地面，同时与刘邦各领一队精锐高手，进山搜寻。

“纪空手能够在这种情况下突破重围，简直令人感到不可思议。”刘邦听了卫三少爷的讲述之后，首先到了密林处，他一眼就看到了那些倒伏不起的大树，无一不是一刀齐根而断。

“这也是我感到奇怪的地方。”卫三少爷的脸上出现了一丝少有的困惑，“他好像是在刹那之间提升了数倍功力一般，不仅挡住了我必杀的一剑，而且还带走了五音先生，此人端的不可小视。”

“本王与三少爷的看法一致，这也是本王不顾一切要将他置于死地的原因。”刘邦每每看到卫三少爷，就不由自主地想到了卫三公子，想到杀父之仇，又怎能不勾起他对纪空手的恨意？

“你看，这刀锋所过之处，剖面异常光滑，丝毫没有刃锋刮过的痕迹，而且刀成拖势，顺势滑过，一刀下去，形如破竹，如此流畅的刀法，会不会就是传说中的横天刀气？”卫三少爷心中一动，仔细观察了大树的横切面，低呼一声。

刘邦近前观之，沉吟半晌，摇摇头道：“要真正达到横天刀气的境界，谈何容易？这纪空手纵是百年不遇的天才，也未必就能在这种年纪上掌握如此高深的技艺。照本王看来，假若有宝刀的锋利，加上雄浑的内力，便是本王也可以办到。”

卫三少爷回味着刘邦的见解，点点头道：“既然如此，那么这纪空手也并非不可战胜。凭着我们布下的这种铁桶阵，相信瓮中捉鳖只是手到擒来之事。”

“三少爷不可大意。”刘邦的眼芒一寒，望向大钟寺的深山密林处，缓缓而道，“纪空手之所以让人感到可怕，不在于他的武功，而在于他的狡计。当年家父之死，就栽在他的阴谋之下，所以本王不得不提醒三少爷小心防范。”

卫三少爷心中一凛，道：“我记着了。”

望着刘邦那冷峻异常的脸，他心中顿时涌出一股难以言喻的复杂心情。这数十年来，他一直韬光隐晦，潜心经营影子军团，好不容易等到卫三公子的死讯，自以为从此可以执掌问天楼的权柄，争霸江湖，孰料又冒出一个刘邦。在他的心里，实是有些不甘，可是经过了这段时间的接触，他终于发现，刘邦在各个方面远比自己优秀，更有能力，正是复兴问天楼与卫国的最佳人选，不论自己愿不愿意，自己命中注定只是做一个辅臣，而不是复国明君。

当他的心态平和下来后，也就无怨无悔地专注起自己的角色来。虽然这一次的行动他心有疑惑，认为过早地除掉纪空手与五音先生会引来项羽的注意，容易暴露己方的意图和野心，但在刘邦的一力坚持下，他也就无条件地服从了。

刘邦有坚持己见的理由，在他看来，此时的天下大势，渐渐形成了三足鼎立的格局，以刘邦、项羽、韩信三方为首的势力，将最终成为争霸天下的主流，韩信的发展势头虽猛，但他除了对名利过于热衷之外，还有一个非常致命的弱点，那就是情之一字过于痴迷，始终不能忘却对凤影的那份感情，只要刘邦将凤影牢牢控制在自己手里，韩信自然也就在他的掌握之中，这也是刘邦敢于支持和扶助韩信的原因。

项羽固然强大，手下也是人才济济，但项羽刚愎自用，也有一个致命的弱点，那就是他对虞姬的痴迷。普天之下，除了刘邦与纪空手少数几个人之外，谁又想到此虞姬已非彼虞姬，项羽宠爱的美人却是刘邦的一枚棋子。

自古英雄难过美人关，刘邦深谙其中的奥妙，是以只凭两个女人，已足可将这两个对手玩弄于股掌之间。所以，对他来说，真正的对手，锁定为纪空手。

他从来就没有遇上过像纪空手这样难缠的对手，一个流浪市井的小无赖，竟然会成为自己心头最痛的一块肉，这是刘邦当初没有想到的。当这个小无赖得到知音亭的全力襄助时，他就明白，最终能够与他一争天下的，唯有这个小无赖。

是以，这一次上庸之行，当他从“乐道三友”那里得到纪空手对登龙图取宝之道的渴求时，就精心布下了这个杀局。虽然他对登龙图的宝藏同样渴望，但是只要能杀得了纪空手与五音先生，他——在所不惜！

唯一让他感到意外的是，他也同样没有在大钟内发现取宝之道，而这取宝之道到底是否存在，他也不知道。如何在百尺深的水下取到登龙图宝藏，这对他来说，同样是一个谜。

“那我们就分头行动吧，对纪空手和五音先生，本王是活要见人，死要见尸，绝不容许再有任何差错！”刘邦的眼神冷酷而深沉，望向雪夜之中的山林，冷冷地道。

纪空手一路狂奔，闯入密林深处，心中之焦躁，也因五音先生一时的昏迷而达到了极致。

“先生，你可千万不能死呀！”纪空手在心中狂呼。对他来说，若五音先生因此而死，他的心里根本无法承受这样残酷的事实。他一生不知自己的亲身父母是谁，但却从五音先生那里得到了一生渴望的父爱。

正因为弥足珍贵，才会害怕失去，世间万事万物皆同此理，纪空手也未必就是一个例外。

“放下我吧。”五音先生突然醒了过来，感觉到纪空手已经紊乱的气息，勉力叫道。

纪空手心中大喜，立刻停止了前进的步伐，将五音先生小心翼翼地抱在一棵古树之下，半躺半坐，然后关切地道：“先生，你没事吧？让空手为你疗伤治痛！”

“不必了。”五音先生摇了摇头，示意纪空手坐到自己的身边，道，“怪不得我在那天看不清天象，原来上天注定了要我命绝于此。”

纪空手顿时泪水盈眶，心乱如麻，道：“不会的，先生，你绝对不会死，只要有我在，我一定尽我所能保护先生！”

“你记住，该来的终究会来，这没有什么好悲哀的，就算我死了，只要你能最终完成我的心愿，我在九泉之下也会快乐而笑。”五音先生感到自己的呼吸有些急促，微微闭目养了一下神，这才缓缓接着道，“你我本有缘，只恨相见晚。当年始皇驾崩之夜，我曾夜观天象，就预测到了大秦之后的开国君王应该出现在淮阴、沛县一带，事实也证明了这种预测的正确。可是事态发展到今天，我反而无法看清天象所昭示的东西，这只因为，你、刘邦、韩信三人，都已经初具帝王之相，而你们恰巧都来自于淮阴、沛县。”

纪空手见他说话艰难，忙道：“先生，这些话留在以后慢慢再说，来日方长，趁这闲暇，你先闭目养神，让我来为你发功疗伤。”

“不。”五音先生微微一笑，“当我自断经脉之时，我就已知自己无救了，谁叫我是知音亭主人呢？堂堂五音先生，又怎能受辱于人，这岂非就是天意？”

他顿了顿，接着道：“我之所以坚持到现在，就是还有心事未了，必须向你交代，所以你若真是为我好，就静下心来，记住我所说的每一句话。”

纪空手无奈之下，只有点头，探手摸到他的脉息，似有若无，已显衰败之象。

五音先生淡淡而道：“我名五音，世人都道是我擅长音律，故而得名，其实这是世人的误解，我之所以用五音为名，乃是因为我在音律之外更有五绝，分别是兵、棋、剑、铸、盗，并且各传一名弟子，这五人不属于知音亭中人，是以外人多不知晓。”

纪空手心中一动，道：“丁衡与轩辕子想必便是其中之二?”

五音先生微微一笑，道：“正是。当年他二人受我之命，去寻找帝迹，但最终一无所获，而丁衡却将盗得的玄铁龟送于你，我一直认为这是他生平所做的最大一桩错事，直到登高厅一役之后，我才发觉，我的眼力未必就及得上他们啊。”

纪空手脸上一红，道：“这只是先生因为红颜才错爱于我。”

“非也，红颜是我所爱，你也不例外。”五音先生道，“我之所以提及他们，是因为假如你真的有一天能够去争霸天下，必然会用到他们。而要他们效忠于你的办法，就是这个信物。”他缓缓地从腰间解下一块赤绿相间的玉佩，交到纪空手的手上。

“见佩如见人，你绝对可以相信他们的忠诚。”五音先生说到这里，心中一痛，似乎又想到了“乐道三友”，不可否认，“乐道三友”的背叛对五音先生的打击实在太大，以至于近乎丧失了理智，否则他未必就会采取自断经脉这种刚烈之举。

纪空手将玉佩握于手中，点了点头，明白五音先生的这一番苦心。

五音先生幽然一叹：“我最大的遗憾，是无法看到这场争霸天下的结局，更无法预测到在你和刘邦、韩信之间最终会是谁来坐定这个天下。不过你一定要记住，争霸天下并不是凭人力、凭智慧就能完成的事业，它更需要一种运气，而这种运气，也就是天意。如果不该你坐拥这个天下，你就一定要及时抽身，懂得急流勇退，否则再生事端，战火重燃，遭殃的就只能是天下苍生，这就有违我们争霸天下的本意。”

纪空手恭声道：“先生之言，我一定铭记于心。不过，我心中有一疑问，不知当问不当问？”

五音先生微笑而道：“但问无妨。”

“先生一口咬定，争霸天下最终会在我、刘邦、韩信三人之间发生，可是照目前形势所看，最有可能夺取天下的，当是项羽，先生何以唯独将他排除在外呢？”纪空手不解地道。

五音先生轻轻地喘了口气，道：“这固然有天象的原因，其实与项羽的性格与行事作风有莫大的关系。项羽有夺取天下的才能，却没有夺取天下的谋略，所以他注定不能得到天下。所谓的王者之道，就在于有无夺取天下的才能、度量、谋略，这三者若缺其一，就唯有失败一途。”

他勉力吸了一口气，道：“假如不能舍弃一些东西，就不能取得统治天下的权势；不能忍让一些事情，就不能拥有全天下的财利。因此，真正的王者所为，是有些地方能夺取的不去夺取，有些郡县能攻占的不去攻占，有些胜利能获取的也不去获取，有些失败能逃避的也不去逃避；有些地方即使得到了也不得意忘形，有些地方即使失去了也不恼羞成怒，任凭天下人各自为所欲为，我再从容地后发制人，这样就可以获得成功，获得天下。所以王者之道，又是取舍之道，而项羽虽有百战百胜的才能，但我从巨鹿之战、进兵关中这两件事就已看出，他的谋略缺乏远见，度量也不够宽大，像这样的人，不失败反而奇怪了。”

纪空手为之信服，想到争霸天下的道路如此漫长而艰巨，不由深深地陷入了沉思之中。

一阵山风吹来，隐隐传来嘈杂人声。纪空手一惊之下，抬头看去，只见林外的火光漫红了半边天空，显然是敌兵已然越追越近。

他伸手要去抱五音先生，却被五音先生一手拦住，摇摇头道：“这里已是绝地，光逃不是办法，趁着离天亮还有一些时间，你得想法自他们的眼皮之下溜出去。”

纪空手一惊，道：“先生何以知道这是绝地？”

五音先生道：“身为一方统帅，必须要懂得天时、地利、人和的重要性，更要做到知己知彼，对敌人的行动作出大胆而准确的预判，否则就会出现我们今天的这种失败。我算漏了一点，就是刘邦的现有实力，而我为此付出的代价，就是生命！你一定要谨记这个惨痛的教训。”

“不！先生绝不会死，我一定能把先生带出峡谷。”纪空手缓缓地摇了摇头，目光坚定，显示出了其强大的自信与豪情。

“如果你真要这么做，那么从此的天下之争，就只有刘邦与韩信了。”五音先生的目光陡然变得凌厉起来，道，“该舍弃的东西就一定要舍弃，难道你忘了我刚才所说的话吗？”

纪空手深深地看了五音先生一眼，仿佛从五音先生的眼中看到了那份殷切的期望。一个有情之人，却要作出无情的决定，这对纪空手来说，其本身就是一种无情。

他唯有默默地低下自己的头。

五音先生这才松了一口气，缓缓而道：“刚才你能从密林中逃到这里，并不是你的功力在陡然之间提升了多少，而只是我用无忘咒激发了你体内的潜能，让你在某个时段达到一定的极限，从而释放出大量的能量。所以对你来说，硬闯绝对不是办法，唯一的可能，就是用整形术。”

“整形术？”纪空手抬起头来，惊诧地道。

“对！江湖上的易容化装种类不少，各有妙方，但整形术一名却是我为你的易容奇技而定名的！当年神农为了不让张盈看出破绽传于你缩骨移肌之术，但你的易容天分之高让我难以相信，你竟将丁衡的易形术与神农教你的缩骨移肌术相结合创出了如此奇技。我相信丁衡泉下有知也定会为自己的眼光独到而身感欣慰，所以我认为天下间要让一个人变成另一个人，甚至让他最亲近的人都无法识破，也只有你一人了。否则，卓小圆又怎能变成虞姬，却又让项羽毫无察觉呢？”五音先生微微笑道。

“那先生要让我易容成谁？”纪空手问道。

“当然是刘邦，因为你对刘邦十分熟悉，他的举止神态你应该都还熟记于心吧！再说你们二人身材相似，一定能做得天衣无缝，毫无破绽。”五音先生胸有成竹地道。

“可是……”纪空手迟疑了一下，“如果我遇上了刘邦，还是会穿帮，而此时此刻这种可能性又很大。”

“你绝对不会遇上刘邦，我敢肯定！”五音先生笑得非常自信，“我会在你走后，将刘邦和卫三少爷引来这里，有我这样的鱼饵，还怕钓不上他们这两条大鱼吗？”

“……”纪空手欲言又止，喉头已是一阵哽咽。

他不再说话，而是取出了薄如蝉翼的人皮与各色所需药水，静下心来，仔细回忆起刘邦的脸形，然后再凭自己的手感触摸脸部，分析两张脸在各个方面的比较下产生的结果，从而在心中确定了整个整形术的方案。

然后，他开始了非常流畅的自行复制过程。不过一刻工夫，当他再次出现在五音先生的眼前时，已完完全全变成了刘邦。

就连五音先生这等大行家，在近距离审视这张经过整形的脸时，也不由得啧啧称奇，为之叹服。

身为易形术始祖的他所叹服的当然不是整形术的神奇，而是纪空手近乎神奇的悟性。纪空手明显是在他与丁衡的基础上加以创新，使易形术的内涵与外延都有所发展，达到了超乎于想象之外的效果。

五音先生的手缓缓地触摸着纪空手经过艺术加工后的脸，脸上的表情从欣喜到肃穆，又从肃穆渐渐转变成激动，眼神陡然一亮，喃喃地低呼起来：“我明白了，我终于明白了。我明白了，我……”

纪空手怔了一怔，惊问道：“先生，你明白了什么？”

五音先生的心绪变得异常亢奋，紧紧地抓住纪空手的手道：“龟藏龙相，蜕壳成龙！龟藏龙相，蜕壳成龙……”

“龟藏龙相，蜕壳成龙……”纪空手跟着五音先生默念了几遍，脸上依旧是一片迷茫，似乎完全不明白五音先生的真正意图。

“先生，你没事吧？”纪空手心中一痛，还以为五音先生行将就木，是以胡话连篇。

五音先生脸上蓦生怒意：“我清醒得很！”他要纪空手附耳过来，然后压低嗓门，嘀咕起来。

纪空手初时听得几句，尚不以为意，陡然间脸色剧变，几经反复，整个人变得越发精神，眼芒暴闪，似乎听到了一个他生平从未听过的计划，其构思之妙，的确是匪夷所思，也只有五音先生这种见识广博之人，才能突发此想，做别人闻所未闻之事。

“你懂了吗?”五音先生喘了一口大气，然后微微一笑。

“懂了。”纪空手的脸上泛出一丝古怪的笑意，充满自信地回答道。

“你这就去吧!”五音先生深深地看了纪空手一眼，眼神中充满着浓浓的父爱与眷恋。

纪空手默默地点了点头，不再说话，突然站将起来，大步向林中走去。

五音先生紧紧地盯着纪空手的背影，眼中似有一股热流涌动，在刹那间，他猛然揉了揉自己的眼睛，似乎看到了一件十分怪异的事情。

纪空手的影子在雪光的闪跃下不断拉长，当拉到某种极限时，这影子突然碎裂重组，宛若一条游龙爬行……

而此时的纪空手，早已消失在了这黑夜之中。

经过近两个时辰的地毯式搜索，刘邦的目光已经紧紧地盯在了眼前这方圆不到一里的山林之中。

山林茂密，古树参天，纵有千百火把照明，依然有无数暗影浮动。

刘邦更加小心翼翼，每走一步，都对四边的环境观望良久，因为他明白，搜索的范围越小，存在的危险越大，唯有凭借敏锐的洞察力去感知隐藏的危机，才可将危险的概率降至最低。

在他的身后，是声色使者和一帮护卫。这些人无一不是真正的精锐高手，但是若要让他们与纪空手这等级数的高手抗衡，依然有所不及，所以刘邦只有更加集中自己的注意力。

“通知每一名参加搜索的战士，必须三人一组，不能落单，因为你们所面对的敌人不仅身手不凡，而且诡计多端。”刘邦再一次发出了相同的指令，而这一次，已是第三次，可见他对纪空手实在是心有忌惮。

色使者“哧哧”笑了起来，花枝招展：“大王未免太抬举那小子了，刚才在殿顶上，他不是一招未接，就开始逃窜了吗?”

刘邦让自己的目光强行从色使者那巨无霸式的丰胸上离开，深深地吸了一口气，道：“这才是他最聪明的地方。”

色使者故意挺了挺胸，道：“奴家倒要向大王请教了。”

刘邦道：“如果他在殿顶上动手，那就是逞匹夫之勇，不足为惧。他之所以可怕，是能忍，能够在瞬息之间审时度势，甚至选择好自己撤退的路线，根本不与我们斗气，作无谓的拼杀。像这样的人，你千万不要小看他。”

色使者媚眼一抛，刚要说话，却听声使者抢着说道：“大王所言极是，这小子的确聪明，早看出大王的气势锐不可当，是以才三十六计走为上策，来了个溜之大吉。”

刘邦摇了摇头，目光一寒：“他不是怕本王，而是他心有牵挂，是以不战。可惜呀可惜，假若三少爷真的能将五音先生拿下，那本王就可以用其人之道，还治于其人之身，让他就范。”

声色使者对望一眼，想到五音先生竟能从四大高手联手之下活着逃出，顿有匪夷所思之感。

“不过，五音先生已身受重伤，纪空手若想突围而去，恐怕只是妄想。”刘邦冷笑一声，“若是连今天这样的机会尚且不能将他们置于死地，那本王真的要对这纪空手佩服得五体投地了。”

说话之间，他腰间的剑鞘发出一声“嗡嗡”之响，将其内心的杀机暴露无遗。

众人无不为之一愕，信心倍增，似乎根本没有想到刘邦的功力之深，精湛如斯。

但就在剑响的刹那间，林木间的一团暗影蓦然晃动，移动速度快如电芒。

刘邦冷哼一声，在剑响的同时，他的心里已生警兆，迎前几步，突然身形一错，只感觉到一股锐利至极的劲风堪堪从身边掠过。

他没有犹豫，“铮……”的一声拔出剑来，但来人的出手快中有变，已然自另一个角度飞袭而来。

刘邦一退之下，剑锋划出一道扇形的弧度，准确无误地点击在劲风的锋端。

“砰……”的一声闷响，刘邦心中狂惊不已，因为他已听出，对方的兵器绝非金属。

“羽角木？难道说五音先生根本没有受伤？”刘邦一怔之下，却见对方已然飘出三丈，斜靠在一株古树上，神情悠然，风度翩翩，竟然正是五音先生。

“宫、商、角、徵、羽，是谓五音，这五音乃是音律的根本，千年万代不会改变，如同五行相生相克，神妙无比，是天地变化的自然法则。而我既用羽角木为兵器，当以变化取胜，刘邦小儿，敢与我一战否？”五音先生淡淡一笑，豪气顿生，任谁也不敢相信，五音先生竟然会有内伤在身。

刘邦情不自禁地退了一步，心中惊道：“这是怎么回事？他明明身负重伤，怎么会不到两个时辰就发生了这么大的变化？莫非他受伤乃是使诈？”

思及此处，刘邦顿时意识到了问题的严重性，如果单单只有一个五音先生，他并不惧怕，但是再加上一个纪空手，两人联手，只怕今日就是一场恶战。

刘邦深深地吸了一口气，让自己的心情尽可能地冷静下来。虽然在他的身后还有众多高手，但他更需要像卫三少爷那等级数的高手增援。

不经意间，他做出了一个手势。这是一个约定的暗号，随即便有一串烟花升上空中，耀眼夺目，照亮半空。

他知道，最多不过十息时间，卫三少爷就会赶到。他需要以绝对的优势来对付五音先生与纪空手，尽管纪空手此刻不在他的视线范围之内。

当卫三少爷带着影子军团出现在刘邦的身后时，每一个人的脸上都现出一种从未有过的讶然与骇异。因为他们明明看到五音先生在逃出“乐道三友”的制穴禁锢之后，根本就失去了还手之力，又怎会在数个时辰内，整个人又重新焕发出无穷无尽的生机，散发出近乎张狂的战意？

这是一个谜，悬在每一个人的心头上，平添无尽的压力。

但对刘邦来说，他更想知道的是，纪空手现在躲在哪里？以五音先生与纪空手的智慧，他们所做的每一件事情都具有深意，甚至在不经意间就会让人掉入他们事先设计好的杀局之中，倘若自己不思虑周全，一味冒进，只能是得不偿失，甚至有生命之危。

以刘邦的行事作风，他当然不会这样冒失，所以他只是静静地站在五音先生的面前，用自己敏锐的灵觉去感知未知的杀气。

结果一无收获，这让他既感到惊奇又仿佛是意料之中的事情，如果说自己这么容易就能找到纪空手的位置所在，那纪空手就并不为他所忌惮了。

但他却突然感到，此刻的五音先生，就像是一团被点燃的炸药，随时都有爆发的可能。

这当然只是刘邦的一种感觉，但这种感觉却异常清晰，让他不自禁地又退了一步，然后沉声答道："你真的能与本王一战？"

"能与不能，只有战了才知，但若是你想与我一逞口舌，老夫倒情愿甘拜下风。"五音先生淡淡一笑，当他的羽角木横在手中时，谁又能心生半点小视？

至少刘邦不能，也不会！他绝不敢将自己的声望与威信当儿戏，谁若是想与五音先生一战，必须先要有承受失败的心理。

刘邦身为汉王，绝不允许有任何的失败，这是由他的身份所决定的，于是挑战五音先生的重任，只有交给卫三少爷了。

卫三少爷别无选择，只有踏步向前，当他走到相距五音先生仅三丈之距时，倏然止步，因为他已感觉到了来自五音先生体内的那股杀意。

三丈的距离，并不是太长的距离，对五音先生与卫三少爷这等级数的高手来说，甚至算不上什么距离，但卫三少爷却不敢再行踏入，他心里明白，一旦自己强行挤入五音先生布下的气机之中，这三丈距离的空间绝对不会像现在这般宁静。

静，静至落针可闻，这是五音先生给卫三少爷的感觉。此刻的五音先生，就像是斜靠在大树边上的一尊精雕的石像，宁静得让人联想到子夜时分的苍穹。

刘邦已退到了声色使者的中间，静默无声，只是任由灵觉去感知这两大绝顶高手的精神世界。但是当他的灵觉触摸到这种精神实质的外围时，陡然发现自己根本无法深入进去。在五音先生与卫三少爷的对峙对立当中，两人的气机与精神紧锁，构成了一个严密的整体，绝对不是外人可以擅入的，若是强行闯入，必将遭到两人最无情的摧毁。

静立，对峙，时间就这样一点一点地过去，突然间，两人的目光在不经意间悍然相撞，犹如迸裂出一串火花，迅速点燃了他们心中抑制已久的战意。

卫三少爷以电光火石般的速度骤然拔剑，剑锋抬起，却缓缓地遥指向五音先生的眉心。

一个简单的动作，用快慢两种截然相反的速度演绎，充分反映了卫三少爷对自己内力与剑法的驾驭能力。而五音先生眼芒一闪，捕捉到的却是卫三少爷的剑锋在上抬之际，以一种怪异的弧度作着几不可察的震颤。

这说明卫三少爷的心情并非像他表面所表现的那样平静，无论是亢奋还是怯懦，他的气机都将出现必然的裂纹，而这就是五音先生的机会。

以五音先生良好的预判能力当然不会错失这个机会，身子陡然一挺，向前紧跨一步。

只需一步，就足可让卫三少爷感受到那难以承受的压力，于是卫三少爷长啸一声，再也无法保持这种静默的对峙，唯有主动出击。

剑出虚空，他的整个人已如清风般化入万千剑影之中，以一种扇面的弧度向五音先生展开了最猛烈的攻势。

攻势如潮，更如一道狂飙，挤入这密不透风的虚空，顿时打破了两股均衡之力构建的平静。

三丈的距离，简直不是距离，在卫三少爷的眼中，根本就没有任何距离可以妨碍他的攻击，他唯一担心的，是五音先生的眼睛。

这是一双空洞深邃的眼睛，仿若深海般宁静，让人无法揣度其深，更无法掌握它的流程。但谁都知道，暗流的爆发往往就隐藏在宁静的背后，只是谁也不能预料它爆发的时间。

爆发，其实只在一笑之间。

当五音先生的脸上泛出一丝淡淡的笑意时，羽角木已然出现在虚空之中，自一个玄奇莫测的角度缓缓而出，看上去是如此的平淡，如此的普通，但所指的破点，却让卫三少爷严密的剑影中真的出现了一道裂痕。

那是剑影中的裂痕，更是气机中的破绽，卫三少爷根本没有想到五音先生的目光如此敏锐，出手更是精确无比，为了弥补这点破绽，他唯有退。

一招未交，他的人已退出七尺，这在卫三少爷的记忆中，是从未有过的耻辱。

他惊骇之下，却见五音先生身形依然保持不动，只是脸上的笑意更浓，浓似醇酒。

他无法忍受敌人对自己这般藐视，于是一退即进，剑身再扬，企图以变化莫测的剑路与攻击角度来破袭羽角木的布防。

这是他一生的心血所在，剑法的名称就叫“无影术”。他之所以取这样的一个名字，是因为他知道，作为一个影子，只有无影，才是影子追求的最高境界。

名叫无名，剑自然无影，当剑入虚空的一刹那，连剑本身也消失在虚空之中，化为一片虚无，有的只是那犹如怒潮般的剑气。

沙石、散雪、断枝、败叶，随剑气而起，漫舞空中，形如一个巨大的旋涡在高速飞旋。当它强行挤入到五音先生三尺范围内时，突然炸裂，在旋涡的中心，乍现了一点足以惊魂的寒芒。

卫三少爷的剑锋终于再现，当它出现在虚空的那一瞬间，连卫三少爷自己也觉得这是近乎完美的一剑。

可是，令他不可思议的是，这近乎完美的一剑最终未能刺出，不是不能，而是不敢，因为他一眼就看出，当自己的剑芒插入五音先生的咽喉时，五音先生手中的羽角木早已洞穿了他的心口。

他唯有再退！

这一次他真的感到了一丝恐惧，更有一种心理上的失落。他之所以恐惧，是不敢相信自己与五音先生相较竟然会有如此大的差距，当他竭尽全力攻出自以为是势在必得的一击时，五音先生总能悠然轻松地将之化为无形。

而就在这时，刘邦的眼神却陡然一亮，似乎看到了五音先生的破绽所在。

当卫三少爷攻出两式近乎完美的剑招时，从刘邦的角度来看，也是难以破解的上佳之作，可是都被五音先生仿若信手拈花般一一破解。刘邦大惊之下，不得不承认五音先生对武道的领悟达到了常人根本无法企及的地步。

不过，在刘邦的心里，却感到了一种莫名的困惑，始终觉得五音先生在破解卫三少爷剑招的过程中，似有手下留情之嫌。他当然不相信五音先生会对卫三少爷手下留情，唯一的解释，只能是五音先生力不从心。

思及此处，刘邦的心里顿时一亮，五音先生的确受了极重的内伤，他之所以能逼退卫三少爷的攻击，全凭招式的变化。如果卫三少爷不顾及五音先生的招式，而是直接以内力比拼，当可收到意想不到的奇效。

当刘邦想通此节之后，当然不想放过这个名扬天下、树立声威的机会，因为对手是威震江湖的五大豪阀之一，只要将之击败，这一战带给自己的名望简直不可估量。

所以他决定亲自出手!

卫三少爷正愁没有台阶可下，难得刘邦愿意接这烫手山芋，心中当然是巴不得，赶紧退到了战圈之外。

刘邦跨前一步，横剑于胸，道："先生既然有心与本王较量，本王岂可辜负了先生这番美意？就让本王亲自领教羽角木的变化吧!"

他既有心捡这现成的便宜，所以话音一落，根本就不等五音先生说话，手中的长剑已然缓缓刺向虚空。

五音先生眼中闪过一丝讶异与惊骇。他是当局者，当然能够感受到刘邦这一剑所带来的气势与压力。他能瞒得过卫三少爷，终究还是骗不了刘邦，于是，他的脸上泛出一丝淡淡的苦笑。

刘邦捕捉到了五音先生表情上的这一细微变化，这也更加坚定了他所作出的判断。所以，他不再犹豫，加快了出手的速度。

长剑破空，空气仿佛被它撕裂，如一锅搅动的沸水，又似万马狂奔，使这郁闷的雪夜变得充满杀意，犹如地狱鬼府。

碎雪激卷，乱石横飞，刘邦的身影虽在剑气之后，却被自身的剑气所吞没，在飞旋中化作一道狂飙，以快得无可形容的速度向五音先生奔杀而去。

这是刘邦的剑，舍弃了变化，还原于真实的一剑，以最简单直接的方式攻出，却可以惊天动地，可以让威震江湖数十年的五音先生色变！

五音先生色变，却无惊，无惧，仿佛多了一丝亢奋，以至于脸上多了一层淡淡的红晕。

然后他缓缓地闭上了眼睛，当这团剑影逼杀至他身前七尺时，突然大喝一声，便见这段虚空之中，奔涌出一道劲气的洪流，以无匹之势迎向了刘邦的气势锋端。

这是羽角木，充满着活力，更带着沛然不可御之的气势的羽角木，未知起始，不知终点，仿佛天上地下，唯它纵横。

只此一招，已展现五音先生一生的武学修为，更是他体内残存潜能的最后爆发。

五音先生消失了，刘邦也消失了，当两股劲流悍然相撞时，他们就消失在这气旋飞涌的虚空中。

“滋……滋……”声音不绝于耳，正是气流在高速撞击中产生的磨擦之声，虽然没有众人想象中的暴烈疯狂的炸响，但虚空仿佛凝固，不再有空气的流畅，那无尽的压力，充斥着每一寸空间，挤压得场中每一个人在倒退之间，都恍若窒息，呼吸难畅。

一切都变得如此诡异，两股异流在虚空中幻化成龙，闪烁互动，在最牵动人心的一刹那，异流若两头好斗的公牛，轰然相撞一处。

惊心动魄间，一阵惊天动地的裂响，炸响于半空之中，震动着每一个人的耳膜，存留于所有人的心中。

所有的战士都骇然而退，包括声色使者和影子战士。从他们惊而不乱的后退方式来看，他们无疑都是训练有素、久经沙场的优秀战士，但即使如此，每一个人的脸上依然对眼前发生的一切表示出难以置信的神情，甚至是怀疑与困惑。

地面上的积雪泥土有若风卷残云，尽数被狂猛的气流激上半空，在扭动变形中散落四野，而尘土雪雾淡去，两条人影重新出现在地面，重现于他们原来的位置，有若两尊屹立已久的雕塑，从来就未曾移动过一般。

五音先生依然是五音先生，刘邦还是刘邦，他们不曾有变，变的只是这密林中的其他东西，包括雪夜中的宁静。

刘邦的剑在手，遥遥指向五音先生的眉心，他的神情镇定而冷漠，就像一块千年寒冰，根本不掺杂任何的感情。

一缕鲜红的血液从刘邦的嘴角流出，滴答之声不绝，显示着他已受了极重的内伤，难道在这场他认为必胜的决战中，最终的败者竟然是他自己？

没有人知道最终的结局会是什么，包括卫三少爷。当卫三少爷将目光移向数丈外的五音先生时，五音先生的意态依然悠闲，恬静自然中带着一股莫名的神情。

天地在刹那间静寂了下来。

五音先生的心中溢出一丝苦涩，一种无奈，甚至是一种苍凉。他知道，自己的生命就要结束了，当他决定以死来捍卫自己毕生的荣誉时，便将自身体内唯一可供生命延续的真气完全催发出来，企图在生命的最后一刻写下最悲烈的一笔。

他几乎已经做到，可惜，只差一线，因为他的对手是刘邦。在他的眼中，一直认为刘邦的武功是一个谜，一个无法揣度的悬念。因为以他对卫三公子的了解，他始终不信卫三死前会浪费自身的功力。所以当他以自身最后的力量驱动羽角木击出必杀一击时，虽然得手，但事实也证实了他的想法是正确的，刘邦体内真气爆发的反震之力已经将他的每一根经脉震得寸断不续。

不过，刘邦虽然得到了卫三公子的功力，但在五音临死的一击之下也不可能安然无恙，体内必然会留下不可归原的暗伤。

因为这是要换取五音先生生命所必须付出的代价。

“你可以去了。”刘邦冷冷地看了五音先生一眼，虽然嘴角的鲜血四溢，但他还是开口说了这句话。

“是的，我……可……以……放心地……去了。”五音先生淡淡一笑，脸上根本就不见凄凉。

这本是一句平淡的话，却让刘邦蓦然色变，他陡然间想起了纪空手。

这里所发生的一切实在反常，反常得让刘邦有一丝惊诧。当五音先生竭尽全力攻出这最后一击的时候，纪空手呢？他又在哪里？他绝对不可能眼睁睁看着五音先生送命！

这似乎只有一个解释，那就是纪空手根本不在这里！

纪空手不在这里，那会在哪里？如果他真的逃过了此劫，这对刘邦、对问天楼，甚至整个汉王的军队来说，都是一件非常可怕的事情。

刘邦大惊之下，正要下令展开搜索，却见五音先生微微一笑，摇了摇头："迟……了，一切……都迟了。他……就像是……一条离水……的蛟龙，已……经……遨游在……九天……之上。"

他勉力说完这些话，整个人便若山岳般轰然倒下。

他终于死了，这位曾经叱咤风云、纵横天下的五阀之一，知音亭当世之主终于闭上了自己的眼睛。他走得是那么匆忙，甚至没有留下任何东西，但他留在世人记忆中的，是一段故事，一段传奇，以及脸上那一丝淡淡的笑意。

与此同时，当五音先生倒下的那一刹那，纪空手的心猛然一跳，似乎感到了一股强烈的悲情涌上心间。

他没有犹豫，强忍着泪水，迅速自另一个方向绕到大钟寺前。

第五十三章　七日悟道

大钟寺前早已戒备森严，数千战士严阵以待，各持兵刃，布下数重防线。当纪空手现身于众人视线之内时，数千战士无不神情一愕，随即变得恭敬起来，肃手相迎。

纪空手心中暗吃一惊：“刘邦能有今日的成就，绝非偶然，单看其治军之严，已然有王者之师的风范，我若非扮成他的样子，一味硬闯，只怕唯有命丧当场。”

他可以从这些战士的表情中看出，自己的整形术完全成功。他唯一担心的是自己的说话举止会露出破绽，是以眼芒一闪，缓缓自每一个战士的脸上扫过。

目光所及，无人不低头，纪空手要的就是这种效果。当他快步自人群中穿过后，这才回头道：“加强警戒，绝不能让纪空手漏网逃脱，有违令者，格杀勿论！”

话一出口，连他自己都吓了一跳，他怎么也没有料到，神农所传的变音术会如此神奇，竟然可以将说话的语气和腔调变得与刘邦如出一辙，惟妙惟肖。

数千战士无不肃立，任由纪空手旁若无人而去。

纪空手不慌不忙地走出众人视线范围，迅即加快脚步，逃出上庸城去。当他回头来看时，再也忍不住心中的悲痛，泪水缓缓地自脸颊淌过。

五音先生死了，这是一个不争的事实，虽然纪空手没有看到这撕心裂肺的一幕，但是他明白，身受致命之伤的五音先生，绝对挡不住刘邦与卫三少爷的联手一击。

他的心中充满着一种难以言表的失落，更感到了一种独行的寂寞。他从来都是将五音先生当作是自己的靠山，是一棵可以依靠的大树，当这棵大树轰然倒下之时，他犹如一个幼稚的孩童般顿现迷茫，仿佛不识路途，迷失了前行的方向。

这种迷茫的心情一直缠绕在他的心间，伴着他来到了忘情湖边，此刻天色渐亮，凄冷的湖风吹过，令他忍不住打了个寒噤。

他的头脑顿时清醒了不少，缓缓地取下脸上几块多余的东西，几经搓揉，还原了自己的本来面目。

他对着湖水一照，只见湖面映出自己的脸来，容颜未改，却多了几分憔悴，眼窝下陷，眸子里却是一片迷离，俨然一副落魄之相。

这令他大吃一惊，似乎没有想到五音先生的死竟然让自己如此消沉。他此刻最需要的，是一种冷静与理性，因为他明白自己肩上所担负的责任。

他深深地吸了一口气，望着这波澜不惊的湖水，企图让自己的心情尽快从悲伤中跳出来，恢复理性的思维。

就在这时，他却突然感到了一阵躁动不安，就像是野狼突遇危机的感应，让他为之心惊。

忘情湖畔的早晨，一片静寂，湖岸积雪数寸，除了徐徐而来的湖风，又哪来的动态之物？

但纪空手却相信自己的直觉，这倒不是他对自己的武学修为有一种盲目的自信，而是他的的确确地感到了这股危机，如刀刻般清晰。

对方绝对是一个高手！

纪空手之所以有这种感觉，是源于他对这股危机的认识。他敢断定，对方已经跟踪多时，只是自己直到此刻才有所察觉而已。这固然有自己心神不宁的原因，主要还在于对方内力雄浑，善于隐蔽。

来者是友是敌，纪空手无法判断，但是对方既然跟踪自己，必然看到了他不该看到的事情，是以纪空手顿起杀心。

他绝对不能让任何人知道他曾经假扮刘邦之事，此事关系之大，大到无法想象的地步，纪空手唯一可以采用的方式就是杀人灭口。

只有死人才能保守秘密，他与刘邦一样，坚信这一点。是以，他的手已握住了刀柄。

他此刻所处的位置是一片平地，只有十数丈外才是矮小茂密的灌木丛林，林中积满白雪冰凌，根本不像有人进入的痕迹。

但纪空手确定此人就潜伏于灌木林中，因为他感应到了对方的存在。他的灵觉随着补天石异力的提升和加强，变得超乎寻常的敏锐，甚至可以探测到对方心神稍纵即逝的波动。

他之所以迟迟未动，是想等待一个最佳的出手时机。他不容自己有半点闪失，否则唯有抱憾一生。

十数丈的距离，也许适用的武器不该是离别刀。

“嗖……”一道耀眼夺目的电芒突然划亮了灰蒙蒙的天空，没有弧度，七寸飞刀以笔直的线路出手，直奔灌木丛中。

在电芒的背后，是一道暗云般的身影，以追风之势紧紧跟于飞刀之后，同时在虚空中蓦现万千刀芒，挤压向飞刀所去的方向。

同样是刀，却演绎出了不同的意境；不同的意境，却同时体现了刀的真义。所以纪空手一旦出手，整个人便快若惊鸿，他所要的，便是给对方绝对致命的一击！

眼见飞刀就要没入灌木丛中，突然“砰……”的一声，丛林为之而开，随着灌木向后贴伏的角度，一条人影飘行于灌木丛上，赶在飞刀扑至的刹那，硬生生地做出一个回旋，斜退了七尺。

七尺，已足够让他躲过飞刀，但却无法躲过离别刀的袭杀。劲气激射间，纪空手的手腕一振，及时校正了出刀的角度，正好劈向了原定位置七尺外的虚空。

“叮叮……”一连串刀枪交击，引出金属般磁性的脆响，劲流四散，像是疯狂而跃动的星火，虚空似在一刹那间打破了宁静，被两种截然不同的兵器撕裂成喧嚣杂乱的景致。

“砰……”在十数下攻守转换中，刀枪终于在极小的概率下形成点击，气流由此而暴起，卷着散雪碎泥如狂飙般旋飞空中，两道人影一触即分，各退丈余，然后相对三丈而立。

直到这时，纪空手才看到对方头戴一顶形如锅底的竹笠，遮住了大半张脸庞，但从他显露出的下巴与胡碴来看，依然不失刚硬的线条。

但不知为什么，纪空手却有一种似曾相识之感，虽然他肯定自己绝对没有见过这个人，却对此人的身形并不陌生。

“阁下是谁?”纪空手一时想不起自己在哪里见过对方，是以不费脑筋，采用了更直接的方式。

“你无须多问。”此人的声音极冷，冷得如这徐徐吹来的湖风，拒人于千里之外。尽管纪空手的刀法超出他的想象，他也没有显出任何的惊惧。

但纪空手却听出此人的口音偏离中土，刚硬得有些刺耳，所以他也丝毫不让，完全以压迫的方式说出了他的第二句话：“我不得不问，因为你看到了你不该看到的东西。”

“那又怎样?”那人冷笑一声，笑声如刀，更如寒芒。

“不想怎样。”纪空手突然笑了起来，报以同样的冷笑，“我只想将你送入地狱。”

虽然纪空手依然看不到对方的脸，但他却感到对方的瞳孔收缩成一线，透过竹笠的些许缝隙，似乎在打量着自己的脸。

纪空手的人就如他手中的刀，傲然挺立，战意勃发，随便一站，就可以最大限度地让人感到他体内蕴含的生机与活力。当他的嘴里吐出“地狱”二字时，没有人敢将它当成是一句玩笑，或是一个游戏。

对方显然感受到了这股浓烈的杀机，只能沉默不语，冷静以对，同时他的大手发出一声骨节的错响，紧了紧手中的枪杆。

他用的是一杆长枪，却不同于扶沧海长枪的线条流畅，而更显枪身的粗犷。自始至终，他的大手都是超乎寻常地稳定，显示出他具有良好的心理承受能力。

但纪空手没有立即动手，灵光一闪间，他重复了最初的问话：“阁下到底是谁？何以昨夜会出现于大钟寺?”

他突然醒悟过来，自己之所以觉得来人的身形似曾相识，的确是曾经见过。

那人的眉锋一抖，似有一分惊怒：“原来是你在我的背后捣鬼!”

纪空手悠然一笑，道："不错，因为你在错误的时间出现在错误的地点，我必须提醒你。"

那人的头猛然抬起，终于露出了他的脸，整张脸无所谓俊丑，却带有一种北方游牧民族的剽悍，这让纪空手的心中有一丝困惑。

"你很想知道我的名字?"那人似乎又变得冷静起来。

"当然。"纪空手道，"你既然是刘邦的敌人，我想看看你是否会是我的朋友。"

"我叫巴额。"那人终于爽快地说出了自己的名字，但更爽快的话还在后面，"我绝对不是你的朋友，所以，我希望你能杀得了我!"

纪空手笑了，他从来没有见过这样直爽的人，这与他印象中的那个游牧民族的风格大致相同，但有好感是一回事，杀人却又是另外一回事，他从来不想混淆自己的视听。

所以，他不再说话，他决定以自己的方式尊重对方——出刀!

刀走偏锋，缓缓地向前推移，当它漫入虚空时，却在虚空的中心。

这本是一种非常玄奇的感觉，但到了纪空手的手里，却变得自然至极，仿佛事情的实质就是如此。

巴额缓缓地将长枪旋动起来，他感到纪空手的杀意已经渗入了这冰寒的朔风中，令他的心底升起一股沉闷与躁动——这是一种压力，一种无法摆脱的压力。

不可否认，这股压力强大而实在，有质无形，无所不在，巴额浑身的骨节发出一阵惊人的爆响，似乎承受不住这股压力的挤压，又似在这股强压之下迫发的生机。他只感觉到一股浓烈如酒的杀机在这暗流涌动的虚空中酝酿成形，随时孕育着一场惊心动魄的杀戮。

巴额握枪在手，枪尖轻颤，抖闪出一种弧度，使得锋刃没有一个固定的定向。他没有攻击，也不敢贸然攻击，这是因为在纪空手严密的气机之下，他根本找不到一个可以攻击的角度。或者说，迄今为止，他还没有看到纪空手有一丝破绽。

所以，他采取了一种保守却有效的方式，那就是后发制人——长枪漫入虚空，布下气阵，以防御抗拒对方如山岳逼至的沉重压力。

纪空手的眼中有一丝怜悯的神情，还有一丝不屑，他心里清楚，巴额之所以后发制人只是迫于一种无奈，但这样却加速了他的失败！假如巴额有胆一拼，以他绝妙的枪法，雄浑的内力，或许还有一线生机，而现在，巴额之败几成定局。

但败不是纪空手的目的，他必须要让巴额死！虽然他对巴额的耿直有几分好感，却没有任何选择的余地。

狂野而飞涌的杀机在纪空手的体内疯涨，在身体与刀身之间如电流般蹿动，终于，“咚……”的一声，他重重地踏前一步。

只有一步，却如重锤般砸在巴额的胸口，几乎让他喘不过气来，而纪空手的这一步踏出，不仅生出一股概莫能敌的豪气，更使湖岸的这片空间压力增至极限。

他这么做，只有一个目的，就是要巴额更鼓易弦，临时改变决定。

“呀……”巴额大喝一声，更改策略，强行出手！因为他突然之间产生了一种幻觉，如果任由纪空手这样一步一步地逼近，他根本就没有后发制人的机会。

是以，他唯有出手！

纪空手的眼眸中闪过一丝笑意，很冷，宛若森寒的锋刃，一闪即没。

巴额锁定纪空手身体的某个部位，这才陡然起动，长枪漫射虚空，带起一阵碎石穿云般的怒啸，一震之下，幻出万千枪影。

空中蓦起无数气旋，伴着这密不透风的攻势，将纪空手的人影夹裹其中，声势之烈，比及扶沧海也不在其下。

枪影迅速向前推移。

三丈、两丈、一丈……

枪锋所向，劲气密如丝织，充塞了每一寸虚空，更带出一股仿若飓风般的压力。

当它进入到纪空手七尺范围时，就在此刻，纪空手凭空消失了。

没有人可以凭空消失！

巴额之所以有这种错觉，是因为纪空手的动作之快，犹如一条魅影，闪出巴额的视线，步入到他目力的盲点。

巴额陡然生惊，神情为之一变，略一迟疑，却发现一股刀芒自左肋方向快速迫来，迅如怒潮滚滚。

刀是离别刀，当它每一次出现在人们的眼中时，总是可以在不经意间勾起人们的离情。这一次，又有什么东西会与巴额的身体分离？

没有，没有什么东西会与巴额的身体分离，当离别刀漫舞虚空时，它要的是让巴额与这个人世分离。

几乎是无可抗拒的一刀，来自于不可思议的角度，当纪空手出手的刹那，他甚至有几分得意地问着自己："这是不是我最完美的一刀？"

这是不是纪空手最完美的一刀？

也许是，因为在他的内心深处，有悲伤，有离愁，有对五音先生的无尽思念，这种心态，正合离别刀的刀魂之境。

如果说唯一的不是，是在他出手的刹那，不该得意，虽然这种得意自然而然，由心而生，仿若画师为一幅至美的画卷添上最后一笔时油然而生的心情，但用在离别刀上，便是一点瑕疵，美中不足。

正是这一点瑕疵，使得巴额在瞬间捕捉到，得以从容而退。

但是，就在他退的同时，纪空手人刀并进，刀在空中划过一道美丽的弧线，随之展开最强猛的攻势。

"叮……叮……"交击之声不绝于耳，巴额大惊之下，勉力出手，一连格挡了这势如狂风骤雨般的刀芒，每格挡一记，他都似有力尽之感。

他心中的惊骇简直无可形容，有些为自己此时的处境感到不值。他一直以为自己跟踪的是刘邦，却没有料到这刘邦另有其人，易容假扮。

这一切是他未曾料到的，因为他从来不知道这个世上还有如此高明的易容术。巴额此次南来，原本是肩负着一项非常重要的使命，想不到功未成，自己却糊里糊涂就要死于一个连姓名都不知的人手中，他真要对天喊冤了。

他虽然觉得自己很冤，颇有不值，但却丝毫怪不得自己，因为谁又能想到这样一个年轻人竟然拥有如此高深的武学造诣？毕竟当世之中，在他的记忆里，年轻人跻身绝顶高手之列的，只有那么几个，但他却偏偏能像撞大运般遇上一个！

“莫非他就是纪空手?”巴额飞退之下，头脑猛地打了个激灵。

刀芒奔涌而来，刀锋所向，带起一阵如狂飙般强烈的杀气。那涌动的气势犹如长江大河之水狂泻而来，根本不给巴额任何喘息之机。

“你……你……你就是纪空手?”狂猛的刀气几令巴额窒息，心生恐惧间，他陡然惊呼。

他的声音一落，刀芒顿消，仿若雨过天晴，纪空手收刀于手，人在数丈外飘然而立。

“你认识我?”纪空手心中虽有杀意，却淡了几分。如果给他一个充足的理由，对方未必就非杀不可，因为他始终觉得，每一个人活在这世上都不容易。

巴额的眼中顿时闪过一丝惊惧，眼芒闪动间，竟然在揣算他与纪空手之间的距离。

纪空手将这一切看在眼中，微微一笑，不以为意。

他同样也对距离非常敏感，所以才会暂停攻势，因为他觉得就算巴额打算逃跑，在这样的距离之内，他有十足的把握将之击杀。

“我不认识你，但对你的大名却久仰多时，今日得见，真是幸会。”巴额的脸上挤出一丝谄笑，奉承道，举止神色间有些反常。

“你无须奉承于我，我只是觉得你是一个耿直之人，才给你这个机会，希望你能如实回答我几个问题。”纪空手皱了皱眉，他的心里生出一丝厌恶，原有的几分好感也因巴额这一丝谄笑而荡然无存。

“你请问，你请问……”巴额连连点头，神态改变得如此之快，让人感觉到有什么阴谋。

“你何以会到大钟寺去?难道说大钟寺里有你要找的秘密吗?”这个问题一直悬于纪空手的心里，因为他知道，当世之中，能知晓登龙图秘密的人寥寥无几，除了自己与五音先生之外，只有刘邦、卫三公子、韩信三人知情。

五音先生与卫三公子既死，那么剩下的知情者就只有三个，如果巴额真的是为了登龙图宝藏的取宝之道而来，那他就只可能是韩信的人。

对于韩信，纪空手只要一想到他，心中就有撕心裂肺之痛。大王庄一役，当韩信在他的背后刺出那无情的一剑时，他就知道，在他与韩信之间，将无情可言，因为他们已不是朋友！自那一剑刺出，他们就互为对方今生最大的宿敌。

巴额迟疑了一下，道："这很重要吗？"

"对我来说，也许是无关紧要。"纪空手冷哼一声，"而你则不同，也许它关乎到你的生死。"

"是吗？"巴额的脸上突然露出一丝诡笑，一改刚才的谄笑，又恢复了最初的冷傲，"如果我不想说呢？"

纪空手为之一怔，似乎没有料到巴额的脸竟然说变就变，但他并没有将之放在心上，只是紧了紧手中的刀柄："你可以试试看！"

他在说这句话的时候，整个人仿佛已多了一股霸气，意志坚定，似乎不为任何形势而转移。当五音先生死后，他有所消沉，但经过一段时间的缓冲后，他又重新振作起来，因为他突然悟到，五音先生死得是否有价值、有意义，全在于他能否有所作为。他若想报答五音先生的知遇之恩，唯一的办法就是将其忘掉，开创出属于他自己的大场面。

如果将纪空手的这种认识比作是他思想上的一次大爆发，一种升华，那么五音先生的死也许就是这场爆发之前的阵痛。没有这种阵痛，就绝对没有这场爆发，纪空手的命运也不会因此而出现转折。

纪空手似乎感受到自身的这种变化，并不觉得有半点意外，对他来说，他已把昨天所发生的一切都看成是一种化茧成蝶的蜕变，当量变转成质变，一切也就随之而生了。

这种变化还体现在他对武道的重塑，强大的自信使他突破了过去的思维空间与模式，登高一步，从而窥得了武道极处的某些玄机。当他面对手握长刀的巴额之时，他似乎已不再把自己定位为一个高手，而更像一个王者，自然而然便透发出一种君临天下的气势。

也许，五音先生的死是一个契机，它就像是一束火花，点燃了纪空手体内不尽的潜能与激情。纪空手之所以能成为武道中罕有的奇才，更在于他总是能够抓住属于自己的每一个机会，无论这个机会是好是坏，他总是能将它引入正确的轨道，并加以利用。

巴额不明白发生在纪空手身上的一切，他只是感觉到自己站在纪空手的面前，就像面对着一座难以撼动的大山。不过，他对自身的修为相当自信，所以他始终认为自己可以安全地逃出纪空手的捕杀范围。

这就是他脸上表情变化的原因，奉承别人、低声下气并非他的本性，但有时候为了生命，他也能委屈自己。

于是，当纪空手说出最后一句话的时候，巴额不再犹豫。

“呜……轰……”

风雷声响起于旋动的枪锋之中！

巴额的出手，更像是六月天的飞雪，突然、隐蔽，出乎纪空手的意料之外。

纪空手没有退，而是面对这凛然的枪锋迎前。

只迎前了一步，离别刀已斜出，幻起了一幕亮丽的刀弧。

纪空手的眼中已尽现寒芒，杀机毕露。既然巴额选择了死路，他只有成全。

“叮……”刀芒与枪锋一错之间，枪锋在巨力的挤压下突然炸裂开来，一缕轻烟漫出，与无数寒芒交织一起，若暗云般袭射向纪空手。

这显然是巴额的精心之作，在纪空手气势全盛的时候出手，无疑可取到突袭之效。

纪空手的眼中顿时闪现出一丝惊诧，没有料到巴额的长枪还设置了如此精妙的机关，这使他出现了一丝犹豫。

他无惧于这些寒芒，却惊惧于这股伴随寒芒而来的轻烟。这股轻烟一出枪锋，迅即向虚空蔓延，刹那间弥漫了整个空间，影响了纪空手的视线。

纪空手无法判断这轻烟中是否有毒，唯一的办法就是闭住内息，同时跃身闪避。

“呼……”在闪避的同时，他的飞刀陡然飞出，如一道撕裂云层的闪电，破入烟尘之中。

目标，就是烟尘的最浓处。

然后人随飞刀之后，闯入迷雾。

纪空手此时只有一个念头，那就是绝对不能让巴额逃脱，无论付出多么大的代价，他也必须做到这一点！

当他冲前数步之后，迷雾已在身后，可是眼前只有连绵不绝的灌木，却哪里寻得巴额的人影？

“这莫非就是传说中的忍术？”纪空手陡然一惊，蓦然想起五音先生曾经向自己提及的东海忍道。

原来在东海的众多岛国中，于战国初期出现了一股神秘的武林势力，人数不多，但其内功心法及搏击之道与中原武学大相径庭，被中土武者视为旁门左道。

但它能屹立江湖百年之久，自然有其生存之道，门下弟子更是凭借着其独门的武学修为与独树一帜的搏击变化涉足江湖，为世人瞩目。因其善于隐蔽，精通逃遁之道，来去突然，行迹诡秘，又被人称为忍者，而忍者所用的一切技艺，是为忍术。

纪空手之所以有如此联想，实是因巴额的逃生手段有忍者之风，这使他心惊之下，唯有静心以对，让自己的灵觉去感知十数丈范围内的一切动静。

他相信自己的灵觉，更相信自己的实力。忍术虽然神秘诡异，但只要它是来源于武道，就绝对会有迹可寻。

他要做的，就是去伪辨真，撕开忍术的一切伪装，还原于它本来的面目。

不过三息的时间，他终于发现在数十丈外的灌木林中，有一丛灌木如波浪起伏，迅速地向前飘移。虽然此刻无风，但要发现这点异状的存在实是不易，以纪空手的目力，也是花费了极大的精力才有所察觉。

“嗖……”这只能说明，巴额采用的方式是土遁术，幸好纪空手对于此道并不陌生，是以没有犹豫，飞身追去。

那凸起的灌木移动极快，就在纪空手踏步追出的刹那，土泥炸开，巴额满身泥土地纵身而出，便要飞掠而去。

“轰……”巴额的身形刚欲掠起，突然他周围的几丛灌木炸裂开来，尘土散尽后，却见巴额颓然倒地，在他的身边，站有三人，正是车侯、土行与水星。

纪空手又惊又喜，快步上前道："你们怎会出现在这里？"

车侯一声呼哨，便见湖中心现出一条船，缓缓向这边驶来。

"我们已在忘情湖上待了数日，就是在琢磨如何才能自这百尺水下取出登龙图的宝藏。正巧碰上你和这人缠斗，所以就赶过来瞧瞧。"车侯微微一笑，向四面张望片刻，讶然问道："怎么不见先生与'乐道三友'？"

纪空手神色一黯，道："先生已去了。"

车侯浑身一震，回头与土行、水星相视一眼，掉过头来笑道："这个玩笑可开不得。"

纪空手摇了摇头，目光望向上庸方向的那块天空，沉默半晌，才幽然而道："我没有开玩笑，就算是开玩笑，我也绝对不会拿先生为对象。"

他的脸上肌肉一阵抽搐，扭曲成一种难看的线条，低声道："这是一个事实！"

车侯的脸色"唰"的一下变得煞白，连连摇头，道："不会的，这是不可能的，这不是真的！"

他猛然扑了上来，抱紧纪空手的肩头一阵猛摇，道："你撒谎！在这个世上，谁也不可能杀得了他，就算是两个刘邦也绝不是他的对手！"

他近乎是在嘶喊，利用这种方式来发泄自己的情绪。在他的眼中，五音先生不仅是他的朋友，也是他的恩人，更是他心目中的神，如果没有五音先生，就不会有今天的他与西域龟宗！像这样一位无所不能的神，又怎会死于他人的手上呢？

纪空手任凭他用力摇动着自己的身体，没有任何的阻止。他明白车侯对五音先生那份深深的感情，是以只是静静地看着他，直到车侯喊得嗓音嘶哑。

"我们低估了刘邦的实力，所以陷入了他布下的死局之中。"纪空手缓缓说道，"但最致命的一点是，'乐道三友'本是问天楼安插在先生身边的奸细，所以不可能发生的事情最终还是发生了。"

车侯呆呆地望着纪空手异常冷峻的脸，早已是老泪纵横，连连摇头，半天也说不出话来。他心里已然明白，纪空手所说的是事实，假如'乐道三友’真是奸细，五音先生纵然是神，也未必能幸免遇难。

纪空手缓缓地将昨夜发生的一切讲述出来，直到这时，他才感觉到自己的心里好受一点。

“事情就是这样。”纪空手看了一眼已然无法动弹的巴额，“然后我就遇上了他。”

他刻意隐瞒了自己整形的那一段，以及五音先生临别时的几句嘱咐，这不是他不相信车侯等人，而是有了‘乐道三友’的教训，他必须有所保留。

他扶着车侯，保持着应有的冷静道：“现在我们不是悲伤的时候，当务之急，是要派人弄清上庸城此时的情况，设法将先生的遗体送回峡谷安葬。同时，我必须要知道这位巴额的背景与来历！”

车侯慢慢地平复了自己激动的心态，望着巴额道：“我认得他。”

纪空手惊奇道：“此话当真？”

“他的确叫巴额，是北域龟宗之主李秀树座下的七大高手之一，因北域龟宗与东海忍道门联姻的关系密切，是以他会一两手忍术并不为奇。”车侯说得很慢，却非常详细。

“可是他怎么会跑到上庸来，甚至出现在大钟寺？”这才是纪空手关心的问题。

“这我也不知道。”车侯摇了摇头，“这个问题也许由他本人来回答更为合适。”

纪空手将目光转向巴额，不禁大吃一惊，只见巴额的脸由红转青，呼吸急促，正是中毒之兆。

“怎会这样？”纪空手出手之快，在瞬息之间连点巴额周身数大要穴，以防毒性继续蔓延。

“我是不会回答你任何问题的。”巴额惨然一笑，“因为死人是不可能开口的！”

话一说完，他的头已然垂下，一缕乌血缓缓地自他的嘴角处渗了出来。

纪空手惊诧地望着车侯，却见后者摇了摇头：“不成功，便成仁，这是李秀树一生奉行的做人原则，体现了他为达目的不择手段的行事风格。

他门下的上千弟子，无不将这一句话奉为至理名言，巴额自然也不例外。”

车侯大手托住巴额的下巴，微微用力一错，便见巴额的嘴已然张开，车侯指着巴额的满口牙齿道：“每一个北域龟宗的弟子，甚至包括李秀树自己，他们的嘴里必有一颗是刻意装上的假牙，牙里藏有见血封喉的剧毒，一旦他们见势不对，或是受俘于人，就会咬破牙齿，让毒液进入咽喉。”

“这岂非太残酷了？”纪空手倒抽了一口冷气。

车侯冷冷地道：“这只是他们对自己而言，倘若是对待敌人，他们所使的手段可谓是无所不用其极，残忍到你不敢想象的地步。当年我与李秀树之间为了龟宗分裂之事，曾经有过数次火拼，而最后一次，李秀树为了不让我再有翻身的机会，竟娶了东海忍道门之主那位丑得可以让任何男人倒胃的女儿，巧幸我有五音先生及时出手相助，否则只怕龟宗就不会有西域与北域之分了。”

他言下之意，显然是在当年的火拼之中落入下风，后来得到五音先生的帮助，才得以保存实力，立足西域。提及五音先生，车侯的脸上又平添几分伤感。

但纪空手悬念未解，继续问道：“以车宗主的实力，尚且不能与李秀树一较高低，难道说李秀树真的就那么可怕吗？”

车侯沉吟片刻，道：“李秀树虽是我龟宗子弟，但背景复杂，来自于北域高丽国的一支王室贵族。据说他当年混入龟宗，就是想利用龟宗的力量，来达到自己的某种政治目的。是以他虽为北域龟宗的宗主，却掌握了北域龟宗、东海忍道以及棋道宗府三支力量，如果他入主中土，足可与五阀分庭抗礼。只是此人城府极深，胸有大志，一向行踪诡秘，隐忍不发，所以才不为中土江湖人所知。但从巴额的行动来看，莫非他认为时机成熟，准备出手？”

车侯的脸上现出重重隐忧，显然对李秀树此人有所忌惮。

纪空手看在眼中，心里暗道：“如此说来，这李秀树既为高丽王室贵族，只怕其志不小，意在天下，如果他与韩信暗中勾结，势力之大，恐怕连刘邦也未必控制得了。”

这绝非纪空手杞人忧天，因为他从巴额上庸之行就似乎看到了这种迹象。登龙图宝藏的所藏地点除了他与刘邦、韩信三人知道外，天下再无人可知，但巴额却能寻到上庸，这只能说明，他的消息来自于韩信。

这是一个不争的事实，只要用排除法稍作分析，结果自然水落石出，这不由得不令纪空手的心情愈发沉重起来。

他望着巴额渐冷渐硬的尸体，感到自己的思绪被太多的问题充斥，以至于有头大欲裂之感。他需要单独一个人静下心来好好地想一想，以作出正确的决断，不仅为自己，也为这数千峡谷子弟。当五音先生这棵大树倒下时，他已经责无旁贷，必须让自己成为擎天之柱，支撑起每一个人头顶之上的那片天空。

五音先生的死讯传到峡谷，每一个人都沉浸于悲痛之中，红颜更是悲痛万分，茶饭不思。

只有纪空手超乎寻常地冷静，将自己一个人关在洞殿之中，整整过了七天七夜。在这七日之中，车侯与扶沧海受虞姬之托，数番相劝，可是洞门紧闭，里面却丝毫没有回应，就连红颜从哀思中振作起来，想来劝上几句，但洞门依旧紧闭，谁也无法知道纪空手的心中所想，更不知道他在做些什么。

就在众人担心之下，决定破洞门而入时，纪空手须发俱乱，形销神蚀地出现在众人的眼前。他只说了一句话："我没事，我只是想通了一些事情。"

说这句话的时候，他的脸上一片宁静，但每一个人都从他的目光中看到了坚定与自信。

洞殿之中，燃起几根烛火，纪空手、车侯、扶沧海、红颜坐在一起，无不一脸肃然，似乎要作出一个重大的决定。

"你是否再考虑一下？"车侯看了纪空手一眼，还是忍不住说了一句。

纪空手摇了摇头，道："我已经考虑得十分清楚，我不能登位知音亭阀主。不是我不想，而是不能，还有更重要的事情需要我去做。"

"难道连我们也不能告知吗？"扶沧海诧异地道。

“不能，这是天机。”纪空手断然答道，“总有一天，你们会知道事情的真相的，但是现在却不能告诉你们，这并不代表我不信任你们，而是此事的危险性之大，超出了你们的想象范围，此次我再也不能有失！”

纪空手说完这些话时，眼神里充满着真诚，更有一种刚毅。当他的目光一一与车侯、扶沧海的目光交错而过时，他感到了他们对自己的忠诚与信任。

“你需要多长的时间去做这件事情？”车侯问道。

“我不知道。”纪空手刚毅的眼神霎时转变为深沉，也透着一丝迷茫，“因为我无法预测未来。”

“那么我们可以帮你做点什么吗？”车侯的心里有几分诧异，似乎从来没有见过纪空手这般没有自信，不过他有一种预感，纪空手所做的事情，不仅艰巨，而且必定惊天动地！

“谢谢，只要你们能协助红颜管理好峡谷中的一切事务，能够让我放心而去，我就感激不尽了。”纪空手与红颜目光相对，彼此间透着对对方的那份牵挂之情。

“这是我们的分内之事，只要尚有一口气在，我们誓与峡谷共存亡！”车侯与扶沧海大声答道。虽然他们与纪空手相处的时日不是太久，但都被纪空手的为人处事所折服，心中已隐推其为领袖。

纪空手深深地看了车、扶二人一眼，很是感动，然后缓缓地站立起来，道：“在我离开之前，我还有两件事情要做，这关系到我们是否能在日后争霸天下中占有立足之地。虽然要完成这两件事都非常艰难，但幸运的是，我已有了解决之道。”

车侯与扶沧海相视一眼，似乎不懂纪空手话中之意，脸上微露困惑。

“争霸天下能否成功，取决于几个要素，所谓天时、地利、人和之外，真正起决定性作用的，就是要有强大的军力与财力。而我们现在拥有的，除了我们是真正为天下苍生百姓的正义之师外，还在于我们适逢于这个乱世，比及项羽、刘邦，甚至韩信，我们除了占到人和之外，还有天时，而在地利、军力、财力上都有所不及。如果我们就凭现有的实力与之一争天下，只有一个结局，那就是失败！”纪空手缓缓而道，一脸沉重，显然他这七日七夜闭门所思的，正是这些时局大势。

“这些都是无法改变的事实，就算我们奋起直追，也根本不可能在短时间内起到卓有成效的变化。”扶沧海道。

“所以当日先生在世之时，提出要另辟蹊径，就是看到了我们的劣势所在。”纪空手充满信心地道，“因为他以超人的智慧与丰富的阅历作出了大胆的判断，认为在当今乱世，真正能够对争霸天下起到决定性作用的，唯有财力！无论一个人拥有多么强大的军力，假如没有庞大的财力支撑，他是维持不了多久的。而我们要做的，就是在这一两年内，成为当今最为富有的一支势力，借此与刘、项抗衡，最终达到我们夺取天下的目的！”

“可是，我们眼睁睁看着登龙图宝藏就在眼皮底下，却无计可施，纵是有心夺取，也是徒劳无功啊！”扶沧海想到为了这取宝之道，竟然搭上了五音先生的性命，不由黯然神伤。

“的确，要想取出宝藏，实在难如登天，不过，此次上庸之行，并非全无收获，如果我所料不差，这登龙图中的宝藏未必就与我们无缘。”纪空手微微一笑，似乎胸有成竹。

车侯又惊又喜：“莫非你已经得到了取宝之道？”

“可以这么说，但此时定论，尚且太早。我已经派出土行与水星按照我的吩咐重新勘察忘情湖，希望能够印证我的想法。”纪空手没有否认，也没有肯定，但从他脸上的表情来看，很是轻松，似乎已有了一定的把握。

“如果真的能够得到登龙图中的宝藏的话，那我们就是如虎添翼，可以大干一场了。”扶沧海兴奋起来，他非常同意纪空手的观点，那就是财力在战争中的重要性。

“就算我们真的能够将宝藏据为己有，也不能坐吃山空，仅凭这点财富与刘、项抗衡。”纪空手摇头道，“这场争霸之战，远比我们想象中的要残酷得多，甚至是一场持久之战，绝不是一两年内可以结束的，我们若是想最终取得这场战争的胜利，以登龙图中的宝藏只怕还远远不够。”

他的话顿时引起了车、扶二人的深思，毕竟他们也是江湖中的大豪，思维敏捷，见识广博，不会不明白纪空手所说的可能性，但随即他们又同时将目光投射在纪空手身上，因为两人明白，纪空手既然这么说，肯定已有了解决之道。

“不过——”果然不出车、扶二人所料，纪空手微微一笑，“幸好我们还有后生无，有这样一个生财有道的人才来襄助我们，我们或许就真的拥有了一座取之不尽、用之不竭的宝山！”

他拍了拍手，后生无便出现在洞殿之中，一一向车侯、扶沧海行礼之后，在纪空手的身边坐了下来。

车侯与扶沧海以疑惑的眼光看着后生无，对纪空手的话将信将疑。

纪空手道：“你们无须怀疑他的能力，事实已经证明了他的确具有经商的天赋，在这几天的时间里，他已经用我们为数不多的资本，赚到了最大限度的利润。”

峡谷中的资金紧缺已经成了不争的事实，每一个人也心中有数。直到这时，车侯和扶沧海才发觉，按照正常的进度，这两天峡谷的经济危机正是临近爆发的时候，可是看到纪空手与后生无十分轻松的样子，难道说危机真的已经过去？

“其实商场如战场。”后生无也许在江湖中算不上一流的好手，但只要论及经商之道，他已俨如王者，“要想真正成为一个成功的商人，必须遵循几大因素的开发创造，譬如有关货物的讯息，把握买进卖出的时机，一旦决策，全力以赴，重拳出击，这些都是作为一个成功商人应该把握的事情。而作为商道之根本，诚信是必须强调的，只要拥有了良好的信誉，你甚至可以用最少的资本运作来创造最大的利润空间，这也就是商道中的最高境界——白手生金！”

他所说的道理并不深奥，对于在场的每一个人来说，都能或多或少地表示理解。从他们的表情来看，已对经商之道有了非常浓厚的兴趣。

“但要真正做到白手生金，需要时间的积累与感情的投入，经过长期的考验之后，才可以博得别人的信任，建立起良好的信誉。”后生无娓娓道来，思路清晰，“然而时不待我，纪公子要我在不到十日的时间内将我们手头的资本翻上一倍。也就是说，要用一个钱赚到另一个钱，这本来是绝对不可能完成的任务，但对我来说，却并不难办到，因为我一直关注着各地的商情，看到了一个利润巨大的商机。”

车侯与扶沧海都倍感惊奇，见后生无慢吞吞地吊着大家的胃口，赶忙催促道：“快说出来听听。”

后生无微微一笑，道：“自刘邦进入巴、蜀、汉中三郡之后，便大肆收购民间商家的铜、铁，以作锻造兵器之用。这样一来，便造成铜、铁两物在三郡民间奇缺，供不应求，价格居高不下。而巴、蜀一向盛产井盐，物优而价廉，只是刘邦对盐税征收过高，使民间井盐只能在巴、蜀等地自行流通，不能远销各地。如此一来，商机自然就应运而生。”

“你想在铜、铁、盐上大做文章？”扶沧海问道。

“是的，所谓买卖买卖，就是互通有无。恰好我知道有一个地方正好是铜铁泛滥，独缺井盐，只要将这个地方的铜铁运到巴蜀，转眼就可牟取数倍暴利，而将巴蜀的井盐运回，同样可以取得可观的利润。”后生无点头道。

“既然有这样一个地方，不可能只有你一个人想到，你所说的恐怕另有玄机吧？”纪空手道。

后生无道：“我所说的这个地方，就是夜郎国，相距巴蜀不过数百里，虽然看到商机的不止我一个人，但别人纵然想到，也是有心无力，而唯有我才可以将这个计划付诸实现。”

“何以会这样呢？”车侯问道。

“其实很简单，从巴蜀通往夜郎国，只有一条马帮通行的山路可走，一路上共有十九家颇有势力的山贼，一般的商人根本没有胆量走上一趟，更不用说带上大批货物上路了。”后生无微笑而道，“而我们的优势就在于有强大的武力可以保证货物在路途的安全，有雄厚的资本购置货物，再加上拥有一批懂得经营之道的人才，自然可以无往不利了。”

扶沧海恍然大悟：“原来这就是你向我借兵的原因。”

后生无拱手道：“此事若无扶公子的成全，后生无要想在十日之内将手中的万金变成五万金，不过是痴人说梦罢了。”

他说得平淡，却让车、扶二人听得心惊，十日之内就能赚到五倍的厚利，这的确显示了后生无对商道的驾驭能力达到了何等精熟的地步，像这样的经营奇才，真是天下罕有。

纪空手笑道："你说得容易，但我却知道你们所付出的努力绝对不少。从我的角度来看，更想知道你是如何在十日之内赚到这四万金的，因为我知道，从巴蜀到夜郎，正好需要五日的行程，时间上刚够一个来回，而你们还要买进卖出，这如何来得及呢?"

后生无道："我将我手中的人力一分为三，一部分人由公不一率领，直接与那十九家山贼商量借道事宜，这事看上去挺难，但是在武力的威逼和财货的诱惑下，那些山贼的头领都非常聪明，采取了全力合作的方式。

"山贼见利忘义、出尔反尔是常有发生的事情，难道你不怕他们会在关键时刻耍你一手吗?"扶沧海皱了皱眉，显然听说过夜郎道上众山贼的行事作风。

"这一点早在我意料之中，不过他们一向与巴蜀江湖上的关系密切，对五音先生敬若神明，只要抬出知音亭的招牌，一路便可畅通无阻。"后生无微微一笑，"另一部分则由公不二率领，在巴蜀各地收购一批井盐，然后躲过刘邦军方设置的税卡，进入夜郎国。这两件事情都进行得非常顺利，而由我亲自率领的一批人马到了夜郎国时，反而遇上了一个小小的麻烦。"

"哦?"纪空手的兴趣反而更浓了。

后生无道："夜郎国的铜山铁矿的确不少，几乎随处可见，但是大宗的交易权并不在每个山主矿主的手中，而是被夜郎国国君授权于一个陈姓世家。这一世家的家主名为陈平，行事低调，深居简出，常人根本不能见得一面，我曾一日三次登门求见，都被拒之门外。正当我无计可施之时，这陈平突然派人送来了一封手令，同意以井盐换铜铁的方式交易，这才使得整个买卖顺利完成。"

"他何以会突然改变了主意?"纪空手提出了自己的疑问。

"这个我也不太清楚。"后生无的脸上也现出一丝迷茫，"不过我在夜郎国的时候，遇上了另外两批身份神秘的行商，他们提出的收购价格远比我的丰厚，却一直未获准采购，这让我心中也好生迷惑。"

纪空手眼睛一亮，道："你是否听出这些人的口音是来自于何地?"

后生无摇了摇头："他们的口音太杂，天南地北都有，难以让人作出判断。不过，看他们的举止作风，虽然刻意隐瞒，却仍掩盖不了他们身上的那股军士气质。"

车侯与扶沧海相视一眼，若有所思，抬头望向纪空手，却见纪空手淡淡一笑："这应该是意料之中的事情。乱世之中，大战在即，各方当务之急，就在于储备粮草军需，而铜铁乃锻造兵器之物，理所当然成为战时各方争夺的紧俏货。"

后生无惊道："纪公子莫非怀疑这些商人是来自于项羽、韩信的军营?"

纪空手道："我不敢确定，但无论刘邦、项羽、韩信中的任何一方，出现兵器的紧缺都是不争的事实。自始皇当年收缴民间兵器之后，天下间的兵器不足百万之数，而这三方的发展势头极猛，数年时间各自拥兵俱在五六十万之上，兵器数量与兵力呈现明显的不成比例。只要登龙图宝藏一日不到他们手中，这铜铁之物就是这三方必争之物。因此，如果我们能与这陈氏家族搞好关系，控制住夜郎国铜山铁矿的贸易权的话，无疑会对刘、项、韩三方构成一定的制约。"

车侯大喜道："果然妙计，能够不损一兵一卒，就能对敌有所制约，这的确再好不过了。"

后生无犹豫了片刻："可是这陈平神龙见首不见尾，就是见他一面都犹似登天般艰难，我们又如何才能与他攀上交情呢?"

纪空手沉吟半晌，缓缓而道："凭我的直觉，这陈平应该是友非敌，否则他何以三次拒绝与你见面，之后又突然改变了主意?任何已经发生的事情都有困果，也许……"他没有再说下去，只是淡淡一笑，脸上多了一份悠然之意，让人无法揣测他心里的秘密。